Die Hochzeit soll der schönste Tag im Leben sein, mit Romantik und verführerisch duftenden Rosen. Die fünfzehn Erzählungen von deutschen Autorinnen (und einem Autor) erzählen von den kleinen Katastrophen vorher und nachher, von geplatzten Hochzeiten, Trauungen im Burgund, Liebesbriefen an Robbie Williams und der Liebe nach dreißig Jahren Ehe.

Else Buschheuer, Schriftstellerin, Journalistin, Ex-TV-Moderatorin, lebt und arbeitet in Manhattan und führt unter www.else.tv darüber Tagebuch. Zu ihren Veröffentlichungen zählen «Ruf! Mich! An!» (2000), «Masserberg» (2001) und «www.else-buschheuer.de. Das New York Tagebuch» (2000). «Klick!Mich!An!», ein Internet-Tagebuch mit Buch- und Filmkritiken aus ihrer Berliner Zeit, ist Ende 2002 als Book on Demand erschienen.

Else Buschheuer (Hg.)

Hochzeitstanz

Rowohlt Taschenbuch Verlag

Originalausgabe
Veröffentlicht im Rowohlt Taschenbuch Verlag
GmbH, Reinbek bei Hamburg, April 2003
Copyright © 2003 by Rowohlt Taschenbuch Verlag
GmbH, Reinbek bei Hamburg
Umschlaggestaltung any.way, Cathrin Günther
(Foto: Getty Images)
Satz Adobe Garamond PostScript
bei Pinkuin Satz und Datentechnik, Berlin
Quellennachweis Seite 222
Druck und Bindung Clausen & Bosse, Leck
Printed in Germany
ISBN 3 499 23368 1

Die Schreibweise entspricht den Regeln
der neuen Rechtschreibung.

Inhalt

Else Buschheuer: *Vorwort*	7
Petra Oelker: *Eltern und* engste *Freunde*	11
Doris Dörrie: *Der Vater der Braut*	25
Françoise Cactus: *Burgundische Hochzeit*	37
Rebecca Casati: *Glückskind*	51
Judith Kuckart: *Märchenhochzeit –* *Kurzer Monolog für ein Mädchen*	65
Margit Schreiner: *Harry*	71
Maike Wetzel: *Zwei Stimmen*	83
Mithu Melanie Sanyal: *Nie wieder loslassen müssen*	95
Silvia Szymanski: *Die Zunge im Eierlikör*	113
Juli Zeh: *Feindliches Grün*	127
Moritz von Uslar: *Der letzte Espresso*	145
Sarah Khan: *Witwe ihres Liebhabers*	155
Alexa Hennig von Lange: *Gib mir mal deinen Mann*	173
Else Buschheuer: *Gute Zeiten, schlechte Zeiten*	187
Anna Kalman: *Lieber Robbie Williams … –* *Briefe einer Schlaflosen*	203
Autorenverzeichnis	219

Else Buschheuer

Vorwort

Mal Hände hoch, wer hat schon mal? Ah-ja! Doch so viele. Und wer hat schon mehrmals? Ach kuck an! Auch nicht ganz unbeträchtlich. Wir sind offenbar eine Gesellschaft von Rückfalltätern. Hoffnungslos romantisch oder einfach nur antiquiert? Da würd ich jetzt gern eine repräsentative Umfrage machen, aber hier ist grad keiner, den ich fragen könnte. Also, ich plädiere mal für romantisch. Heiraten ist schließlich viel schöner als Verheiratetsein. Das hört man doch hier und da. Das wird doch immer wieder behauptet. Also ist es doch nur verständlich, wenn man ... nicht immer, aber immer öfter ...?

Aber jetzt mal ehrlich, es geht ja beim Heiraten nie bloß ums Heiraten. Es geht um alles Mögliche, um ein öffentliches Bekenntnis, um Mädchenträume, Prestige, Konkurrenz, Erwachsenwerden, Schein und Sein, Tradition, es geht um Sturheit, Blindheit, Taubheit, Altmodischsein, Verliebtheit.

Um den Bund fürs Leben geht es beim Heiraten schon lange nicht mehr. Um die gute Partie auch immer weniger, seit der Ehevertrag salonfähig ist. Es geht darum, etwas Spontanes zu machen oder etwas zu Tode zu planen, es geht um den Kleinmädchen-Traum vom Prinzessinnenkleid, um ein rauschendes Fest, das man allen schuldig ist, obwohl man es selber nicht will, manchmal geht es auch einfach nur um die biologische Uhr. Die einen heiraten für die Eltern, die anderen gegen, die einen mit, die anderen ohne. Vor Gott und für die Steuer. Mit Schleier oder Birkenstock. Den oder keinen. Die Traumfrau oder die zweite Wahl. Den Langzeitverlobten oder die neueste Flamme. Manche, das sieht man auf gewissen Hochzeitsfotos, haben auch einfach resigniert: Was Besseres find ich nicht mehr.

Jedenfalls ist die Hochzeit als solche nicht totzukriegen. Mal ist sie out, dann ist sie wieder in. Mal soll sie abgeschafft werden, dann wieder klagen Schwule und Lesben auf ihr Heiratsrecht.

Die schlimmen Scheidungsstatistiken scheinen kaum jemanden abzuschrecken. Eckmarkierungen eines bürgerlichen Lebens wie Begräbnis oder Hochzeit sind inzwischen dem «Event-Genre» zuzuordnen: Im Internet werden alternative Trauungen angeboten. Mit freien Theologen und Phantasie-Ritualen. Auslands-Hochzeiten, Gospel-Hochzeiten, Knast-Hochzeiten, Heißluftballon-Hochzeiten, Vermählung während des Bungee-Sprungs, Ritterliche Hochzeiten, Sissi-Hochzeiten, Lady-Di-Hochzeiten, Madonna-Hochzeiten, Vampir-Hochzeiten, S/M-Hochzeiten. Das Fest soll schließlich eine bleibende Erinnerung sein. Man heiratet zwar nicht mehr nur einmal, aber inzwischen vielleicht von jeder Sorte einmal. Bis dass der Tod uns scheidet – oder sonst eben wer anders.

Heiraten heißt Erwartungen haben, Erwartungen wecken, Erwartungen erfüllen, Erwartungen enttäuschen. Heiraten heißt Kompromisse machen, Streitkultur lernen, Zähne zusammenbeißen. Heiraten heißt, sich mit ungeliebten Verwandten herumärgern, mit ungewohnten Budgets und albernen Traditionen. Was Altes, was Neues, was Blaues, was Geborgtes, Blumenstreuen, Reiswerfen, Brautstrauß, Baumsägen, Brautstehlen, der ganze schöne Mist.

Manche heiraten einfach nur fürs Fotoalbum, um andere

neidisch zu machen, um den Partner zu besitzen, um den Namen zu wechseln oder um zu tun, was eben alle tun. Manche heiraten, weil sie schon als Kind heiraten wollten. Manche heiraten, obwohl sie nie heiraten wollten. Manche heiraten genauso, wie sie es immer wollten. Andere heiraten genauso, wie sie es nie wollten. Dann gibt es welche, die werden geheiratet. Vom Fleck weg. Ohne Widerrede. Und einige von allen hier Genannten – ein Gerücht, das sich hartnäckig hält – heiraten sogar aus Liebe.

In diesem kleinen und feinen Buch schreiben vierzehn Autorinnen und ein «Hahn im Korb» Geschichten rund um die liebe Heirerei. Gemeine Geschichten, lustige Geschichten, traurige Geschichten, sentimentale Geschichten. Sie handeln von Mord und Totschlag, von Betrug, Lüge, Völlerei, von Gott, Krankheit, Tod, Traum und Wirklichkeit.

Sie schildern die Gedankenwelt einer Ehefrau, die sich vor lauter Langeweile in die Wahnvorstellung hineinsteigert, ihr Mann wolle sie ermorden. Sie erzählen von einer archaischen Fruchtbarkeitsgöttin in Leopardendessous, von der Braut, die sich nicht traut, von besonders salzigen Tränen der Käseesser, von Joghurtbecherchen mit eingefrorenem Hühnerfond.

Sie spüren Details auf, die von Heiratsstatistiken nicht erfasst werden. Sie erzählen von Wimpern, lang und hart wie Fliegenbeine. Sie enthüllen, wie viele Lippenstifte eine Frau im Jahr verspeist. Sie lassen Kühe flüchten und Schafe sterben, ein enttäuschter Vater kommt zu Wort, eine enttäuschte Geliebte, ein enttäuschter Ehemann, verbotene Türen werden geöffnet, zu enge Smokings werden aus der Mottenkiste geholt, Märchenprinzen werden ersehnt und Bauerntölpel geheiratet, Eisbomben explodieren nicht, burgundische Pisstöpfe werden leer getrunken.

Die Geschichten handeln von fliegenden Strumpfbändern, vom wehmütig getrunkenen letzten Espresso davor, von Toilettengesprächen während der Hochzeit, von schlaflosen Bräuten mit schwarzen Ringen unter den Augen, von Romantik killenden Eheverträgen, vom gemeinsamen Alt- und Dick- und Krankwerden, sie erzählen von verschobenen Hochzeiten, ausgefallenen Hochzeiten, schwulen Hochzeiten, vergessenen Hochzeiten, von Hochzeiten im Fernsehen, in Dorfkirchen, in buddhistischen Tempeln, in Neubauvierteln und Dorfkneipen, in denen sonst Begräbnisse gefeiert werden. Eine erzählt auch von einer heiß ersehnten Hochzeit, die nie stattfinden wird.

Alle Leser und Leserinnen, die eben im Begriff sind zu heiraten, werden durch ein Wechselbad der Gefühle gehen: gleich morgen heiraten! Doch lieber nie heiraten! Doch lieber jemand anders heiraten. Die beste Freundin ausladen? Oder doch lieber die Eltern ausladen! Alle ausladen und auf einer einsamen Insel feiern? Bloß nicht auf einer einsamen Insel heiraten? Und überhaupt: Warum einen Mann heiraten, der sich nicht mal die Nasenhaare schneidet?

Ältere Leser werden an ihre eigene Hochzeit erinnert, an längst verschüttete schöne, peinliche, banale, erotische Momente. Vielleicht kramen sie gar ihre Hochzeitsfotos wieder vor, legen die alte Platte auf, wühlen im Keller nach dem Hochzeitskleid.

Und sollten Sie in Kürze auf eine Hochzeit eingeladen sein: Schenken Sie ausnahmsweise mal keinen Toaster. Schenken Sie den Brautleuten dieses Buch.

Else Buschheuer (Rückfalltäterin)

Petra Oelker

Eltern und engste *Freunde*

Wahrscheinlich fing es mit dem Smoking an.

Es war ein heißer Tag gewesen, viel zu heiß für Juni, sie kam müde nach Hause, mal wieder erst so gegen acht, und er? Er stand im Flur, drehte sich wie ein Model vor dem großen Spiegel und zog den Bauch unter der feuerroten Binde ein. Er sah aus wie ein Gigolo kurz vor der Rente, was aber vor allem an den Lackschuhen lag.

Das mit dem Gigolo fiel ihr erst später ein, als die Debatten schon schärfer wurden, und war – zugegeben – ziemlich gemein. Außerdem tanzte er viel zu schlecht für einen Gigolo.

An jenem Juniabend fand sie noch, er mache ein Gesicht wie ein Sechsjähriger, der sein erstes Kartoffeldruck-Kunstwerk zum Muttertag abliefert. So ein Gesicht darf man nicht enttäuschen, also sagte sie: «Prima, Harald. Du siehst wirklich prima aus. Aber wann, um Gottes willen, willst du das Ding anziehen?» Bis zur Hochzeit waren es noch drei Monate, aber sie befürchtete das Schlimmste.

«Das Ding», erfuhr sie, sei echt Armani und halte trotzdem fürs Leben, im Übrigen ein Sonderangebot, ob sie etwa wolle, dass er in Shorts heirate.

Das war eine alarmierende Bemerkung. Leider war sie an diesem Abend zu müde, sich alarmieren zu lassen, sondern dachte nur, dass sie beide unbedingt Urlaub brauchten. Möglichst noch vor der Hochzeit.

Sie sank in einen Sessel, blinzelte kurz Richtung Grappaflasche (nie! vor dem Abendessen) und sagte: «Im Smoking zum Standesamt – findest du das nicht ein bisschen aufwendig? Wir sind doch nur ganz unter uns. Eltern und *engste* Freunde.»

Er sagte: «Hmmm», ließ die Luft aus dem Bauch (es war höchste Zeit, seine Gesichtsfarbe ähnelte schon der der Bauchbinde) und fuhr mit «na ja» fort. Und schließlich: «So einen Smoking kann man oft brauchen. Du willst doch immer, dass ich mit dir in die Oper gehe. Nur mal so als Beispiel.»

«Bist du verrückt? Alle würden denken, sie haben sich in eine Fernsehshow verirrt und gleich fängst du als Heldentenor mitten im Parkett zu singen an. In die Oper zieht kein Mensch mehr so was an, höchstens zu Edelpremieren, wo alle nur wegen des Auflaufs in der Pause hingehen.» Sie goss sich einen Grappa ein, schließlich war es schon fast nach dem Abendessen. «Macht ja nichts, irgendwann wirst du ihn schon brauchen.»

Wie gesagt, sie war ziemlich müde. Als rücksichtsvoller Mensch wartete er deshalb mit seiner schönen Überraschung bis zum nächsten Morgen.

«Haferkamp», begann er fröhlich, schenkte ihr aufmerksam Tee nach und schob ihr ihre Lieblingsaprikosenmarmelade zu, «Haferkamp möchte auch eingeladen werden.»

«Diese unfähige Tropfnase von einem Chef mit der rollenden-aber-hohlen-Kürbis-Gattin? Ich wiederhole nur *deine* Worte. *Ich* finde sie ganz nett.»

Sie war immer noch ziemlich müde. Diesmal aber nützte es nichts.

Jeder sage mal etwas so dahin, erklärte er immer noch fröhlich, eigentlich sei Haferkamp gar nicht so übel. Jedenfalls habe er ihn eingeladen, der Kürbis bleibe zu Hause, man lebe neuerdings getrennt. Und der blonde Scheidungsgrund zeige wirklich Klasse. Im Übrigen habe Haferkamp auch einen Smoking. Mit grüner Bauchbinde. Das mit «nur *engste* Freunde und Eltern» dürfe man wirklich nicht so eng sehen. Wann treffe er schon mal seine Cousine Franziska, außer bei Familienfesten? «Und überhaupt: Eine Hochzeit ist allemal erfreulicher als eine Beerdigung, und auf die fünf Leute mehr oder weniger kommt es ja wohl nicht an. Wir heiraten doch nur einmal, oder etwa nicht?»

Sie begann sofort zu zählen: «Haferkamp und sein Scheidungsgrund, Franziska und ihr Max.» Daumen, Zeigefinger, Mittelfinger, Ringfinger. «Macht vier.»

«Wenn Franzi kommt», seine Stimme wurde jetzt sehr sahnig, «muss ich auch Dolly einladen, sie ist schließlich meine zweite Cousine, mehr hab ich nicht. Leider. Und Dollys Mann, Sven. Dabei mag ich Stefan viel lieber, und der wäre sehr gekränkt, falls ich ihn nicht einlüde, nur weil er seit zwölf Jahren von Dolly geschieden ist. Stefan muss dabei sein, er geht ständig mit seinem Nachfolger golfen, wie soll man ihm da unsere kleine Familienfeier verheimlichen? Außerdem ist er gerade Single und braucht die Familie.»

«Das sind dann sieben.» Ihre Stimme klang nicht sahnig. «Mit den Haferkamps.»

«Eine Glückszahl», rief er strahlend. «Willst du noch Tee? Lilo-Liebling?»

«Nein», sagte Lilo, vergaß das «Danke» und griff nach der Sauerkirschmarmelade. «Wie hab ich mich gewunden, Tante Anita zu erklären, warum sie nicht eingeladen wird, nur weil ich unsere Vereinbarung einhalten wollte. Dabei ist sie so putzig. Wie war ich blöd! Dir ist doch klar, dass ich Anita nun auch einladen muss, Cousinen sind längst nicht so nah verwandt wie Tanten, und wenn Anita kommt, muss ich auch ...»

Am Ende dieses Frühstücks, das sich ziemlich in die Länge zog (zum Glück war es ein Samstag, berufliche Verpflichtungen wurden nicht vernachlässigt), war die Zahl der Gäste von zwölf auf dreiunddreißig geklettert. Nach einer überwiegend konstruktiven Diskussion um die Definition von Familie und *engste* Freunde wurde der Beschluss, die Liste nun endgültig zu schließen, in Einigkeit und liebevoller Zugewandtheit gefasst.

Die Spätfolgen der Debatte zeigten sich schleichend, wobei sich die Tücken der Gästeliste als Peanuts erwiesen.

Tante Anita nahm die Doch-noch-Einladung mit Würde entgegen. Sie komme gerne, man dürfe eine Braut an einem solchen Tag nicht allein lassen, schließlich gehe nichts über die Bande des Blutes. Sie freue sich, dass Herr Wagner – sie nannte ihn niemals Harald – ihr Verhältnis endlich legalisiere.

Lilos mit großer Beherrschung vorgebrachter Einwand, sie habe schon seit zehn Jahren eine überaus stabile und harmonische Beziehung mit Harald, von Verhältnis könne keine Rede sein, überzeugte Tante Anita nicht.

«Diese späten Hochzeiten, Kind», sagte sie, «machen immer nachdenklich.» Ob sie, Lieselotte, schon vergessen habe, dass Herr Wagner seine erste Frau auch nach zehn Jahren verlassen habe, trotz der beiden gemeinsamen Kinder, diese armen Würmer! «Ich hoffe, du hast einen vorteilhaften Ehevertrag gemacht, wozu bist du Juristin? Mal ganz abgesehen von der Versorgungssicherheit nach der Scheidung, mit der heutzutage immer zu rechnen ist, ist so ein Stück Papier auch ein exzellenter Test für angehende Ehemänner.»

Im Übrigen empfehle sie, seine Taschen und Telefonate zu kontrollieren, sie habe da ihre Erfahrungen, alle ihre Freundinnen seien geschieden. Wenn es um das Glück gehe, dürfe, ja *müsse* man als Frau zu solchen Mitteln greifen. Noch sei Zeit für einen ehrenvollen Rückzug, und ob irgendwo eine Liste für die Geschenke ausliege, schließlich wolle sie etwas Nützliches schenken.

Nach diesem Telefonat fand Lilo Tante Anita nicht mehr ganz so putzig und wunderte sich überhaupt nicht, dass die es selbst nie bis zum Traualtar geschafft hatte. «Aber vielleicht», dachte sie, «ist Anita nur zu schlau, sich an die Kette legen zu lassen.»

Das war ein ruppiger, sozusagen Harald-feindlicher Gedanke, der sie stutzen ließ, aber noch nicht sehr.

Trotzdem fand sie es seit diesem Tag seltsam, dass Harald so auffällig gar nichts mehr von seiner neuen Kollegin erzählte, aber nie würde sie sich dazu hinreißen lassen, seine Taschen nach verräterischen Rechnungen zu durchsuchen, so etwas taten nur dumme Weiber in schlechten Filmen. Das war nicht nur ein edler, sondern auch vernünftiger Vorsatz, denn, wie sie später feststellte – eine schwache Stunde hat jede mal –, lohnte sich die Filzerei nicht.

In den nächsten Tagen ereilten Lilo drei Anrufe von Freundinnen, die sie sehr lange nicht mehr gesehen hatte. Alle mit dem gleichen Text: «Ich habe gehört, ihr heiratet? Toll! Auf deine alten Tage. Sag mir schon mal den Termin, nicht dass ich gerade an dem Tag was anderes vorhabe. Endlich mal wieder ein großes Fest, da kann ich mein Langes anziehen. Karl/Jochen/Friedbert freut sich auch schon. Welche Band habt ihr denn engagiert?»

Die Gästeliste wurde wieder geöffnet.

Harald zeigte sich in diesen hektischen Tagen und Wochen von geradezu widerlich heiterem Gleichmut. Er hatte großmütig die Aufgabe übernommen, dem netten Italiener um die Ecke abzusagen und einen mittelgroßen Saal für die beständig wachsende Festgemeinde zu organisieren. Langsam wurde die Zeit knapp. Auf behutsames Nachfragen antwortete er jedoch immer noch stets gut gelaunt: «Nur keine Panik, Schatz, ich hab alles unter Kontrolle, du wirst überrascht sein.»

Trotzdem fand sich Lilo nun regelmäßig morgens um vier in der Küche wieder, eine Tasse süßen Kakao in der Hand, eine juristische Fachzeitschrift vor der Nase, beides bisher absolut sichere Schlafmittel. Nur jetzt nicht, wo sie ihren Schönheitsschlaf am dringendsten brauchte. Wer glaubt einer Braut mit schwarzen Ringen unter den Augen ihr Glück?

In diesen trüben Stunden sprach sie mit dem Zuckertopf, denn Harald schlief, und morgens um vier, halb fünf, fünf geht keiner gern ans Telefon.

Zuckertöpfe sind selbst bei viel Phantasie und besonders in den frühen Morgenstunden schlechte Gesprächspartner, was in Brautzeiten von Nachteil ist, denn ohne Antworten gedeihen die abwegigsten Ideen.

Kein Stress schien Haralds Laune zu dämpfen, aber der Entwurf des Ehevertrags, den sie wenige Tage später diskret auf den Abendbrottisch legte, ließ Haralds penetranten Frohsinn schlagartig verpuffen. Dass es nur mal so eine Idee sei («Unter Erwachsenen kann man doch über alles reden, sogar über Geld»), ignorierte er.

«Wenn man sich liebt», donnerte er los, «braucht man so was nicht. Ich bin ein geduldiger Mensch, und das weißt du genau, doch das ist ein echter Affront. *Ich* jedenfalls liebe dich, auch wenn es manchmal schwer fällt, und habe vor, das bis an mein Lebensende zu tun. Wenn *du* allerdings jetzt schon an Scheidung denkst – das spricht Bände. BÄN-DE!!»

Schließlich habe sie nichts als ihr mickriges Einkommen, ob sie etwa auf sein Erbe scharf sei? Das hieße seine Kinder bestehlen und spräche auch Bände.

Zum ersten Mal hielt Lilo Tante Anita nicht nur für putzig, sondern tatsächlich für schlau. So richtig ernst hatte sie es wirklich nicht gemeint mit dem Ehevertrag. Bis jetzt. Wer sich so aufregt, hat ein schlechtes Gewissen, da muss man doch ins Grübeln …

Leider rief in diesem Moment Stefan an, Cousine Dollys Golf spielender Ex, und sie konnten das Thema nicht harmonisch ausdiskutieren. Harald war sich nicht zu blöde, ihm umgehend zu erzählen, was da auf dem Tisch lag.

Stefan war ganz seiner Meinung: absoluter Vertrauensbruch. Im Übrigen fand er Heiraten ein längst überholtes Ritual, bei dem immer nur die Frauen absahnen, aber das solle er Lilo besser nicht sagen. So kurz vor der Hochzeit. Er habe seine Erfahrungen mit Zickenstreit. Vor und nach der Hochzeit.

Dummerweise stand der Apparat auf Mithören.

Harald hörte nur noch, wie Lilo etwas von «ekelhafter Kerlekumpanei» schrie, dann klappte die Tür und er musste alleine zu Abend essen. Den Vertrag konnte er trotzdem nicht verschwinden lassen, sie hatte ihn mitgenommen. Sicherheitshalber.

Lilo marschierte direkt zu dem kleinen Italiener um die Ecke, um gut zu essen und sich die Nase zu begießen, irgendeine Freundin würde übers Handy sicher erreichbar sein und mitbegießen. Doch leider hatte sie das Handy in der Eile vergessen, damit auch die gespeicherten Telefonnummern, wer hat heute noch welche im Kopf? Aber sie bekam sowieso keinen Tisch, obwohl viele frei waren. Das konnte nur daran liegen, dass Harald die Reservierung für die Hochzeitsfeier abgesagt hatte und dabei natürlich, mal wieder, wie immer nicht diplomatisch genug gewesen war. Wie hatte sie seine kleinen Ungeschicklichkeiten früher nur so süß finden können?

Überhaupt war Harald an dem ganzen Desaster, sowieso an allem, schuld.

Sie kannten sich seit zehn Jahren, lebten seit acht zusammen, sogar ziemlich problemlos (geradezu langweilig, wenn man es objektiv und auf der Straße im Nieselregen vor einem tischlosen Restaurant betrachtete), und da kam er plötzlich auf die Idee zu heiraten. Ja, es stimmte, er hatte sie schon früher gefragt, das erste Mal, nachdem sie sich zwei Wochen kannten, dann alle paar Jahre einmal. Aber sie hatte nicht heiraten wollen. Nie.

Wieso hatte sie sich nun weich kochen lassen? Wozu heiraten? «Auf keinen Fall wegen der Steuer», hatte er geschworen, «nur aus Liebe. Außerdem wirst du vierzig, das ist ein perfekter Termin, endlich seriös zu werden.»

Darüber hatten sie gemeinsam herzlich gelacht. Er vielleicht ein bisschen herzlicher als sie, der vierzigste Geburtstag ist im Leben einer Frau nur bedingt zum Lachen. Trotzdem hatte sie «Ja» gesagt. Leichtfertig, wie sich nun zeigte.

«Am besten», hatte sie vorgeschlagen, «sagen wir es keinem und heiraten irgendwo, wo uns niemand kennt. Eine kirchliche Trauung kommt sowieso nicht infrage.»

Das fand er fabelhaft vernünftig. Eine große Hochzeit koste ja enorm, nur damit sich alle amüsierten, und hinterher sei man fix und fertig von all dem Stress und wohin mit den überflüssigen Geschenken.

Venedig, Paris und Reno/Nevada waren gleich gestrichen worden, das war bei aller Romantik doch genauso phantasielos wie Hamburg-Eimsbüttel. Als sie schließlich mit ihrer Planung beim Standesamt von Ischia angekommen waren, als Lilo schon nach dem alten Italien-Bildband für die Einstimmung suchte, sagte Harald: «Andererseits», und er seufzte schwer. Eigentlich, erklärte er, könne er das seinen Eltern nicht antun, so wenig wie sie ihrer Mutter. Als Einzelkinder hätten sie gewisse Verpflichtungen, die sie nicht ignorieren dürften. Und wenn er erst an seine Kinder denke. Nein, es sei egoistisch, die Familie auszuschließen. Überhaupt nicht nett. Ischia sei auch noch für den ersten Hochzeitstag sehr schön. Aber natürlich, wenn sie lieber ...

Kurz und gut, Ischia mit Himmelbett, Sonnenuntergang über dem Meer und allem Pipapo wurde um ein Jahr verschoben und die kleine Hochzeitsfeier bei dem kleinen Lieblingsitaliener um die Ecke beschlossen. Nur mit den Eltern, Haralds beiden Kindern und den *engsten* Freunden. Zwölf Personen, höchstens. Lilo trug es mit Gelassenheit.

Rita war ganz Haralds Meinung, obwohl sie doch Lilos beste Freundin war. «Dass er heiraten will, musst du verstehen», erklärte sie, «mit Agnes war er nicht verheiratet, tat ja damals keiner, der auf sich hielt, und nach der Trennung gab es ständig Ärger wegen der Kinder. Und Familie und *engste* Freunde, das muss einfach sein. Außerdem ist Heiraten ein öffentliches Bekenntnis zueinander, was nützt das ohne Öffentlichkeit? Und wenn erst eure Kinder ...»

«Bist du verrückt?», schrie Lilo. «Keine Kinder! Auf keinen Fall! In meinem Alter!»

«Phhh», machte Rita, «na und?»

Als Lilo mit wachsender Panik fragte, was sie glaube, wer von ihnen in einem solchen Fall von schändlicher Beförderung der Überbevölkerung den Beruf aufgeben oder auch nur einschränken sollte, rief Rita sofort: «Keine Kinder, auf gar keinen Fall. Er hat ja schon zwei, das muss ihm reichen, wenn die auch fast erwachsen sind. Kinder sind nur laut, teuer und sabberig. Nun lass uns überlegen, was du anziehst, ich habe da eine ganz edle Schneiderin an der Hand.»

Lilo wollte keine edle Schneiderin haben, sondern das Hellgrüne mit dem Glitzer am Rocksaum anziehen, das war noch ziemlich neu und passend, und wozu sollte sie solchen Aufwand treiben? Rita schluckte ihre Enttäuschung heldenhaft hinunter.

Nach einer Woche hatte Lilo den ersten Termin bei der Schneiderin. Rita kam mit und freute sich sehr.

Auch daran war Harald schuld. Schließlich hatte er mit dem blöden Smoking angefangen, obwohl er inzwischen geschworen hatte, er würde ihn nicht anziehen, später vielleicht mal, wenn was richtig Festliches anstünde, was keine sensible Bemerkung war.

Das war an dem Abend gewesen, an dem Lilo später darüber nachdachte, was wohl aus Rudolf geworden und ob es klug gewesen war, sich damals *wegen Harald* von ihm zu trennen. Immerhin war Rudolf sehr hübsch und sein Waschbrettbauch wie seine Karriere waren bilderbuchmäßig, ganz sicher musste er auch heute nicht die Luft anhalten, wenn er zum Smoking eine Bauchbinde trug. Den Antrag hätte er ihr auch nicht bei Riesling aus der Literflasche in der Küche gemacht, sondern bei Champagner/Kerzenlicht/Mozart in seinem Sommerhaus am Cape Cod.

Harald hatte einfach keinen Stil. Rudolf hätte sie bestimmt nie sagen müssen, er solle sich die Haare in den Nasenlöchern schneiden, vom Unterlassen gelegentlicher wohliger Rülpser gar nicht erst zu reden.

Das alles waren sehr deprimierende Gedanken, die sich in Ermangelung italienischen Essens und begossener Nase vor der Tür des kleinen Italieners umgehend zur Rebellion aufblähten. Sie aß am Kiosk um die Ecke eine Currywurst samt Pommes frites, die sich noch lange in ihrem Magen aufhielten, und marschierte, zu einigen offen-klärenden Worten entschlossen, zurück nach Hause. Wohin auch sonst?

Harald war nicht da. Anstatt verzweifelt durch die Wohnung zu tigern, war er einfach verschwunden. Natürlich in irgendeine Kneipe, womöglich mit Stefan, dem größten Frauenhasser unter der Sonne, kein Wunder, dass Dolly ihm weggelaufen war. Überhaupt war Weglaufen nicht die schlechteste Idee, einfach mit nichts als der Creditcard zum Flughafen und …

Da rief ihre Mutter Elisabeth an, aus Spanien, wohin sie sich vor einigen Jahren vor dem norddeutschen Wetter und den Krankengeschichten ihrer Bridge-Partnerinnen gerettet hatte. Ihre Frage nach Lilos Wohlergehen war rein rhetorisch und erforderte keinerlei lästige Antworten, denn jeder vernünftige Mensch geht davon aus, dass die Braut vier Wochen vor der Hochzeit auf Wolken schwebt.

Immerhin schwebte Elisabeth. Ob es Lilo etwas ausmache, wenn sie Alfred mitbringe, er sei reizend, ein richtiger Gentleman und so sensibel. Im Übrigen fahre er ein bildschönes Mercedes Cabriolet und habe sich, nun ja, sehr gut gehalten für sein Alter, was man nicht von vielen Witwern sagen könne, obwohl er Viagra strikt ablehne.

«Er will dich unbedingt kennen lernen, Lilolein, und stell dir vor, seine Kinder leben ganz in deiner Nähe. Wie? Mit ihren Familien, ja natürlich. Es ist doch nett, wenn wir uns auf deiner Hochzeit alle kennen lernen, womöglich bleibt es nicht die einzige», Elisabeths mädchenhaftes Kichern zerrte an Lilos Nerven wie ein Kettenhund, «und die paar Leute mehr ...»

Die Gästeliste war immer noch offen. Obwohl es langsam eng wurde. In jeder Hinsicht.

Harald kam lange nach Mitternacht zurück und weckte sie auf das Zärtlichste. Er hielt ihr mit schwankender Hand ein krumpeliges Papier entgegen und fand, sie stinke schauderhaft nach Currywurst. Seine feine Nase fand sie erstaunlich, denn sein Geruch nach Bier und seit Jahren nicht gelüfteter Kneipe überdeckte alles. Jedenfalls wedelte er mit diesem bekritzelten Papier herum und nuschelte, Stefan sei schließlich auch Jurist und *dieser* Ehevertrag, dabei versuchte er vergeblich mit dem Zeigefinger das Blatt Papier zu treffen, habe wenigstens Hand und Fuß. Er müsse nur noch ins Reine getippt werden. Dann fiel er schnarchend in sein Bett, und Lilo eilte in die Küche zu Kakao und juristischer Fachzeitschrift.

Es war später nicht genau zu klären, wer es zuerst gesagt hatte, auch der konkrete Anlass blieb strittig. Die Auswahl war zu groß, und der Konflikt um ihre zukünftigen Namen kann hier als banal vernachlässigt werden. Jedenfalls gab ein Wort das andere, nahezu täglich, und eine Woche vor der Hochzeit wurde sie abgesagt.

Die Einzige, die zu diesem Zeitpunkt noch heulte, war Rita. Da sie auch bei der Trauung geheult hätte, gilt das nicht als Negativpunkt. Heulen aus Rührung oder aus Enttäuschung – solche Ursachenforschung ist in manchen Situationen nebensächlich.

Harald zog zu Stefan, und Lilo genoss es, die Wohnung ganz für sich zu haben. Keine Barthaarkrümel im Waschbecken, keine hüllenlos herumliegenden CDs, kein Johnny Cash auf volle Lautstärke.

Und überhaupt: Endlich frei.

Da Lilos und Haralds Kommunikation in dieser Zeit unter erheblichen Störungen litt, fielen die Absagen der Feier lückenhaft aus. Am Tag der nicht stattfindenden Hochzeit trafen sich achtzehn erwartungsfrohe Restgäste vor dem von Harald gemieteten und wieder abbestellten mittelgroßen Saal, in dem gerade eine goldene Hochzeit begangen wurde, was alle sehr lustig fanden. Schließlich amüsierten sie sich bei dem kleinen Italiener um die Ecke prächtig bis in die frühen Morgenstunden, verlosten die mitgebrachten Präsente untereinander und brachten es ganz ohne Brautstraußwerferei auf zwei viel versprechende Verlobungen.

Trotz alledem wurde es doch noch eine wunderbare Hochzeit. Vielleicht weil beide Entwürfe des Ehevertrags nie wieder auftauchten, vielleicht weil dafür bisher kaum gekannte Familienmitglieder in Erscheinung traten, die sich, wie auch etliche nicht zum *engsten* Kreis gehörende Freunde, vehement für die Versöhnung einsetzten. Wohin mit den nützlichen Geschenken und wann gibt es sonst noch ein großes Fest, heutzutage?

So heirateten sie mit einer kleinen Verspätung von neun Wochen, allerdings weder in Italien noch in der heimatlichen norddeutschen Großstadt, in der so kurzfristig weder ein mittelgroßer Saal noch der Termin beim Standesamt zu buchen war. Außerdem, fand Rita, sei eine richtige Dorfhochzeit etwas Unvergessliches, sie habe da eine wunderbare Adresse an der Hand.

Der Saal des Gasthofes stand tatsächlich zur Verfügung, inklusive der Dekoration für das erst kürzlich begangene Schützenfest. Er war gerade groß genug für alle einhundertsechsunddreißig Gäste, und die Kirche war auch sehr schön. Ein unbestreitbares Muss, weil der Wirt seinen Saal nur an ehrbare christliche Brautpaare vermietete. Von seinem Abkommen mit dem Pfarrer (bei Hochzeiten füllen sich Bänke und Klingelbeutel nun mal am Besten) wusste außer der Organistin aber niemand.

Es war ein rauschendes Fest. Der Smoking wurde bewundert, und Elisabeth schaffte es mit Einsatz beider Ellbogen, den Brautstrauß zu fangen. Die Feuerwehrkapelle der umliegenden fünf Dörfer spielte ein wenig eigenwillig, doch unermüdlich. Nach dem für Städtermägen ungewohnt deftigen Menü gab es zur Verdauung Korn, Weinbrand und Likör, was allgemein als wunderbar rustikal empfunden wurde. Trotz der Folgen.

Lilo und Harald waren sehr glücklich und mit allen Gästen einig, dass eine über so viele Stolpersteine hinweg geschlossene Ehe nur die allerbesten Aussichten hat. Bis dass der Tod sie scheidet.

Nur Tante Anita, die Herrn Wagner nun Harald nannte, blieb bei diesem Thema schweigsam. Sie und ihre Freundinnen hatten da schließlich so ihre Erfahrungen.

Doris Dörrie

Der Vater der Braut

Auf der Treppe will ich noch umkehren, aber da ist es schon zu spät. Meine Exfrau Karin öffnet die Tür, schlägt die Arme unter und sieht mir entgegen, bis ich endlich mit wild klopfendem Herzen vor ihr stehe. Mein Herz hat nach vier Stockwerken immer geklopft. Abend für Abend habe ich mein wie verrückt pochendes Herz an ihre Brust gedrückt, am Anfang voller Erregung und Sehnsucht, am Ende wie ein *Football*-Spieler beim *sac*. Aber sie gab nicht nach. Immer stand sie da, so wie sie jetzt auch dasteht. Als brächte ich eine frohe Botschaft. Das Glück. Bis zur letzten Sekunde unserer Ehe stand sie so da.

Sie haucht mir einen Kuss auf die Wange und zieht mich in die Wohnung. Dass du es tatsächlich geschafft hast, sagt sie, tritt einen Schritt zurück und betrachtet mich wie ein Bild in einem Museum.

Wir haben uns fast fünf Jahre nicht mehr gesehen. Keine Ahnung, was sie denkt. Alt ist er geworden. Er sieht nicht gut aus. Zum Glück bin ich nicht mehr mit ihm verheiratet. Gut sieht er aus. Immer besser, je älter er wird. Ein Jammer, dass ich nicht mehr mit ihm verheiratet bin.

Sie lächelt ein wenig, und auch dieses Lächeln bleibt mir ein Rätsel. Ist es wehmütig oder froh? Ich auf jeden Fall fühle beides gleichzeitig, und davon wird mir schwindlig, fast ein wenig übel, als hätte ich Heringe mit Marmelade gegessen oder Kuchen mit Bratensoße.

Es riecht anders, als ich es in Erinnerung habe. Das verwirrt mich mehr, als wenn die Wände umgestrichen und alle Möbel ausgetauscht wären.

Wonach riecht es hier?

Karin zuckt die Achseln. Vielleicht der Weihrauch, sagt sie lakonisch und nimmt mir den Mantel ab.

Welcher Weihrauch?

Sie antwortet nicht. Mein Blick fällt auf Annas Turnschuhe, die sie, wie immer, unter die Garderobe gepfeffert hat. An diesem vertrauten Anblick werde ich mich den ganzen Abend über festhalten. Etwas, das genau so geblieben ist, wie es immer war, die stinkenden, abgelatschten Turnschuhe meiner Tochter, sie werden mir Halt geben, die Turnschuhe der Braut.

Jetzt komm schon. Karin zieht mich am Arm ins Wohnzimmer, und da sitzen sie alle, die ich nie wieder sehen wollte, wie die Krähen um den Adventskranz herum. Sie sehen mich mit kalten Augen an und knabbern Adventskekse. Meine Schwiegermutter, eine alte Grille im Seidenkleid, mein Schwager, ein vierschrötiger Mensch mit rotem Kopf, Stationsarzt im Schwabinger Krankenhaus, Elke, Karins beste Freundin, die Karin während der Trennung beriet und der ich meine astronomischen Unterhaltszahlungen zu verdanken habe.

Auf der Couch sitzen zwei junge, etwas verwirrt aussehende Menschen in karierten Hosen und überdimensionalen T-Shirts, die Karin mir als die besten Freunde unserer Tochter vorstellt, die aber höchstens aussehen wie sechzehn. Vielleicht kann ich ihr Alter aber auch nicht mehr richtig schätzen, weil ich mit jungen Menschen jetzt kaum noch etwas zu tun habe und sie sich seitdem wie mit Lichtgeschwindigkeit von mir entfernt haben. Manchmal bedauere ich das.

Wo ist denn Anna?

Sie zieht sich um, sagt Karin eilig.

Und der Bräutigam? Ich habe ihn noch nie gesehen. Weiß nur, dass er Ivo heißt und Taxi fährt.

Ich kann mir meine Tochter beim besten Willen nicht als Braut vorstellen. Aber wenn ich ehrlich bin, kann ich sie mir überhaupt nicht anders vorstellen als das Kind, das sie war, als ich gegangen bin. Ein spindeldürres Kind mit strohblonden Haaren, das sich weigerte zu essen, um nie, nie erwachsen werden zu müssen und so wie wir.

Wir haben uns selten gesehen seit der Scheidung vor sechs Jahren. Ab und an gab es verklemmte Gespräche in Restaurants, ein paar Mal hat sie mich in der neuen Wohnung besucht. Zu Eva, meiner neuen Freundin, fand sie keinen Draht – oder wollte keinen finden. Sie wurde mir fremd, meine Tochter, sie bekam eine schlechte Haut, wurde dick, als sie endlich wieder normal aß, sehr dick, fett, fast monströs, sodass ich irgendwann das kleine, dünne Mädchen, das ich kannte, nicht mehr wiederfand.

Bei unserem letzten Treffen vor einem halben Jahr saß ich einer dicken jungen Frau mit wilden, rötlich gefärbten Haaren gegenüber, die mich entsetzlich langweilte und irgendetwas von einer Ausbildung als Shiatsu-Masseuse in Holland faselte und von dem Glück, mit anderen Menschen in Kontakt zu sein. Ich nickte und lächelte höflich, wie man nur bei Leuten lächelt, die man sich am liebsten auf den Mond wünscht. Meine eigene Tochter, die ich nur einmal im Jahr sah! Erschreckt fragte ich sie irgendetwas Belangloses, da richtete sie sich kerzengerade auf, sah mich mit den Augen ihrer Mutter an und sagte klar und deutlich: Ich möchte nicht wie du immer woanders sein, als ich bin.

Wie meinst du das denn, um Himmels willen?

Ihr Blick verlor seine Härte, ein rosa Schimmer überzog ihre teigigen Wangen, sie fummelte an der Kerze herum, die auf dem Tisch stand. Du ... du bist irgendwie nie richtig da, murmelte sie. Und als du damals gegangen bist, haben wir es gar nicht so recht gemerkt, weil du vorher, als du noch da warst, auch nie wirklich da warst.

Jetzt bin ich also da, Anna, ich bin hier, obwohl ich das angesichts dieser jämmerlichen kleinen Hochzeitsgesellschaft bereits heftig bereue.

Karin drückt mir ein Glas Punsch in die Hand, gleichzeitig öffnet sich die Tür zum Schlafzimmer, und Anna kommt in einem braun glänzenden Kleid auf mich zugesprungen wie ein riesiger Medizinball, umarmt mich so heftig, dass ich den Punsch fast verschütte, und deutet begeistert auf einen kleinen, dünnen Mann, der schüchtern und mit gesenktem Kopf hinter ihr steht.

Das ist Ivo!, ruft sie, löst sich von mir und legt einen ihrer dicken Arme um den kleinen Mann. Freut mich, sagt er. Er hat eisblaue Augen in einem grauen Mausgesicht. Von nahem wirkt er jünger. Vielleicht fünfundzwanzig. Er trägt einen Anzug mit zu breiten Schultern und ein grün schillerndes Hemd.

Meine Familie konnte leider nicht kommen, aber sie haben einen Schinken geschickt, sagt er und lächelt unsicher.

Jetzt lass doch den Schinken, lächelt Anna und sieht mich unverwandt an. Sie wartet, dass ich ihr ein Zeichen gebe, dass mir ihr Mann gefällt, dass der dünne, blasse Ivo aus Sarajevo genau der Richtige für sie ist. Ich kann nicht. Ich senke den Kopf, und als ich ihn wieder hebe, habe ich ein künstliches Lächeln aufgesetzt, das sie sofort als solches erkennt.

Enttäuscht wendet sie sich ab. Ich wechsle einen Blick mit Karin. Sie zieht die Augenbrauen hoch und hebt leicht die Hände. Sie hätte mich vorbereiten können auf Ivo. Kein Wort hat sie gesagt, aus purer Bosheit hat sie kein Wort über ihn verloren.

So, sie klatscht in die Hände, alle bitte austrinken. Wir müssen los. Nach Karlsfeld brauchen wir mindestens eine halbe Stunde.

Die Kirche ist in Karlsfeld?

Der Tempel, verbessert sie mich lächelnd.

Wieso der Tempel?

Ach, sagt Karin leichthin, habe ich dir das gar nicht erzählt? Ivo und Anna heiraten buddhistisch.

Aha.

Alle sehen mich an, als hätte *ich* etwas Seltsames gesagt. Ich wende mich an Ivo. Sie sind Buddhist?

Nö.

Und du, Anna, bist du neuerdings Buddhistin?

Nein, sagt Anna, eigentlich nicht.

Mir wird leicht schwindlig, das mag an dem Punsch liegen. Und wieso heiratet ihr dann buddhistisch?

Das würde ich auch gerne mal erfahren, krächzt meine Schwiegermutter aus dem Hintergrund.

Och, sagt Anna, weil ich ja nicht getauft bin und Ivo Moslem ist, können wir nicht in der Kirche heiraten, und nur auf dem Standesamt finden wir auch irgendwie doof.

Ah ja, lächle ich belämmert in die Runde.

Und die Buddhisten waren mir schon immer sympathisch, fügt Anna hinzu. Ja, sagt Ivo und trinkt seinen Punsch in einem Zug aus.

Wir fahren vor den anderen her im Taxi. In Ivos Taxi. Darauf hat er bestanden. Karin sitzt vorne, Anna und ich hinten. Darauf hat Karin bestanden. Der Vater der Braut solle doch bitte schön neben der Braut sitzen. *Der Vater der Braut.* Einen winzigen Moment lang fühle ich mich tatsächlich wie Spencer Tracy in dem gleichnamigen Film. Fast ein bisschen stolz. Aber dann sehe ich meine dicke Tochter, die so viel Platz einnimmt, dass ich mich dicht ans Fenster quetschen muss, und den dünnen Hecht am Steuer, der ihr Mann sein will, und die müden roten Rosen, die irgendjemand zur Feier des Tages in die Löcher vom Armaturenbrett gesteckt hat, und mein ganzes bisschen Stolz fliegt wie eine Fliege zum Fenster hinaus.

Karin dreht sich zu mir um und lächelt mich aufmunternd an, so wie sie mich immer angelächelt hat, wenn etwas Unangenehmes vor uns lag. Zum letzten Mal beim Gerichtstermin unserer Scheidung.

Ivo schaltet aus Versehen den Taxameter ein. Ivo, sagt Anna zärtlich und legt ihm von hinten die Hand auf die Schulter.

Ivo lacht kurz auf wie eine Hyäne, schaltet den Taxameter wieder aus und sucht im Rückspiegel Annas Blick, erwischt jedoch meinen. Seine eisblauen Augen erinnern mich an die Augen von Polarhunden.

Anna nimmt die Hand von seiner Schulter und malt Kringel auf die beschlagene Scheibe neben sich. Sie hat immer irgendetwas auf die Autoscheiben gemalt mit ihren verschmierten, fettigen Kinderpfoten. All die endlosen Autofahrten mit einem kreischenden Baby in seinem Kindersitz, später das Geblök der Kindermusikkassetten, dann ein muffiger, magersüchtiger Teenager, all diese vergeblichen Fahrten ins Glück. Und dann wieder ein strahlendes, braun gebranntes Kind, das in Jeans und T-Shirt auf mich zustürzt und an mir hochspringt wie ein Hund, und eine lächelnde Frau, die uns dabei zusieht. Ein vor Freude glucksendes Baby, das ich hoch in die Luft werfe, hoch, hoch, hoch, so hoch, dass Karin vor Schreck ganz blass wird, und das Glück, dieses Glück, immer wenn dieses sabbernde, quiekende Baby wieder auf mich zufliegt, als käme es direkt aus dem Weltall.

Ich suche nach Annas Hand auf dem Sitz und drücke sie. Eine weiche, große Hand, die mir völlig unbekannt ist. Erstaunt dreht sie mir ihr rundes Gesicht zu, und mit einer plötzlichen Bewegung legt sie ihren Kopf auf meine Schulter. Schwer lastet er auf mir, es ist nicht besonders bequem.

Du hast zu mir Kristallstraße gesagt, ganz sicher, behauptet Karin.

Nein, Diamantstraße, jammert Anna, es war die Diamantstraße. Ivo, sag doch auch mal was.

Es war irgend so ein Edelstein, sagt Ivo.

Wir irren in unserer kleinen Kolonne im Halbdunkel durch eine heruntergekommene Wohnsiedlung weit vor der Stadt. Unter den Teppichstangen zwischen den Häusern liegt Schnee. Hinter den quadratischen Fenstern stehen Weihnachtspyramiden und leuchten mattgelb vor sich hin. Zum dritten Mal biegen wir von der Smaragdstraße in die Rubinstraße.

Es ist schon nach fünf, jammert Anna, der Lama ist bestimmt schon da.

Der Lama?

Ja, der Lama der Kalmücken kommt extra für uns.

Der Lama der Kalmücken?

Karin dreht sich zu mir um und verdreht die Augen. Ich drehe ebenfalls die Augen gen Himmel. Die Verschwörung der Eltern gegen ihre Kinder. Dieser kleine Moment stillen Einverständnisses zwischen Karin und mir macht mich unversehens glücklich. Ich hebe die Hand, um sie ihr auf die Schulter zu legen, lasse es dann aber doch sein.

Lass uns noch einmal zurückfahren zur Opalstraße, schlage ich vor, und von vorne anfangen.

Ivo fragt über Funk seine Kollegen an. Keiner weiß Bescheid. Ist das nicht in Karlsfeld?, brüllt eine Frau mit Kölner Einschlag aus dem Funkgerät, da gibt's 'ne ganze Ecke, da heißen alle Straßen wie Juwelen, und die Häuser sind der letzte Dreck.

Wir finden das nie, stöhnt Anna und greift jetzt nach meiner Hand.

Als wir zum fünften Mal durch die Rubinstraße fahren, steht ein stämmiger Mann in einem seltsamen roten Umhang mit nackten Oberarmen bewegungslos vor einem Haus im Schnee.

Da ist er!, ruft Anna aufgeregt. Der Lama! Halt an! Halt doch an!

Von einer asiatischen Frau mit Schürze werden wir freundlich angehalten, uns in dem winzigen Flur die Schuhe auszuziehen.

Mit unseren dicken Wintermänteln sind wir uns gegenseitig im Weg, wir schubsen und schieben und flüstern aufgeregt wie eine Schulklasse. Ivo holt einen Kamm aus seiner Hosentasche und fährt sich damit durch die Haare. Er legt dabei seinen Kopf schräg wie früher mein Vater.

Verwundert stelle ich fest, dass ich tatsächlich eine Familienähnlichkeit an Ivo entdeckt habe, da werden wir aufgefordert hereinzukommen in die winzige Zweizimmerwohnung, von der das Wohnzimmer eine Art Wartezimmer und das Schlafzimmer der Tempel ist. Meine Schwiegermutter geht barfuß vor mir so vorsichtig über den Teppich, als fürchte sie versteckte Tellerminen.

Ich drehe mich nach Anna um, will ihren Arm nehmen – so macht man das doch, als Vater der Braut. Im Kopf höre ich sogar die richtige Musik dazu: Taatatata – taatatata. Aber Anna lächelt nur und fasst Ivo fest bei der Hand. Ihre Augen glänzen wie als Kind, wenn sie endlich das Weihnachtszimmer betreten durfte.

Vor einer Art Schrankwand mit verschiedenen goldenen Buddhas stehen brennende Butterlämpchen und Schalen voller Obst und Weihnachtskeksen. Selbst ein Schokoladenweihnachtsmann ist dabei. An den Wänden hängen bunte Bilder, überhaupt ist alles sehr bunt und heiter. Die Teppiche haben leuchtende Farben, rote Kissen liegen im Raum verstreut, goldgelbe Tücher hängen über einem Podest, auf dem jetzt der Lama sitzt. Er ist klein und dick, sein runder Schädel geschoren, sein Alter kaum zu schätzen.

Vierzig? Siebzig? Seine Ausstrahlung ist ebenso heiter wie seine Umgebung und würdevoll zugleich. Lächelnd bedeutet er uns, uns ebenfalls zu setzen. Die Brauteltern in der zweiten Reihe, die anderen dahinter.

Mit krachenden Knochen lasse ich mich auf ein rotes Kissen nieder, während Karin sich neben mir elegant auf die Fersen kniet. Ich bin gespannt, wie lange sie diese Position aushält.

Dass ich so was noch erleben darf, sagt meine Schwiegermutter hinter mir.

Dem Brautpaar weist der Lama zwei goldene Kissen in

der ersten Reihe zu. Anna wirft sich sofort schwer wie ein Elefantenkalb nieder, während Ivo stehen bleibt und sich etwas betreten umsieht. Freundlich nickt ihm der Lama zu.

Ich glaub, ich komm nicht runter, sagt Ivo schüchtern und deutet auf sein Knie. Schussverletzung. Krieg. Er zuckt die Schultern, grinst.

Oh, Anna rappelt sich wieder auf und bietet ihm ihren breiten Rücken dar. Entschuldige.

Ivo winkt ab, stützt sich auf ihren Rücken und senkt sich langsam mit ihr zu Boden, wobei er das eine Bein anwinkelt, das andere weit von sich streckt.

Er trägt Socken mit eingestricktem Spielkartenmuster. Ich kann seinen Fuß nicht sehen. Vielleicht hat er sogar eine Prothese, dieser kleine, dünne, jämmerliche Taxifahrer, der Mann meiner Tochter, der bereits in einem Krieg war, während ich noch nicht mal bei der Bundeswehr war.

Da sitzt also mein künftiger Schwiegersohn Ivo, der Kriegsteilnehmer und Taxifahrer, direkt vor mir, sein Rücken so schmal wie der eines Zwölfjährigen, und daneben meine mächtige Tochter, zukünftige Masseuse, und der Lama wirft in einer großen Geste seinen roten Umhang über die eine nackte Schulter, kichert und sagt in fließendem Deutsch: So, dann fangen wir mal an mit der Trauung, die es bei uns Buddhisten gar nicht gibt. Er kichert abermals. Ich kann Sie nicht trauen, aber ich kann Ihnen einen Glückssegen geben.

Einen was?, flüstert hinter mir meine Schwiegermutter, die immer gegen mich gewesen ist und bis zur letzten Minute versucht hat, ihre Tochter davon abzubringen, einen Sportreporter aus Hannover zu heiraten. Einen Glückssegen, flüstert Karin zurück.

Jeder Mensch möchte glücklich sein. Ich möchte Sie beide bitten, dem anderen bei seinem Streben nach Glück immer behilflich zu sein, sagt der Lama zu dem Brautpaar. Und gleichzeitig sollten Sie den Samen des Glücks in sich selbst bewässern, damit es wächst und gedeiht. Und was ist der Same des Glücks? Er macht eine Pause und sieht uns alle der Reihe nach an, seine Augen sind wach und scharf. Er wandert mit seinem Blick über Anna und Ivo zu Karin und schließlich zu mir. Der Augenblick. Der gegenwärtige, bewusst erlebte Augenblick. Wenn Sie essen, essen Sie. Wenn Sie schlafen, schlafen Sie. Wenn Sie heiraten, heiraten Sie.

Seine Augen blitzen. Wieder lacht er. Mehr sagt er nicht. Zumindest nicht auf Deutsch. Er rezitiert irgendetwas auf Tibetisch mit vielen *chös* und *lös* und *pas*, ganz tief aus seinem Bauch heraus kommen diese Töne, als hätte er eine Trompete verschluckt. Meine Beine schlafen ein, mühsam zerre ich sie unter mir hervor und lege sie wie zwei Stöcke in eine andere Richtung.

Auch Karin hat Mühe, ihren eleganten Fersensitz beizubehalten. Unruhig rutscht sie von einer Pobacke auf die andere, aber Ivo und Anna vor uns rühren sich keinen Zentimeter von der Stelle.

Ganz langsam kriecht Karins Hand über den himmelblauen tibetischen Teppich auf meine zu, bis wir uns an den Händen halten und gemeinsam auf den Vertrauen erweckenden breiten Rücken unserer Tochter starren.

Haben Sie vielleicht 'ne Zigarette?, fragt mich Ivo, als wir aus dem Haus kommen. Er trägt den weißen Segensschal über seinem grauen, schweren Mantel. Ich sehe jetzt sein leichtes Humpeln. Der Schnee knirscht unter unseren Füßen. Hast *du*?, verbessere ich ihn.

Ne, sagt Ivo.

Ich meine, du musst mich duzen, ich bin doch jetzt dein Schwiegervater. Ich klopfe ihm ungelenk auf den Rücken und hole die Schachtel Zigaretten aus meiner Tasche.

Wie hast du's gefunden?, fragt mich Ivo. Sein Gesicht leuchtet im Feuerschein der Zigarette orange auf. War doch 'ne gute Idee, oder?

Ja, sage ich.

War doch schön, oder?

Ja.

War doch verrückt, oder?

Ja.

Und schön.

Ich glaube, du darfst jetzt nie mehr eine Mücke totschlagen – es könnte deine reinkarnierte Großmutter sein, sage ich. Wir lachen beide und beobachten Anna, die mit beiden Händen im Schnee wühlt.

Ich wollte einfach was, an das ich mich mal erinnern kann, sagt Ivo, legt den Kopf schief und fährt sich wie mein Vater langsam über die Haare, und da kommt Anna lachend mit offenem, wehendem Mantel auf uns zugelaufen und wirft ihren Schneeball hoch in die Luft, hoch, hoch, hoch, und wir alle verfolgen seinen Flug und fragen uns, wen von uns er treffen wird.

Françoise Cactus

Burgundische Hochzeit

Seit zwei Jahrzehnten lebte ich als B-Movie-Schauspielerin in Berlin, ging jede Nacht aus, hatte Hunderte von Bekannten und jeden Morgen einen dicken Kopf. Ein- oder zweimal im Jahr besuchte ich meine Mutter im französischen Burgund, die mich wiederum dazu zwang, mit ihr zusammen einer alten Tante einen Besuch abzustatten. Die Tante stank nach Kuhmilch, obwohl sie schon lange aufgehört hatte, Kühe zu melken. Sie war alt, einsam und krank. Im großen Bauernhof bewohnte sie nur noch ein Zimmer und eine Küche; die übrigen Räume, die Scheunen sowie die Gärten und Felder hatte sie verpachtet.

Während meine Mutter und meine Tante sich über Krankheiten unterhielten (ihr Lieblingsthema), lief ich auf dem Hof herum und betrachtete mit städtischer Neugier die modernen Mähdrescher und die Traktoren. Manche Maschinen, deren Funktion mir unklar war, ähnelten Science-Fiction-Vehikeln. Die meisten Tiere waren verkauft worden, aber es liefen noch ein paar dicke weiße Hühner und bunte Zwerghähne herum, den dummen Kopf stets in Bewegung. Die Kaninchen hatten neue Käfige bekommen, und ich sehnte mich nach den alten, mit Hühnerkacke voll geschmierten Holzkästen, die mein Onkel früher gebastelt hatte.

In einer Scheune, in der vor Jahren alte Schränke voller Vogelnester, Körbe voller staubiger Wolle und kaputte Strohstühle gestanden hatten, waren nun Motorpflüge und rote Anhänger aufgereiht. Hier hatten mein Bruder und ich damals «Verlobte» gespielt. Zwischen zwei Maschinen entdeckte ich einen jungen Mann, der konzentriert arbeitete. Ich gehöre nicht zu dieser Art Menschen, die, selbst tatenlos, die Arbeit der anderen sexy finden. Aber hier handelte es sich eindeutig um eine Ausnahme, eventuell um Liebe auf den ersten Blick: Sah er nicht umwerfend aus, mit seinem blauen Overall, seinen Gummistiefeln? Dazu dichtes Karottenhaar, breite Finger, mit Wagenschmiere geschmückt.

So leise hatte ich die Scheune betreten, dass er mich gar nicht wahrgenommen hatte. Lange konnte ich ihn bewundern, die Art, wie er die Riesenschrauben sanft anfasste, seinen stillen Eifer, seine Konzentration. Sein Gesicht konnte ich zuerst nicht sehen, und ich war mir sicher, dass spätestens dann der Zauber brechen würde: Mich würde ein Grobian angrinsen.

Eine junge Katze streifte mein Bein.

«Oh!», machte ich.

Er hob schnell den Kopf, sah mich, schnappte sich ein Tuch, womit er seine Finger abwischte, und machte einen Schritt in meine Richtung, blieb dann jedoch stehen.

«Fräulein», sagte er nur, und seine Wangen erröteten bis zu den Ohren.

«Hallo!», rief ich, «ich bin die Nichte meiner Tante.»

«Oh ...», sagte er respektvoll.

Ich hielt ihm meine Hand entgegen. Als er sie drückte, merkte ich, dass die seine warm und schwielig war, und plötzlich musste ich an die weichen Kinderhände all meiner Berliner Bekannten denken. Der junge Mann genierte sich und suchte nach Worten. Ich kam ihm zu Hilfe und fing zu plappern an. Übertrieben spielte ich die Kokette aus der Großstadt, was ihn sehr beeindruckte. Bald ekelte ich mich vor mir selber, verstummte und sah ihm in die hellblauen Augen.

«Ist der Rasenmäher kaputt?», fragte ich nach einer Weile.

Seine Augen lachten. Natürlich konnte dieses Riesending kein Rasenmäher sein. Schnell drehte ich mich um und rannte weg.

In der warmen, mit Fliegen übersäten Küche fand ich meine Mutter und meine Tante wieder.

«Ja, der Herr Doktor meint ...»

«Wie heißt der Reparateur?», unterbrach ich sie.

«Philippe», antwortete meine Tante. «Er ist der Pächter, ein guter Junge, gut erzogen, hilfsbereit ...»

«Philippe! *Mon prince is jealous*!», summte ich.

In den nächsten Wochen wunderte sich meine Tante, mich so oft zu Gesicht zu bekommen. Ich hatte mich Hals über Kopf verliebt. Nicht in sie natürlich. Bei ihr blieb ich nur immer ein paar Minuten, hörte mir die Jeremiaden an, las ihr die Begleitzettel irgendwelcher Medikamente vor und zog dann wieder los, auf der Suche nach Philippe. Ich konnte ihn nicht immer finden, weil er auf den weiten Feldern arbeitete und meine Tante mir keine nähere Auskunft gab. Sie bemerkte gar nicht, dass ich nach dem jungen Bauern süchtig war, denn ihr war klar, dass er bald eine junge Bäuerin heiraten würde. So würde es auch sein, dachte ich, aber die junge Bäuerin wäre ich dann! Mit meinen Coco-Chanel-Gesichtscremes würde ich aufs Land ziehen und ein ganz neues Leben anfangen. Es gibt so viele Möglichkeiten der Lebensgestaltung. Warum sollte man sich auf eine bestimmte Form festlegen?

Ich war fast doppelt so alt wie er, aber dank Kosmetik, Yoga-Stunden, Müßiggang und den Unmengen hochprozentigen Alkohols, die ich in allen Lebenslagen hinuntergestürzt hatte, war ich sehr gut erhalten und wirkte jünger als die zwanzigjährigen Bäuerinnen, die mit Wollstrümpfen zur Sonntagsmesse marschierten.

Wie eine Besessene lief ich Hügel hoch und wieder runter, verlor meine Schuhe in den tiefen Furchen der Feldwege: auf der Suche nach meinem Bauern. Sobald ich seine Silhouette erblickte, rief ich seinen Namen, aber oft konnte er mich wegen der lauten Motoren nicht hören. Dann sah ich ihm bei der Arbeit zu, bis er mich endlich entdeckte, von seinem Traktor heruntersprang und sich zu mir ins Gras setzte. Statt mich bei meinem Vornamen zu nennen, sagte er immer *Mademoiselle* zu mir. Er war sehr charmant.

«Was für schöne vergissmeinnichtblaue Augen!», gratulierte ich ihm.

Er senkte den Kopf, um sein Lächeln zu verdecken, pflückte eine Mohnblume, öffnete ihre Knospe, zog einen roten Flamencorock heraus und glättete ihn. Dann reichte er mir die Blume, ich steckte sie ins oberste Knopfloch meiner Bluse und kam mir dabei schon verwegen vor.

«Wie wäre es mit uns?», hatte ich des öfteren Männer gefragt. Mein vergangenes Leben kam mir wie ein schlechtes Boulevardtheaterstück vor. Das hier war anders. Ich wollte nicht den ersten Schritt tun. Zwar redete ich ununterbrochen, während er meistens schwieg und abwechselnd rot und weiß wurde, aber es stand fest: Er würde mich küssen müssen, so wie Hunde auf Hündinnen sprangen und Bullen auf Kühe.

Und nach einer Woche geschah es auch endlich. Er hatte

länger als sonst meinem Blick standgehalten, und plötzlich spürte ich seine heißen Lippen auf meinem Mund. Die Sehnsucht war so schmerzhaft gewesen, dass wir uns minutenlang festhielten, uns im Feld rollten und dabei ununterbrochen küssten. Danach wussten wir nicht, was wir sagen sollten. Ganz verwirrt sprang ich auf, glättete meinen roten Rock und lief weg. Aber ich hatte mich noch einmal umgedreht und winkte mit der Hand *Adieu, au revoir*. Nach dem, was er mit mir angestellt hatte, würde er mich heiraten müssen!

Im Berliner «Ego»-Club erzählte ich von meiner Verlobung, ein Glas Wodka in der Hand. Um mich herum standen junge Starlets mit Strassohrringen und meine gewöhnlichen Partybegleiter, eine Bande junger homosexueller Männer, die mich entweder «originell» oder «sehr witzig» fanden.

«Uh!», riefen sie und rissen die Augen weit auf. «Und wie haben seine Eltern darauf reagiert?»

Während ich die kleinen Alten mit vernichtenden Kommentaren beschrieb, glucksten sie vor Lachen und hielten sich die Hand vor dem Mund.

«Wir wollen kommen, wir wollen alle kommen! Bitte, bitte, du musst uns alle einladen!»

Doch das kam für mich nicht infrage. Mit den gesellschaftlichen Anlässen ist es wie mit dem Kochen: Man kann nicht wahllos irgendwelche Ingredienzien in denselben Topf werfen. Am Ende durfte mich nur mein alter Freund Oskar, ein miserabler Drehbuchautor, nach Frankreich begleiten, um die Rolle des Trauzeugen zu übernehmen.

An die Hochzeit konnte ich mich später kaum noch erinnern. Sie geschah wie im Nebel, ich war zerstreut.

Philippes Familie hatte darauf bestanden, dass wir in der Kirche heirateten. Ich hatte noch nie etwas von Religionen gehalten. Als Kind las ich bei der heiligen Messe *Micky-Maus*-Heftchen und spottete über meine Schwester, die jeden Abend auf dem Bettrand betete. Ich mochte Gott einfach nicht, weil Bärte mir große Angst einjagten. In meinen Albträumen erschienen böse Wesen mit langen Bärten, erhobenem Zeigefinger und strafendem Blick, die mich wegen Kinderdummheiten in dunklen Gewässern ertränken wollten.

Aber von mir aus. Mir war alles recht. Die Hochzeit war mir vollkommen egal, ich wollte nur verheiratet sein. Um mit meinem neuen Leben anzufangen. Trotz meiner Bemühungen fand mich Philippes Familie «skandalös», und ich wollte nicht, dass er sich wegen meiner Gottlosigkeit mit ihnen stritt, denn er liebte diese kleinlichen Spießer. Und manchmal hatte ich die dunkle Ahnung, dass er eines Tages ihren Trost brauchen würde.

Meine erste Idee, ein weißes Miniröckchen und hohe weiße Stiefel zu tragen, hatte ich verworfen und schritt nun in einem langen weißen Spitzenkleid zum Altar. Der Hochzeitsausrüstung fehlte nichts, weder die Handschuhe noch das Blumenbouquet, noch der lange Schleier. Ich hatte lediglich auf die obligatorische Hochsteckfrisur verzichtet.

Durch meinen Schleier warf ich verstohlene Blicke auf das ernste Gesicht meines Onkels Léon, der meinen verstorbenen Vater vertrat und mich zum Priester führte. Weit hinter mir hing Philippes verzweifelte Mutter am Arm ihres bald verlorenen Sohnes. Ich drehte mich nicht zu ihm um, aber spürte seine Anwesenheit, und es war, als ob ein Liebesstrahl von ihm ausging, der die ganzen Gäste durchbohrte, um mich direkt ins Herz zu treffen. Während aus dem Harmonium eine feierliche Melodie erklang, war ich bewegt und von Glück erfüllt. Dann bekam ich plötzlich so etwas wie eine Erleuchtung und spürte förmlich Marias strahlende Gegenwart. Alles wahrscheinlich nur Sinnestäuschung, erzeugt durch das Gefühl des Seidenunterrocks auf den nackten Beinen, das tanzende Muster der fackelnden Kerzenlichter durch den Schleier, die Kühle der ansonsten dunklen, unheimlichen Kirche, das rote Gesicht des Priesters in seiner schwarzen Robe und diese Kette der kleinen Mädchen in Weiß: meine frechen Nichten, plötzlich nicht wieder zu erkennen, unschuldige Schäfchen, still zum Altar gleitend, bereit, ihren kleinen Jesus aufzuessen, und plötzlich ernst, sich besorgt fragend, ob die Hostie am Gaumen kleben würde.

Im Standesamt war ich genauso geistesabwesend. Der Körper eine leere Hülle, die Rede des Bürgermeisters unverständlich, die Gäste wie Vampire, der Bräutigam plötzlich fremd. Er trug einen Anzug aus dunkelblauem Samt. Seine roten Haare schimmerten in einem einzigen einfallenden Sonnenstrahl, der mutig den Staubnebel im Standesamt durchquerte. Bei jedem Spruch des Bürgermeisters, dessen Stimme von weit her zu kommen schien, lachte Philippe ein bisschen, und ich empfand seine Freude als befremdend und etwas vulgär. Als er sich zu mir neigte, um mich vor allen Augen zu küssen, hatte ich das vage Gefühl, diesem Mann schon zuvor begegnet zu sein.

Erst als wir draußen standen, in der strahlenden Sonne, im Reisregen, kam ich wieder zu mir. Auf einmal fielen mir alle Happy Ends der Hollywood-Filme ein, die ich als Kind mit Taschentuch in der Hand gesehen hatte.

«Happy End, das ist mein Ende!», dachte ich verzweifelt. Aber dann sah ich, wie Philippe sich wie ein junger Hund schüttelte – Reiskörner waren ihm in den Kragen gefallen –, und auch ich begann, mich zu schütteln. Es war ein absurder Tanz, ein lustiger Flohtwist, und ich rief: «Schnell! Champagner trinken!»

Der Zug setzte sich in Gang. Paarweise schritten die Gäste vorwärts, kurzzeitig von neugierigen Dorfbewohnern begleitet, die «Es lebe die Braut!» riefen. Die Braut indessen spielte ihre Rolle hervorragend und lächelte den Dummköpfen lieblich zu.

Bald waren wir im Garten meiner Mutter angelangt, in dem der Fotograf uns schon erwartete. Ungeduldig zertrampelte ich die Blumenbeete, denn ein großer Durst quälte mich. Man brauchte kein Experte zu sein, um sich auszumalen, wie hässlich die Fotos aussehen würden. Nichts war dem Fotografen zu banal, und wir mussten abwechselnd Händchen haltend auf der Plastikbank sitzen, uns im Profil vor den Rosenstrauch hinstellen und unsere Nasen in das Blumenbouquet stecken.

Nach dem Aperitif mussten wir zur «Alten Wassermühle», in der seit zwei Tagen rund um die Uhr gekocht wurde.

Die Kühe waren Zeuge des Hochzeitszugs, der langsam entgleiste.

Manche Gäste torkelten bereits.

Der eigentliche Skandal geschah erst am späten Nachmittag. Seit Stunden wurde gespeist: Portweinmelonen, Pasteten in Krusten, Lachse in Gelee, Schinken in Blätterteig, Lammkeulen mit Dauphine-Kartoffeln, Kalbsbraten mit Prinzessbohnen, Enten mit Orangen, Hähne im Wein usw. ... Nach jedem Gang gönnte man sich ein «trou normand», ein normannisches Loch: Ein Calvados wurde rasch hinter die Binde gegossen, mit dem Ziel, die bereits verschlungenen Speisen «einen Stock tiefer» zu schicken, damit Platz für die nächsten geschaffen wurde. Das Menü war zwanzig Zeilen lang, und da wir erst bei der zehnten waren, würde es noch Stunden dauern, bis das norwegische Omelett und die «pièce montée» (der zwei Meter hohe Baumkuchen) hineingebracht würden. Alle waren ziemlich betrunken, besonders die Männer, die schon aufstanden, um anzügliche Witze zu erzählen und schmutzige Lieder zu singen. Mächtige Gelächterwogen begleiteten die derben Anspielungen auf die bevorstehende Hochzeitsnacht. Hin und wieder wurden kleine Kinder gezwungen, Abzählverse vorzutragen. Rot im Gesicht, zierten sie sich und tanzten von einem Fuß auf den anderen, während alle um sie herum sie ermutigten und die Eltern langsam böse wurden: «Also stell dich nicht so dumm an, sing, sonst kriegst du eine hinter die Ohren!»

«Das Strumpfband! Das Strumpfband!», riefen schließlich verschwitzte Kerle mit hochgekrempelten Ärmeln.

«Hast du an das Strumpfband gedacht?», flüsterte mir Philippe zu.

Was für ein Strumpfband? Ach! Auch das noch! Mir blieb wirklich nichts erspart.

«Ich hab es, ich hab es dabei!», verkündete Philippes Mutter, ohne die alles schief gelaufen wäre. «Zieh es ihr an!»

Nun krabbelte Philippe unter den Tisch und unter meinen langen Rock, während sich alle vergnügt auf die Schenkel klopften.

Als Philippe mit scharlachrotem Kopf wieder neben mir

auf dem Stuhl saß, war der angenehme Teil dieses lächerlichen Brauchs beendet. Nun sollte ich auf den Tisch klettern und das schwiegermütterliche Strumpfband zum Verkauf anbieten. So will es die wilde Sitte. Lasziv oder schüchtern zieht die Braut ihren Rock höher und höher und zeigt ihr hübsches Bein. Für jeden Zentimeter Fleisch bieten die Männer mehr Geld. Bis endlich das Strumpfband zum Vorschein kommt. Das muss sie dann dem Sieger zuwerfen. Und Applaus, Applaus.

«Ich will es nicht verkaufen», sagte ich entschieden.

«Sie ist ja eine ganz Stolze», kommentierte ein Cousin.

«Na, mit dem Bauernhof hat sie das Geld ja auch nicht nötig», sagte eine Tante gehässig.

Andere sahen mich überrascht an. War ich trotz allem Anschein prüde? Oder hatte ich etwa Krampfadern?

«Stadtmenschen ...», meinte mein blasierter Schwiegervater.

«Wenn sie es nicht verkaufen will», brabbelte Philippe, «dann ... muss sie es nicht verkaufen ...»

Noch während der lauten Buhrufe stieg ich dann doch auf den Tisch. Wie im französischen Cancan zog ich mir das Kleid bis zum Höschen hoch, warf das besagte Bein in die Höhe, zerriss das Band und schleuderte es in den Raum, den ich daraufhin verließ, dicht von meinem alten Freund Oskar gefolgt.

«Ich kann mir nicht helfen», sagte er, als wir draußen standen, «ich kann einfach nicht begreifen, was du an dem Burschen findest!»

«Das beweist, dass du keine Phantasie hast. Deswegen sind deine Drehbücher immer so ...»

«Weißt du», unterbrach er mich, «dass Hans Dieter sehr traurig ist, dass du abgehauen bist?»

«Ach, der? Das glaube ich dir nicht.»

«Ist dir auch so schlecht von dem *Grande Bouffe*?», fragte er.

«Und wie!», lachte ich. «Und erst von dem ganzen Champagner!»

Die lauwarme Luft wirkte erholsam, und Oskar schlug einen Spaziergang in den Wald vor. Dort fragte er mich aus. Aber nur, weil er sich in den Kopf gesetzt hatte, eine Geschichte mit dem Titel «Burgundische Hochzeit» zu schreiben. Er holte ein Heftchen hervor, in das er Notizen machte. Und so vergingen lange Stunden.

Erst als wir zurückkamen und mit feindlichen Blicken empfangen wurden, begriff ich, dass ich wieder einen Fauxpas begangen hatte.

«Ja, du bist mir eine schöne Braut!», warf mir meine Mutter vor, «sieh dir dein Kleid an!» (War ich wieder fünf Jahre alt?) «Nun geh zu ihm! Aber schnell!»

Stumm saß Philippe in einer Ecke des Saals und schaute auf seine Handflächen. Plötzlich tat er mir unendlich Leid, ich rannte zu ihm und umarmte ihn.

Ein Cousin brachte ihm einen Likör.

«Siehst du?», klopfte er ihm ermutigend auf die Schulter. «Da ist sie ja wieder!»

«Wie konnte ich in diesen elenden Zirkus geraten?», lallte Philippe traurig. «Natürlich, weil ich ein Clown bin.»

Die üblichen Verdächtigungen ... Welch ein dummes Missverständnis! Nachdem ich mich mit Oskar aus dem Staub gemacht hatte, wurde wahrscheinlich gemunkelt, dass er mein Berliner Geliebter war. Es waren auch ein paar geschmacklose Bemerkungen über eine «ménage à trois» gefallen. Die treuen Ehefrauen, blass vor entsetztem Neid vor so viel Unverschämtheit, hatten ihrer Phantasie freien Lauf gelassen und sich in Vorstellungen von durchwühlten Bettlaken in schmutzigen Hotelzimmern, Autos mit Liegesitzen, Gebüschen und Heuhaufen ergötzt. Mit dem Heuhaufen hatten sie allem Anschein nach richtig getippt, denn hatte sich nicht ein trockener Grashalm in meinem Haar verfangen? Zuerst hatte man voller Mitleid mit Philippe getrauert, aber da er nur wortlos dasaß und keine Gefühlsregung zeigte, hatte man sich nicht weiter die gute Laune vermiesen lassen und war wieder tanzen gegangen.

«Oskar ist schwul», log ich und küsste Philippe auf die mit Tränen gefüllten vergissmeinnichtblauen Augen.

Hätte ich ihm erzählt, dass ich am Tag meiner Hochzeit im Wald verschwinde, um einem alten Freund ein Interview zu geben, hätte er mir nicht geglaubt. So etwas gibt es auf dem Land nicht.

Von weitem warf mir die Mutter des Bräutigams Giftpfeile zu.

«Oskar ... schwul?», wiederholte er verwundert und sah in dessen Richtung. «Man sieht es ihm aber doch gar nicht an!»

«Natürlich steht es nicht auf seiner Stirn geschrieben!» Lächelnd zog ich ihn hoch. «Komm! Unsere Hochzeitsnacht!»

Arm in Arm ließen wir verdutzte, in all ihrer Neugierde frustrierte Zuschauer zurück, die aber bald im Schnaps ihren Trost fanden und später freiwillig auf einen anderen albernen Burgunder Brauch verzichteten, den des Pisstopfs: In der Hochzeitsnacht stürmen die Gäste das Zimmer der frisch Vermählten und zwingen sie, Sekt aus einer «Nachtvase» zu trinken, in der Scheiße aus Schokolade herumschwimmt. Auf dem Boden des Pisstopfs ist ein großes Auge gemalt, das so genannte «Auge von Moskau».

Wirklich schade, denn nachdem Philippe mir seine wilde Liebe bewiesen hatte, hätte ich gern etwas Champagner getrunken. Mit oder ohne Schokolade.

Am nächsten Morgen sah ich Oskar wieder.

«Sieh mal ...» Er reichte mir sein Notizheft. «Den ersten Satz habe ich schon: *Mit 40 heiratete sie, mit 40,5 war sie geschieden.*»

Deutlich spürte ich in mir den Wunsch, intensiver zu leben. Das wiederum führte zum Ehebruch.

La fin

Rebecca Casati

Glückskind

Die Tür ging auf. Musik, Stimmen und ein warmer Luftzug strömten in den gekachelten und so genannten Puderraum des Hotels; dann erst steckte eine junge Frau den Kopf hinterher, schlüpfte ganz rein, schloss die Tür hinter sich und ließ sich mit einem unglücklichen Seufzer dagegen fallen.

«Gott sei Dank, hier bist du!», sagte sie, die Augen geschlossen.

«Warum sie nur immer so unglaublich dramatisch sein muss», dachte die Ältere, die sich gerade unter der schmeichelhaften, ansonsten aber wenig hilfreichen Beleuchtung vor dem langen Spiegel ihren Lippenstift nachgezogen hatte. Sie musste an eine Geschichte denken, die sie in einer Frauenzeitung gelesen hatte, eine Durchschnittsfrau, so hieß es darin, verspeiste im Laufe eines Jahres durchschnittlich vier Lippenstifte, einfach nur so, indem sie sich hin und wieder über die Lippen leckte.

«Hallo, Edith!», sagte sie zu dem Spiegelbild der Jüngeren und drehte sich um. «Wir haben uns ja den ganzen Abend noch gar nicht richtig begrüßt, immer warst du gerade in irgendwelche Gespräche verwickelt ... Sag mal», unterbrach sie sich selbst, «ist auch alles in Ordnung mit dir?»

Edith hielt die Augen immer noch geschlossen und die Fäuste über dem Kleid geballt. «Ich-halte-es-nicht-mehr-aus», murmelte sie. «Ich halte *sie* nicht mehr aus.»

«Wen denn?», fragte die Ältere, die sich jetzt wieder dem

Spiegel zuwandte, irgendetwas, einen kleinen Hautfetzen an ihrer Wange entdeckte und ihn entfernte, indem sie den Fingernagel des rechten kleinen Fingers mehrmals über die Stelle schabte. Dabei musste sie an diese Fernsehsendungen denken, in denen es um Gerichtsmedizin und Autopsien ging und um ebenjene Hautfetzen, die unter den Fingernägeln von Mordopfern gefunden wurden, mit denen dann später die Pathologen die DNS des Mörders ermittelten ...

In diesem Augenblick begann Edith zu schluchzen. Vollkommen unkontrolliert klang es, aber irgendwie wirkte es auf Mona nicht wie das Schluchzen von einer, die wirklich verzweifelt war. Immerhin kannte sie diese Familie nicht erst seit gestern.

Edith weinte tatsächlich kein bisschen. Sie grollte. «Selbst auf ihrer eigenen Hochzeitsparty muss sie sich noch in den Vordergrund spielen! Ständig muss sie im Mittelpunkt stehen! Mich würd's nicht wundern, wenn sie die ganze Hochzeit nur zu dem Zweck angezettelt hat. Aber was macht sie dann als Nächstes, kannst du mir das mal verraten, Mona? Live im Fernsehen Fünflinge zur Welt bringen?»

«Hey – was ist eigentlich passiert?»

«Nichts ist passiert, Mona, nur keine Angst, du hast nichts verpasst, während du hier warst! Es ist alles wie immer bei ihr, das ist es ja gerade! Ständig müssen alle auf sie eingehen und sie abknutschen mit diesen unechten Luftküssen rechts und links, mwah, mwah ...! Ständig müssen alle sie beobachten, sonst ist sie nicht glücklich, das kennen wir ja. Und wenn man nicht aufpasst und sich hin und wieder in Sicherheit bringt, dann geht's die ganze Zeit so: ‹Edith hier! Edith da, Edith, kennst du schon ...? Edith: Weißt du überhaupt ...? Ich weiß einfach nicht, ob es richtig war,

Edith. Ist das nicht verrückt, Edith, bin ich nicht verrückt? Komm ich dir total verdreht vor? Ach, Edith! Du verstehst mich doch oder: DU KANNST MICH DOCH VERSTEHEN, EDITH, ODER? Und sag mal, Kleine: Haben wir heute eigentlich Donnerstag oder Mittwoch?› Ihre ganze affektierte Rumtuerei – die macht mich ra-send! Und hinterher fühlt man sich auch noch im Unrecht, wie ein Schwein. Das macht sie nämlich mit den Leuten!»

«Wieso regst du dich denn so auf?», fragte die Ältere.

«Du weißt genau, warum ich mich so aufrege, Mona! Tu einfach nicht so scheinheilig, okay? Steht dir nämlich nicht!», setzte sie noch gehässig hinterher.

«Edith, sie ist deine Schwester.»

«Na und?»

«Und es ist ihre *Hochzeit*, also bitte, lass sie doch, kannst du denn nicht an ihrer Hochzeit … ach jemine! Das ist es, oder?»

«Das ist – was?»

Die Ältere nickte. «Hätte ich mir ja eigentlich gleich denken können. Du magst ihn immer noch, stimmt's?»

«Ha», schrie Edith und fand, dass es fast noch höhnischer hätte ausfallen können. «Hör mir zu, Mona, ja? Hör mir zu und hör sofort auf, ständig so blöde mit dem Kopf zu wackeln: Du weißt gar nichts. Du hast wie immer überhaupt keine Ahnung, und hier ist nochmal eine kleine Chance für dich, aufzuholen: Ich mag ihn überhaupt nicht mehr! Ich bin weder neidisch noch eifersüchtig, auf niemanden hier! Ich würde ihn nicht mehr nehmen, selbst wenn er heute Nacht auf Knien über glühende Kohlen und Glasscherben zu mir gerutscht käme. Nicht, nachdem er mit ihr diesen …»

Die Unterhaltung wurde unterbrochen, weil jemand versuchte, die Damentoilette zu betreten. Edith trat von der Tür weg, und eine ältere, sehr dicke und von der Hitze dampfende Dame schob sich herein. Ihre Aufmachung ließ Edith an eine mit einer roten Schleife umwickelte Schachtel mit geschmolzenen Mon-Chéries denken.

«Ist doch richtig hier, oder?», nuschelte sie in Richtung der beiden Frauen.

Mona deutete stumm auf eine der Türen, und mit einem dankbaren «Ach, da!» watschelte die Dame an ihnen vorbei in eine der Kabinen.

«Auf *die* Verwandtschaft kann ich auch gut verzichten», flüsterte Edith, während sie mit dem ausgestreckten Zeigefinger in die Luft vor der Klokabine stach. Das Kichern der Frauen fiel glücklicherweise genau mit dem Rauschen der Toilettenspülung zusammen und daher nicht weiter ins Gewicht.

«Warte mal», sagte Mona, als die Dame wieder draußen war, «ich muss mal eben was richten, darf ich mich kurz bei dir festhalten?», und dann umklammerte sie Ediths Unterarm und stieg mit einem Fuß aus ihrem Schuh, griff unter den Rock ihres lachsfarbenen Kostüms und zog einen halterlosen Strumpf an ihrem Bein herunter, bis über ihren Fuß. «Irgendwo muss hier ein Steinchen drinnen sein», murmelte sie, während sie den Strumpf schüttelte, bis er ihr entglitt und faltig und transparent wie eine verlassene Schlangenhaut auf den Boden fiel.

«Wirklich unternehmungslustige Strümpfe», bemerkte Edith.

«Ich hab sie ja nicht für dich angezogen. Aber wenn der Kleine an meinem Tisch so weitermacht, zeige ich sie ihm heute Abend vielleicht noch.»

«Welcher Kleine? Etwa mein Cousin? Dieser Dreizehnjährige mit der Gelfrisur?»

«Ich glaub kaum, dass er dein Cousin ist. Und volljährig ist er auch längst. Er hat mich vorhin gefragt, was ich denn eigentlich studiere. Was ich studiere!», kreischte Mona plötzlich auf und spreizte die Zehen ihres nackten Fußes. Sie sah aus wie ein verrückter Flamingo.

«Sieht er gut aus?»

«Nein. Umwerfend.»

«Wahrscheinlich einer seiner Bank-Kollegen. Jetzt mal ehrlich, findest du nicht auch, er hat total abgebaut im letzten Jahr?»

«Abgebaut?», fragte Mona und angelte wieder nach ihrem Strumpf.

«Na ja – besser gesagt: zugelegt. Er kommt mir so vor, als hätte er mindestens fünf Kilo zugenommen, und zwar mindestens. Eher zehn.»

«Echt?»

«Achte mal drauf. Am Gesicht sieht man's, am Hintern sogar noch deutlicher. Wenn er sein Sakko später mal auszieht.»

«Also, weißt du, Edith, ehrlich gesagt, kann's ja sein, aber wichtig ist das doch eigentlich auch nicht. Viel interessanter ist doch, ob er nun endlich mal der Richtige für sie ist. Ob es zur Abwechslung mal ein anständiger Typ ist, in den sie sich verliebt hat, nicht schon wieder so einer, der sie nach Strich und Faden betrügt. Und mir scheint er sogar ein sehr anständiger Typ zu sein, nach dem zu urteilen, was sie so erzählt ...»

«Ach Gottchen, ja, was die schon alles so erzählt ...»

An diesem Punkt ließ Mona den Arm der anderen los,

um unter ihrem Rock den Strumpf wieder zu justieren. Ihr Fuß fuhr zurück in den Schuh, und sie hielt einen Moment inne: Ihre Zehen konnten nun keinen Widerstand in dem Schuhinnenraum mehr ertasten. Mona richtete sich wieder ganz auf, straffte die Schultern und kontrollierte die Sitzfläche ihres Kostüms, indem sie eine halbe Drehung ausführte, einen raschen Blick zurück in den Spiegel warf und dabei einen halben Schritt nach vorne ging, um ihr Hinterteil zu begutachten.

«Mona», sagte Edith, «bitte, liebe Mona: Da hinten gibt's nichts zu sehen. Du bist wirklich flach wie 'n Bügelbrett.»

Mona sagte gar nichts. Aber ihr Mund war jetzt gezackt, so ähnlich wie der einer Fünfziger-Jahre-Cartoon-Figur, wenn auf dem Bild zuvor gerade eine Bombe explodiert ist. «Wieso?», fragte Edith, «freu dich doch. Besser zu dünn als zu dick. Wie geht der nochmal, dieser Satz? Man kann gar nicht reich oder dünn genug sein.»

Edith schwang sich auf den Rand des Waschtisches, schaukelte albern mit den Beinen und betrachtete ihre wirklich sehr wohlgeratenen Waden. «Sie ist ja nun auch nicht gerade 'ne Elfe.»

«Edith! Warum musst du immer so gemeines Zeug über die Leute …»

«Herrgottchen, Mona, jetzt geht dein scheinheiliges Getue von vorhin schon wieder los. Lass dir doch mal was sagen, ja? Schön. Also. Auch wenn du ihre älteste Freundin bist, vielleicht sogar gerade deshalb musst du doch ein paar kleine Wahrheiten über sie ertragen können! Du musst es doch wohl ertragen können, wenn ich schlicht und ergreifend und vor allem auch noch zutreffend sage: Eine Elfe, Mona, eine Elfe ist sie halt einfach nicht! Nie gewesen, das wissen wir doch! Die Figur hat sie von meiner Mutter, wohingegen ich eher nach meinem Vater ...»

«Sie ist eben weiblich gebaut!», wandte Mona etwas lahm ein.

«... und außerdem, liebe Mona, ist es ja nun auch nicht so, dass sie dir nicht auch schon häufiger auf die Nerven gegangen wäre mit ihrer Tour. Komm schon, Mona. Wie oft hat sie dich schon hängen lassen? Was war das damals in eurem Campingurlaub, als sie dich einfach in Acachon sitzen gelassen hat, um mit diesem komischen Lagerfeuer-Typen weiterzureisen? Ich weiß noch, wie unser armer Vater sie völlig abgerissen aus Gott weiß wo in Portugal abholen musste. Und dann, vor ein paar Jahren, diese Nummer mit dem Skikurs, den sie dir doch eigentlich zum Dreißigsten schenken wollte? Wer musste denn die Gebühren damals überweisen, Mona? Ich sage dir jetzt mal was über sie, und es ist mir ganz egal, ob sie meine Schwester ist oder nicht, ich sage dir jetzt mal gleich zwei Wahrheiten über sie, und es ist mir egal, ob du mich dann hinterher verachtest oder alles weitertratschst, vollkommen egal sogar. Sie ist ihr Leben lang immer nur auf ihren eigenen Vorteil bedacht gewesen, und es ist ihr grundsätzlich gleichgültig, ob dafür irgendjemand anders ins Gras beißen muss oder ob in China ein Sack Reis umfällt oder was. Das ist das Erste. Und das Zweite ist: Sie muss langsam mal ein bisschen aufpassen, dass sie nicht vollends aus der Form gerät!»

Mona sagte nichts, das hielt sie für würdiger. Edith meinte allerdings so eine Art Genugtuung in ihrem Gesicht zu erkennen, und zwar darin, wie Mona sich anstrengen musste, ihre Mundwinkel unter Kontrolle zu bringen. Sie wollten immer wieder nach oben rutschen. Vielleicht war Edith aber auch einfach nur zu betrunken.

«Tja. Ich hab jedenfalls mein Bestes getan.»

«Aha – was denn?»

«Na, also erstens hab ich ihr ja sozusagen den Mann abgetreten, nicht? Und das Zweite wirst du schon sehen, wenn's nachher ans Verteilen der Geschenke geht: Da habe ich mir auch was Passendes ausgedacht, für beide.»

«Was kriegen sie denn von dir?»

«Wart's halt ab. Etwas Sinnvolles, würde ich sagen. Aber auch etwas, das sie daran erinnern wird, dass sie sich beide ein bisschen zu sehr haben gehen lassen. Dass sie, wenn sie so weitermachen, zu Weihnachten aussehen werden wie zwei Lebkuchenmänner, die zu viel Hefe erwischt haben.»

«Also echt, Edith!»

«Nun warte mal, es ist ja nicht gleich, was du denkst … Was denkst du denn überhaupt? Sie können es wirklich brauchen. Jeder kann es brauchen, von ein paar begünstigten Ausnahmen wie uns mal abgesehen.» Bei diesen Worten ließ Edith ihre Waden wieder ein bisschen schneller schlenkern.

«Du willst doch nicht sagen, dieses monströse Teil unter der Schutzhülle, das in der Ecke neben der Terrassentür steht, ist ein …»

«Doch, Mona, doch, genau das ist es.»

«Edith!»

«Edith, Edith», äffte die Jüngere sie nach, «du redest ja schon genau wie sie! Du bist jetzt nicht mehr ihr Papagei, vergiss das nicht, sie hat jetzt einen neuen.»

«Wie hast du es denn überhaupt hierher gekriegt?»

«Zwei Kurierfahrer haben's vorhin hergebracht und reingerollt, während ihr euch im Garten auf den Brautstrauß gestürzt habt wie ein Rudel Tüpfelhyänen auf eine gestrauchelte Antilope. Und morgen früh, nach der Party, wird es wieder abgeholt und zu ihnen gebracht.»

«Haben sie denn überhaupt Platz für das Ding in ihrer winzigen Wohnung?»

«Klar haben sie den – zum Beispiel im Schlafzimmer, gleich neben dem Ehebett! Ist doch ganz romantisch, Mona, oder? So ein junges Glück!» An dieser Stelle konnte Edith, genau wie vorhin bei der dicken Dame, ihr Kichern nicht unterdrücken. Nur dass Mona dieses Mal nicht mitkicherte.

«Warum eigentlich so?»

«Warum? Na, das hab ich dir doch ...»

«Nein, ich meine: Warum musstest du das Riesending extra hierher bringen lassen? Hättest du es nicht gleich zu ihnen nach Hause liefern lassen können?»

«Dann wäre die Überraschung ja keine Überraschung gewesen.»

«Ein Foto in einem hübschen Umschlag hätte es für heute Abend ja vermutlich auch getan, oder nicht?»

Edith schwieg. Und sah zu Boden. Aber eigentlich grinste sie vor allem.

«Warte mal. Nein, nein, Edith, wie dumm von mir: Natürlich hätte es das Foto in dem Umschlag heute Abend nicht getan. Die ganzen Gäste, die Aufmerksamkeit: Du wolltest möglichst viel Aufhebens drum machen! Damit's auch ein bisschen peinlich wird, das Ganze, oder? Du wolltest sie blamieren.»

Ediths Grinsen wurde noch ein bisschen grinsiger. «Leider, leider kann man ihn gar nicht umtauschen», sagte sie ohne das geringste Bedauern, «und zurückgeben geht auch nicht: Er war runtergesetzt. Was nicht heißen soll, dass er billig war, ganz und gar nicht. Aber vorher war er ungefähr unerschwinglich.»

«Du wolltest also regelrecht, dass die anderen Gäste das Ding zu sehen kriegen, damit sie sich alle fragen, ob es die zwei denn so nötig haben!»

«Das braucht sich keiner fragen, so offensichtlich, wie das ist. Sie platzt ja heute Nacht wahrscheinlich noch aus ihrem Hochzeitskleid, wenn sie sich weiter so affektiert durch die Gegend schraubt. Und er – na ja, wie gesagt, sieh selbst. Keine Ahnung, was die beiden die letzten zwölf Monate gegessen haben. Als ich ihn aufgegabelt habe, war er jedenfalls noch tadellos in Schuss. Sportler, Makrobiotiker, hat sogar während seines Sabbaticals jeden zweiten Tag Yogakurse besucht, du weißt schon, nicht so alternative wie hier, sondern diese schicken New Yorker Yogakurse. Aber dann musste sie ja atemlos die Treppe hochgestolpert kommen, kaum dass er eine halbe Stunde da war. Dann musste sie ja an meiner Tür klingeln, schon durch die Gegensprechanlage ging es schon wieder los mit: ‹Edith, du glaubst ja gar nicht, was mir passiert ist, mein Wagen ist abgeschleppt, meine Schlüssel liegen drinnen und, Edith, meine Papiere auch, du musst mir helfen, darf ich kurz hochkommen, und nun sagt mir überhaupt gleich mal schnell: Haben wir heute Dienstag oder Mittwoch?›»

«So ist deine Schwester eben», sagte Mona. «Sie ist chaotisch, aber eines dieser Glückskinder. In die sogar das Schicksal verliebt ist. Die ihrer großen Liebe beim Tanken begegnen. Oder beim Straßeüberqueren. Sozusagen die Eins beim Eins zu Neunundneunzig.»

«Nun hör sich das einer an, Mona, man könnte ja meinen, du schwärmst richtig für meine Schwester, was? Beim Überqueren der Straße, sagst du – na, du bist ja gut, Mona. Du hast ja wirklich Nerven! Dazwischengedrängt hat sie sich, zwischen ihn und mich, mit ihren – wie hast du das genannt? – weiblichen Rundungen. Sie war doch schon dabei, ihn mir auszuspannen, bevor ich sie reingebeten hatte, Mona! So, ein Glückskind ist sie also, tja, na ja – dann vielen Dank auch!» Und zur Untermalung dieser Worte schnippte Edith ein paar Mal hintereinander mit dem Finger, obwohl die Geste mit dem Gesagten eigentlich gar nichts zu tun hatte.

Ediths herrische Art und ihre länger werdenden Monologe – das wurde Mona jetzt etwas unangenehm. Auch wollte sie ihren Tischnachbarn nach seinem Lieblingsrestaurant in der Stadt fragen. «Es wird Zeit», sagte sie, «sich mal wieder unters Volk zu mischen.»

Edith grunzte.

«Um Mitternacht beginnen sie wohl schon mit den Geschenken. Dann kommt ja auch dein großer Auftritt.»

Edith grunzte wieder.

Und Mona stakste hinaus.

Tatsächlich war man in der Zwischenzeit vom Tanzsaal hinüber ins Terrassenzimmer gewechselt. Die Gäste standen nun im Halbkreis um einen großen Tisch herum, auf dem sich die Geschenke wie Legosteine zu einer Mauer stapelten, hinter der das Brautpaar fast gänzlich verschwand. Je mehr Geschenke sie auspackten, desto mehr buntes Papier bedeckte den Boden.

Edith stieß dazu, als schon das größte Stück der Geschenkemauer abgetragen und der Blick auf das Brautpaar fast wieder frei war. Sie beugte sich vor, um nach Mona zu schauen, die auffällig zu einem jungen Mann in einem weißen

Dinnerjacket hinüberspähte, der sie wiederum keines Blickes würdigte.

«Arme Heuschrecke», dachte Edith.

In ihrem engen weißen Empire-Satinkleid sah die Braut bezaubernd aus. Sie hatte – hier können wir das eigentlich viel zu altmodische Wort doch noch einmal unterbringen – Schmelz. Ihre blonden Locken schmolzen über ihren geröteten Wangen, bis hinunter zu ihren Armen. Ihre Augen waren blank, vielleicht auch vor Erschöpfung, ihre Bewegungen waren reduziert und liefen ab wie in Zeitlupe. Das war ein Muster, das Edith an ihrer Schwester schon immer gleichermaßen fasziniert wie abgestoßen hatte.

Das eigentlich Schlimme aber war, dass sie es genau wusste. Dass sie all das wusste. Und dass es ihr egal war, wie Edith über sie dachte.

Der Bräutigam wirkte hinter der Geschenkemauer wie eine stümperhafte oder aber noch unfertige Handpuppe in einem Kasperletheater, wie Edith erfreut feststellte. Seine Frisur war zerdrückt, seine Fliege hing schlaf, seine Miene war blass und indifferent, und unter seinem Smokinghemd, dessen Ärmel er hochgerollt hatte, wölbte sich tatsächlich ein für sein Alter recht stattlicher Bauch.

Das Brautpaar also wickelte und packte, riss Schachteln auf, bedauerte hier den Verlust eines besonders schönen Geschenkpapiers, bohrte dort die Finger in eine hartnäckige Kartonage oder Schleifenkonstruktion. Und die ganze Zeit über murmelte der Halbkreis, kommentierte jedes neue Geschenk und täuschte abwechselnd Spannung, Ausgelassenheit, Neugier und Begeisterung vor.

So wurde der Tisch leerer und leerer. Und als schließlich das letzte Geschenk ausgepackt war – da hielt der Bräutigam einen Umschlag hoch, der die Farbe eines viel zu süßen tropischen Cocktails hatte. Er bat die Anwesenden um Ruhe. Und sprach.

«Meine Lieben», so hob er an, «meine Familie, meine Freunde: An dieser Stelle möchte ich euch danken. Für eure Geschenke, aber vor allem dafür, dass ihr alle gekommen seid.»

Hier musste der Bräutigam eine kleine Pause einlegen, um sich den Schweiß aus dem fahlen Gesicht zu wischen. Vielleicht waren es auch ein paar Tränen, die Braut blickte jedenfalls taktvoll gerührt zu Boden. Edith merkte, dass der richtige Augenblick langsam näher rückte.

«Es ist», begann der Bräutigam wieder, «nur noch *ein* Geschenk übrig. Es ist in diesem Umschlag» – er schwenkte überflüssigerweise das Kuvert – «und ich habe es aus einem ganz bestimmten Grund bis zum Schluss aufgehoben, denn dieses Geschenk ist von mir. Es geht an zwei ganz besondere Menschen.»

Der Bräutigam nahm den Umschlag nun in beide Hände, seine Finger fanden die Stelle, an der sich die Zunge in das Kuvert gehakt hatte.

«Noch so einer, der's gern dramatisch hat», dachte Mona.

«Hier», sprach der Bräutigam und zog zwei Pappstreifen aus dem Kuvert, «hier habe ich zwei Tickets. Sie sind für eine Weltreise, und sie gelten gleich ab morgen. Das eine» – nun wandte der Bräutigam sich an seine Braut – «ist für meine atemberaubende, wunderhübsche, einzigartige und von mir über alles geliebte Frau!» Er drückte seiner Braut den Pappstreifen entgegen, die ihn an sich nahm und sofort in ein aufgeregtes Quieken ausbrach.

Der Bräutigam nahm sie nun am Arm, führte sie hinter

dem Geschenketisch hervor und schob sie in Richtung der Gäste. Edith beobachtete, wie linkisch er sich den Weg durch das Geschenkpapier bahnte und fast sogar auf einem Bogen ausgerutscht wäre, aber gerade noch fing er sich. «Und hier», sagte er, «hier haben wir das zweite Ticket. Es ist für den Mann, der seit einem halben Jahr hinter meinem Rücken mit meiner Frau schläft!» Mit diesen Worten drückte der Bräutigam den zweiten Pappstreifen dem jungen Mann in dem weißen Dinnerjacket in die Hand. Und verließ das Terrassenzimmer.

In diesem Moment hatte sich Ediths Magen so verkrampft, als wäre ein Geschenkband drumherum gebunden, das von irgendeinem verwöhnten Gör gerade viel zu heftig zusammengezogen wurde.

Irgendwann hatte sie sich mit dem Monstrum in ihrem Wohnzimmer abgefunden. Sie hatte es einfach nie aus seiner schwarzen Schutzhülle befreit, und so stand es da wie ein schwarzer, formloser Monolith. Manchmal breitete sie Wäsche zum Trocknen darüber; manchmal vergaß sie ihn für ein paar Wochen.

Aber leider war Edith eine jener Unglücklichen, die sich letztlich an alles erinnern.

Judith Kuckart

Märchenhochzeit
Kurzer Monolog für ein Mädchen

(Das Mädchen setzt eine Brille auf und liest aus seinem Heft vor)

Märchen 1: Es war einmal eines Tages, da hielt ein Wagen vor dem Haus ihrer Eltern, und ein Mann, der den Wagen fuhr, fragte: Darf sie meine Frau werden? Er zeigte auf sie.
   Er wählt mich aus, dachte sie, aber ich bin nicht gemeint. Er war nicht mehr jung und sehr reich.
   Sie war siebzehn und hatte touchierte Wimpern, die waren lang und hart wie Fliegenbeine.

(Das Mädchen singt die Melodie von «Ritter Blaubart». Sonst verändert sich nichts)

Märchen 2: Und eigentlich war nichts an ihm auszusetzen.
   Alle freuten sich über seinen Antrag. Sie aber bekam einen Schreck. Auf seinem Gesicht war ein fremder Schimmer, und der war blau.
   Sie setzte sich in den Wagen, der Mann ließ das Verdeck herunter. Sie sagte: So ein Auto will ich auch.
   Und er sagte: So ein Auto bekommst du auch, wenn du achtzehn bist.
   Sie sagte: Gut, ich warte. Er sagte: Das tue ich auch, ich warte auch.
   Worauf?
   Auf dich.

Sie verstand ihn nicht. Er strich mit der Linken sein Gesicht glatt, der blaue Schimmer auf seinen Zügen blieb. Er ließ den Motor an.

Sie winkte, bis sie ihre Familie nur noch als Punkte vor dem Haus hüpfen sah.

Es war ein windiger, schöner strahlender Abend im Frühjahr, aber nicht ganz so einer wie im Märchen.

Sie fuhren mit 280 km/h über die Autobahn. Dann begann ein dunkler Wald.

Sie sagte: Wir sind vom Weg abgekommen. Er lachte und sagte: Wir wohnen hier.

(Schrecken fährt ihr sichtbar in die Glieder)

Märchen 3: Das Haus stand in einer Villengegend, wo die Gärten so groß waren, dass man die Zäune zu den Nachbargrundstücken kaum sehen konnte. Sie brachte ihre fünf Koffer und den Teddy ins Haus, dann ging sie hinunter in den Garten. Er folgte.

Wer wohnt dort? Sie zeigte auf das Nachbarhaus.

Niemand.

Oh.

Willst du es sehen?

Ja.

Nun folgte sie ihm durch die ungemähte Wiese. Das Gras stand bauchhoch, das war tröstlich. Vom nahen Tennisplatz hörte sie, wie einer der Spieler bei jedem Schlag stöhnte.

Neu sah das Nachbarhaus aus, obwohl an manchen Stellen die Wände vom Regen verfärbt waren. Das Gras schaute in die Fenster, parterre, hinein. Das Haus war leer, aber gleich hinter der Eingangstür roch es nach Mörtel und ungelüfteten Zimmern. Auf dem Holzfußboden im Flur lag Staub. Im Staub waren Spuren von Füßen, Füße so groß wie ihre und auch so schmal.

Plötzlich sagte sie – und ihre Stimme war verändert: Dort ist das Schlafzimmer, ein Schlafzimmer, in dem der Mörder seine schöne Frau ermordet hat, mit der er gerade erst hier eingezogen war. Und der Mörder wohnt jetzt hier unten – hier unten im Keller. Und er schreit noch immer um Hilfe, so wie damals, während er seine schöne Frau töten musste. Beide waren sie still. Das Stöhnen kam vom Tennisplatz.

(Der Schrecken ist sichtbar, hat sich eingeschrieben. Sie zieht die Schultern hoch)

Märchen 4: Er kaufte ihr bald ein weißes Cabrio mit roten Ledersitzen. Saffianrot, sagte er. Sie kannte das Wort nicht.

Der Wagen wartete in der Garage auf ihren 18. Geburtstag. Er sagte, er würde ihr später auch noch eine Boutique kaufen und viele Bildungsreisen spendieren.

An ihrem 18. Geburtstag schlief er (Märchen 5) das erste Mal mit ihr, und sie dachte, das ist es, was ihn am Leben hält.

Danach fuhr sie mit dem neuen weißen Auto. Ihre Haare verknoteten sich im Fahrtwind. Sie war jung.

Er saß neben ihr und sagte: Wir werden eines Tages vier Kindermädchen haben, wenn wir einmal unsere vier Kinder haben, und jedes Kindermädchen wird ein eigenes Zimmer und eine eigene Katze haben. Er sagte, wir werden nicht gestorben sein, eines Tages, wenn wir so leben wie heute, das verspreche ich dir.

Am Tag darauf ging er auf Reisen und gab ihr zum Abschied alle Schlüssel, die zum Haus gehörten.

Du kannst deine Sachen in alle Schränke hängen, sagte er, du kannst alle Türen öffnen. Nur nicht die eine, zu der dieser Schlüssel hier ist.

Welche denn?

Das wirst du schon merken.

Er hielt ihr den Schlüssel so dicht vor die Nase, dass sie ihn kaum sehen konnte. Es war ein kleiner goldener Schlüssel und bisher das einzige Indiz dafür, dass es sich bei der Sache zwischen ihm und ihr doch um ein Märchen handeln könnte. Da lächelte sie ihn an.

«Warum gibst du mir dann den Schlüssel?»

Er lächelte zurück, aber wie! Da wurde der kleine Schreck, der ihr von Anfang an in den Gliedern gesessen hatte, größer. Ihm war langweilig ums Herz? Wegen ihr?

Er ging.

Sie hörte, wie er den Motor anließ. Vor dem Badezimmerspiegel drückte sie eine Weile in ihrem Gesicht herum. Dann ging sie ans Fenster. Unten auf der Straße sah sie den hellen Fleck auf dem nassen Asphalt, dort, wo gerade noch sein Auto gestanden hatte. November. Er regnete. Sie trug eine blaue Strickjacke, während sie noch dort stand.

Die Fenster des unbewohnten Nachbarhauses starrten herüber, zwischen kahlen Bäumen.

Märchen 6: Jetzt probiert sie alle Schlüssel an allen Türen, sie probiert immer zuerst mit dem kleinen goldenen und ist sehr aufgeregt. Sie findet die verbotene Tür und schließt auf, zu, auf, zu, auf, zu, auf, zu-auf-zu-auf-zu-auf-ein …

(Das Mädchen singt: «Er liebte mehr als irgendeiner / denn seine Sehnsucht war das Meer. / Er liebte viele – aber keiner / gab er die ganze Seele her. Und sah er sich beim Lustgenießen / nach dem sein Blut verzweifelt schrie / in eine Frau hinüberfließen – erschlug er sie.»)

Auf einmal zieht sie ihre blaue Strickjacke aus und macht einen Handstand gegen die Tür. Sie macht den Handstand, und die blaue Strickjacke liegt neben ihr auf dem Boden. Der goldene Schlüssel fällt dabei aus dem Schloss und gleich neben die blaue Strickjacke. Sie lässt die Füße zum Boden zurückschlagen, hebt noch in der Hocke den Schlüssel auf und fängt an zu laufen. Läuft und wirft die Haare. Soll der doch, denkt sie und weiß nicht (Märchen 7), ja, weiß nicht, was sie damit meint. Soll er mich doch mal! Sie wirft die Haare und rennt. Da ist er plötzlich dicht hinter ihr, und sie spürt seine Hand fast im Nacken. Sie rennt und stolpert, fängt sich und stolpert wieder und fällt, den Schlüssel in der Hand. Die Hand ist eine Faust jetzt. Er stolpert und fällt über sie.

Was hast du da so Hartes in deiner Tasche, mein Liebster?

Den Schlüssel, sagt er. Den Schlüssel, was sonst. Was sonst soll da so hart sein?

Sie schaut auf ihre Faust, und er dreht sie zu sich herum. Sie sieht eine Rotbuche über sich, an der Zimmerdecke, sieht die Blätter, und alle in einem anderen Rot, aber alle zittern.

Er wirft die blaue Strickjacke über ihr Gesicht, die Strickjacke, die sie bei der Tür vergessen hat.

Warum bist du hinter mir hergelaufen, mein Liebster?

Weil du mir gefällst.

Wirst du mich töten?
Ja.
Warum?
Frag nicht.
Wann wirst du mich töten?
Fürchtest du dich?
Nein – ich liebe dich dafür.
Dann werde ich dich nicht töten.
Ah, bist du grausam, Liebster!
Sagt sie, und in dem Moment (Märchen 8 oder 9) klingelte das Telefon.

(Das Mädchen zieht das Haargummi aus dem Haar. Sie schaut sich um: Ist die ganze Welt denn verbogen?)

Märchen 9: Bald gibt es nur noch wahre Geschichten. Und keiner lügt mehr. Kein Himmel verdunkelt sich mehr, keine Schafe fallen tot um, keine Dornen und Rosen versperren den Eingang zur nächsten Metrostation, keine Könige wandeln mehr seufzend durch das Schloss, und alle Prinzen sind längst verheiratet.

Margit Schreiner

Harry

Es war an sich schon ein ungewöhnlicher Fernsehabend. Zuerst die Mutter eines vierfachen Frauenmörders; dann die Bauchtanzdame mit den sieben Pythonschlangen, denen sie, wie in einem Videoclip zu sehen war, täglich kleine schwarze Kaninchen als Frischfutter ins Terrarium warf; ein Kleinwüchsigenpaar, das sich vor allem deshalb lieben lernte, weil es endlich einmal nicht jeweils zu einem anderen Menschen aufschauen musste; die Mutter eines jahrelang in der Schule von Mitschülern gequälten dicklichen Jungen; und schließlich Harry.

Dabei ging es mir gar nicht gut an diesem Abend. Ich haderte mal wieder mit meinem Geliebten-Status. Seit Jahren war ich nun mit einem verheirateten Mann zusammen. Dazu kam, dass ich meine Tage hatte, meine elfjährige Tochter ohne mich bei Schweinfurt auf einem Reiterhof Abenteuerurlaub machte und es entweder drückend schwül war oder furchtbare Sommergewitter niedergingen, was einen niedrigen Luftdruck, hohe Luftfeuchtigkeit und Kreislaufprobleme mit sich brachte. Und außerdem hatte ein besonders übler Blitz mein Modem ruiniert.

Harry war der erste Homosexuelle Sachsens gewesen, der nach der Legalisierung der gleichgeschlechtlichen Ehe seinen Freund geheiratet hatte. Harry erinnerte mich an den Erzieher in dem Schülerladen in Berlin-Charlottenburg, den meine Tochter ein Jahr lang besucht hatte. Der Erzieher damals hieß auch Harry und war auch homosexuell. Nur dass der Harry in Berlin nicht verheiratet gewesen war. Ich glaube, dass es selbst in Berlin nicht leicht ist für Homosexuelle, vielleicht sogar gerade in Berlin nicht. «Ach, weißt du, Theresa», hatte Harry einmal zu mir gesagt, er nannte mich nie Marie-Therese, sondern immer Theresa, «Deutschland ist scheiße.» (Manchmal sagte Harry auch Mutter Teresa zu mir, die er angeblich verehrte, er hatte übrigens auch eine rosa Marienstatue in der Grotte von Lourdes an einem rosa Band vom Innenspiegel seines Autos baumeln, obwohl er Buddhist war.) Harry aus Berlin war schöner als Harry im Fernsehen und irgendwie trauriger. Dabei hatte der Harry aus dem Fernsehen gerade seinen Mann verloren.

Mein Geliebter lag neben mir im Bett. «Unglaublich», sagte er, «was für tapfere Menschen es gibt.»

Harry hatte gerade erzählt, dass sein Freund zum Zeitpunkt der Hochzeit bereits todkrank war. Kennen gelernt hatten sie einander sechzehn Jahre zuvor in einem halb offiziellen Homotreff in Leipzig, wo Harry als Kellner oder Barkeeper arbeitete. Sie hätten am selben Abend noch Tango getanzt, sagte er. Sein Freund und späterer Mann war Gymnasiallehrer. «Er war viel aktiver als ich», sagte Harry, «und hat mir manchmal so einen Schubs gegeben. Du schaffst das schon, hat er gesagt, versuch es doch einfach.»

Mein Geliebter fasste nach meinem Arm. Er gibt mir auch manchmal einen Schubs, zum Beispiel, wenn ich in Depression darüber versinke, dass er sich nicht scheiden lässt, um mich zu heiraten. Nicht dass ich es prinzipiell auf Heirat abgesehen hätte. Denn ich war schon zweimal verheiratet. Heirat an sich ist mir ziemlich gleichgültig. Keine meiner ersten beiden Ehen ist auf mein Betreiben geschlossen worden. Im Gegenteil! Die erste Ehe hatte sich aus der

Notwendigkeit ergeben, eine Aufenthaltsgenehmigung in Japan zu erhalten, wo mein Freund arbeitete, damit ich nicht alle vier Monate nach Korea fliegen und von dort aus neu mit einem Touristenvisum einreisen musste. Die zweite Eheschließung hatte mein damaliger Lebensgefährte und Vater meiner Tochter betrieben, weil er glaubte, dass es für das Kind besser sei, verheiratete Eltern zu haben. Was sich als Irrtum herausstellte. Wir waren sowohl im Kinderladen in Berlin-Charlottenburg als auch später im Schülerladen die einzigen verheirateten Eltern. Und ich weiß auch nicht, ob wir als verheiratetes Paar überhaupt einen Kinderladen- oder Schülerladenplatz bekommen hätten, wenn ich nicht immer wieder aufs Amt gegangen und so nachdrücklich auf meinen Beruf als Schriftstellerin hingewiesen hätte. An und für sich ist man als allein stehende Mutter viel besser gereiht, was die Kinder- und Schülerladenplätze anlangt. Zumindest in Berlin! Später in Italien dann war es sicher von Vorteil, als Eltern einer schulpflichtigen Tochter auch verheiratet zu sein, aber Italien entpuppte sich ja doch nur als eine Zwischenstation. Ich ließ mich noch in Italien scheiden, und ich weiß nicht, ob es dort nicht besser gewesen wäre, als Eltern einer schulpflichtigen Tochter von Anfang an nicht verheiratet als zuerst verheiratet und dann geschieden zu sein.

Harry sagte, sein Freund und er seien bereits drei Tage nachdem sie sich kennen gelernt hätten, zusammengezogen. Er lächelte. «Ganz oder gar nicht», sagte er, «das ist meine Devise. Alles oder nichts.»

Ich rückte ein Stück von meinem Geliebten weg. «Ganz oder gar nicht» ist an sich auch meine Devise. Aber was soll ich tun, wenn er nun einmal nicht zu mir zieht? Mein Geliebter rückte – wahrscheinlich automatisch – nach.

«Es war nicht ganz einfach», sagte Harry, «denn jeder von uns hat so seine Macken gehabt.» Es seien schon sehr turbulente erste drei Jahre gewesen, bis sie eine positive Form des Zusammenlebens gefunden hätten.

Manchmal glaube ich, gleichgeschlechtliche Paare haben es leichter. Ich meine, ich habe bei der Beobachtung heterosexueller Paare doch immer ein wenig den Eindruck, die Partner verhielten sich im Grunde wie Hund und Katze. Der Hund, der mit dem Schwanz wedelt, ist freundlich und freut sich, die Katze, die mit dem Schwanz zuckt, ist nervös, gereizt. Die Signale sind ähnlich, haben aber unterschiedliche Bedeutung. Wahrscheinlich liegt es wieder nur an den Frauen. Wir nehmen immer alles persönlich. Außerdem sind wir nachtragend. Nach den ersten drei turbulenten Jahren finden wir keine positive Form des Zusammenlebens mit einem Mann, sondern lediglich tausend Gründe, warum er uns nicht wirklich liebt. Meistens werden wir dann trotzdem geheiratet, was wir aber nur als mehr oder weniger hilfloses Zeichen auffassen, dass der jeweilige Mann, wenn er uns schon nicht genug liebt, sich doch zumindest bemüht.

Das war bei Harry und seinem Freund offenbar ganz anders. Die haben sich wirklich geliebt. Harry erzählt im Fernsehen, dass sein Freund eines Tages mit dem Prospekt einer Reihenhaussiedlung zu ihm nach Hause gekommen sei. «Wir wollen uns ein Häuschen kaufen», hat er gesagt. «Wir sind dann zu der Reihenhaussiedlung gefahren», sagte Harry. Er sei entsetzt gewesen. Nie im Leben, habe er zu seinem Freund gesagt, werde er in so eine Reihenhaussiedlung ziehen. «Die Reihenhaussiedlung ist schrecklich», habe er gesagt, «die nimmt uns doch die Luft zum Atmen!» Aber am

Ende hätten sie doch das Häuschen gekauft. Sein Freund habe ihm eben mal wieder diesen Schubs gegeben!

Jetzt fasste ich nach dem Arm meines Geliebten. Ach, jede Reihenhaussiedlung nähme ich doch in Kauf, um mit ihm zusammenzuleben! Ich liebe ihn nämlich. Besonders liebe ich sein Gesicht, seine Arme, seinen ganzen Körper, sein Lächeln. Sein Verständnis. Seine Stimme. In dem Moment lächelte mein Geliebter besonders verständnisvoll. «Süß», sagte er, «sind sie nicht süß?» Im Fernsehen wurde gerade ein Videofilm über das Reihenhaus von Harry und seinem Freund eingespielt. Süß? Was soll ich dazu sagen?

«Na ja, ein normales Reihenhaus eben, aber einfach kuschelig», kommentierte Harry den eingespielten Film aus dem Off, ein wenig verlegen, wie mir schien. Harrys Freund, der jetzt auch ins Bild kam, schien mindestens zwanzig Jahre älter zu sein. Seine erwachsene Tochter aus erster Ehe war auch im Bild, aber da sie meistens die Videokamera in der Hand hielt und filmte, konnte man nicht sehen, wie alt genau sie war.

Vielleicht liegt es ja daran, dass für Homosexuelle jede Handlung neu ist. Ich meine, es schleift sich nichts so schnell ab. Für ein schwules Paar ist es nun einmal eine Herausforderung, zusammen in eine Reihenhaussiedlung zu ziehen. Das ist Kampf auf jeder Linie. So wie wahrscheinlich jede Hotelzimmerbestellung, vielleicht sogar jeder Kuss auf der Straße oder letztlich jedes Gespräch mit Heterosexuellen. Denn irgendwie wird sich bestimmt jeder dahergelaufene Reihenhausbesitzer sofort vorstellen, wie es zwei Homosexuelle im Bett treiben. Das ist so wie bei Bill Clinton. Wenn Millionen Amerikaner bei jeder Fernsehansprache ihres Präsidenten nur an seinen Schwanz denken, wenn sie seine Nase sehen, musst du schon Nerven haben, um eine anständige Rede zu halten.

Mein Geliebter hatte etwas gemerkt. Er drückte meine Hand und lächelte mich an. «Es muss ja nicht gerade ein Reihenhaus sein», sagte er lächelnd. Er ist vor zwei Jahren aus dem gemeinsamen Haushalt mit seiner Familie ausgezogen und lebt seither in einer kleinen Mansardenwohnung. Aber meistens ist er eigentlich bei mir.

Man sah inzwischen in einer zweiten Einspielung Harry und seinen Freund in einem Garten stehen. Sein Geliebter musste da schon krank gewesen sein, denn er war sehr dünn. «Das ist unser Garten», sagte Harry aus dem Off, «wir haben ihn zusammen angelegt. Er ist viel bunter als die anderen Gärten rundherum. Manchmal bleiben Spaziergänger stehen und schauen in unseren Garten.» Der Film war etwas überbelichtet, wahrscheinlich hatte ihn die Tochter von Harrys Freund mit ihrer Videokamera gemacht, der Garten sah im Film gar nicht so bunt aus. Eher verwunschen und ausgebleicht als bunt. Eher durchscheinend, gleißend. Wie ein Bild aus einer Traumsequenz. Wie im Traum taumelte Harry zu seinem Freund und legte einen Arm um dessen Schultern. An dieser Stelle musste ich selbst ein wenig ins Träumen gekommen sein, jedenfalls hatte ich den Anschluss verpasst. Die Einspielung war längst vorbei und Harry sprach in der Talkshowrunde gerade über das Sterben seines Freundes. Nein, sein Mann hatte nicht Aids gehabt. Es war Krebs. Sein Freund habe wochenlang Bauchschmerzen gehabt, ohne zum Arzt zu gehen. Auf sein Drängen hin sei er dann endlich gegangen. Da hatte Harry dem Partner einmal einen Schubs gegeben!

Die Geschichte vom Sterben seines Freundes war traurig.

Krankenhausaufenthalte, Hoffnung, Kampf, Liebe, Resignation. «Ich habe den Eindruck, du kämpfst nicht mehr wirklich», hatte Harry seinem Mann – zu der Zeit waren sie schon verheiratet gewesen – eines Tages gesagt. «Du lässt dich hängen.» Und: «Lass mich doch nicht allein», hatte er zu ihm gesagt und die trockenen Füße seines Partners mit Massageöl eingerieben. Dann hatte er ihn schließlich zum letzten Mal ins Krankenhaus gebracht. Am zweiten Advent, sagte er.

Mein Geliebter streichelte mir das Gesicht. Letzten Advent hatte ich versucht, ihn zu verlassen. Es ist immer das Gleiche. Weihnachten und die Sommerferien sind die Domänen konventioneller Familien. Wehe, wer zu Weihnachten oder im Sommer nicht oder mit dem Falschen verheiratet ist.

Nein, sagte Harry, diskriminiert habe sie niemand im Krankenhaus. «Im Gegenteil», sagte er. «Wir sind dort wie in einer großen Familie gewesen. Alle haben unsere Privatsphäre voll respektiert. Ich habe meinen Mann täglich zweimal im Krankenhaus besucht und gepflegt. Alles, was eben möglich gewesen ist, habe ich selbst gemacht. Immer wieder habe ich ihm die Füße massiert. Ihn bis zuletzt gefüttert. Das Gesicht getrocknet und gestreichelt. Ihn umgebettet. Ihm vorgelesen. Die Ärzte haben dann gesagt, es gehe nun bald zu Ende. Wir haben noch eine wunderbare Zeit gehabt miteinander. Noch einmal haben wir unsere lange Beziehung Revue passieren lassen, haben über alles gesprochen, wie wir uns kennen gelernt haben, wie ich gelernt habe, treu zu sein.» Harry lächelte. «Er war so ein lieber Mensch», sagte er. «Aber etwas hat ihn zutiefst bedrückt. Ich habe drei Nächte lang gegrübelt. Dann ist mir aufgegangen, was es gewesen ist. Er hat nicht gewagt zu sterben, weil das bedeutet hätte, mich alleine zu lassen. Nach der dritten Nacht am Vormittag im Krankenhaus habe ich ihm für die schöne Zeit miteinander gedankt. ‹Lass jetzt los›, habe ich zu ihm gesagt, ‹lass los. Ich schaffe es auch ohne dich›, habe ich gesagt. ‹Ich habe ja das Haus und den Garten und unsere Freunde. Du darfst mich jetzt alleine lassen.›» Auf dem Bildschirm sah man Harry schlucken und lächeln und schlucken und lächeln. «Da ist ein Strahlen über sein Gesicht gegangen», sagte Harry und schluckte, «so ein Strahlen. Am Nachmittag darauf ist er gestorben.»

Die Hand meines Geliebten und meine Hand verkrallten sich ineinander. Wir schluckten jetzt auch. «Verlass mich nie», sagte ich zu ihm, und er nickte: «Ich verlasse dich nie!»

Harry in Berlin hat in dem Jahr, als meine Tochter in seinem Schülerladen war, auch seinen Freund verloren. Der war an Aids gestorben. Seither spart Harry für ein Haus auf Mallorca. Dorthin will er sich absetzen, sobald es finanziell möglich ist. «Und dann nie wieder Deutschland», sagte er. Vielleicht hat er es ja inzwischen geschafft.

«Und wie war denn nun eigentlich die Hochzeit?», fragte die Moderatorin den anderen Harry im Fernsehen. «Ihr habt zu Hause geheiratet, oder?» Ich legte meinen Kopf auf die Schulter meines Geliebten. Das Gesicht nach unten. Warum war es mir nur so wichtig, dass er sich scheiden ließ? Du wirst weder mich noch eine andere Frau wirklich lieben können, wenn du dich nicht von deiner Frau trennst, hatte ich damals geschrieben, als ich ihn kurz vor Weihnachten verlassen wollte. Aber das war nicht wahr. Ich wusste, dass er mich liebte. Warum allerdings regelte er dann nicht seine Angelegenheiten? «Ich liebe meine Familie», hatte mein Geliebter am Abend unseres vierten Jahrestages zu mir gesagt, und ich habe die ganze Nacht geweint. Warum eigentlich?

«Ja», sagte Harry, «wir hatten das Glück, zu Hause heiraten zu dürfen. Im eigenen Haus und im Garten. Alle waren da. Die Nachbarn, die Freunde, die Kinder meines Mannes aus erster Ehe. Es war ein wunderbarer Tag. Auf meinen Mann mussten wir allerdings öfter verzichten. Er war ja schon sehr krank. Er hat sich immer wieder zurückgezogen. Aber er hat doch noch etwas gegessen und sogar ein Glas Champagner getrunken. Im Garten hatten wir Fackeln angezündet. Freunde von uns haben Musik gemacht.»

Als ich vor drei Jahren von Italien nach Österreich zog, wollte ich eine Familie. Meine Tochter war damals acht Jahre alt. Ich dachte, es würde alles rasch gehen. Ich wollte auch, obwohl ich schon fünfundvierzig Jahre alt war, noch ein Kind. Ich wollte alles. Eine gemeinsame Wohnung, kochen, Kinder, schreiben, lieben. Ich dachte, ich sei unsterblich.

«Was ist für dich das Schönste an der Hochzeit gewesen?», fragte die Moderatorin Harry. Ich glaube, Harry lächelte. Ich sah ihn nicht, weil ich das Gesicht immer noch in die Schulter meines Geliebten bohrte. Er sollte nicht sehen, dass ich schon wieder weinte. Wahrscheinlich weinte Harry jetzt auch. Ich hörte ein kurzes Schniefen. Eine Weile sagte Harry nichts. «Unser Hochzeitstanz», sagte er dann.

«Es war ein warmer Sommerabend. Unser letzter gemeinsamer Sommer, aber das wussten wir damals noch nicht. Vollmond, wir haben das extra so eingerichtet: eine Hochzeit bei Vollmond. Die Rosen haben geduftet, besonders die roten Kardinalsrosen, unsere Lieblingsrosen. Schwer zu züchten, aber außergewöhnlich schön: hochstielig, dunkelrot, samtene Blütenblätter. Und dieser Duft! Die Freunde haben einen Tango gespielt. Ja, Tango ist seit der ersten Nacht unser Lieblingstanz geblieben. Wir haben früher, vor der Krankheit meines Freundes, täglich zu Hause trainiert. In eine Tanzschule haben wir nicht gehen wollen, wegen der ständigen Beobachtung, der wir aufgrund unseres gleichen Geschlechts ausgesetzt gewesen sind. Mein Mann hat die aufrechte Haltung des Tangotänzers eingenommen, was ihm aufgrund seiner Krankheit sicherlich viel Kraft gekostet hat. Er hat mich noch einmal geführt, wie es immer seine Art gewesen ist: bestimmt und zärtlich. Er hat weder beim Tanz noch im Leben Kompromisse gemacht, dennoch hat er damit seine Mitmenschen nicht im Geringsten eingeengt. Dieser Mann hat mir im Grunde beim Tanzen bewiesen, dass so etwas möglich ist: alle Freiheiten zu lassen, alle Angewohnheiten und Eigenarten des anderen, und seien sie ihm noch so unverständlich, zu akzeptieren, ja freudig aufzunehmen und weiterzuspinnen, ohne sich je selbst zu verraten. Ein guter Tänzer wie ein guter Liebhaber müssen sich vollkommen hingegeben können, der Musik, dem Leben, der Liebe, ohne sich aufzulösen in der Hingabe. Er war immer bei sich selbst», sagte Harry. «Bis zum Schluss. Nach dem Tanz ist er zusammengebrochen. Er ist schneeweiß im Gesicht gewesen und hat nach Luft gerungen.»

Harry sprach noch weiter von dem Hochzeitsfest, der Reihenhaussiedlung und dem Garten. Ich weiß nicht mehr, wie seine Geschichte dann endete oder wann die Talkshow insgesamt zu Ende war. Irgendwann drehten wir das Fernsehgerät ab. Wir öffneten eine Flasche Sekt, tranken, sahen uns an und schwiegen.

Ich schlief dann lange nicht ein. Das Gesicht in die Achselhöhle meines Geliebten gepresst, sah ich ein Paar tanzen.

Einen kräftigen jüngeren Mann mit blonden kurzen Haaren und einem Ring im linken Ohrläppchen und einen alten Mann mit in tiefen Höhlen liegenden Augen, abgemagert bis auf die Knochen. Zwei Männer, die sich im Kreis drehten und drehten.

Maike Wetzel

Zwei Stimmen

Der beste Film, den ich je gesehen habe, sagte Lydia am Telefon, der beste Film begann mit einer Hochzeit. Aber das Brautpaar habe ich nie gesehen. Nur eine Frau auf der letzten Bank in der Kirche. Hinter ihr stand ein Mann, der zu spät gekommen war. Beide hörten dem Priester zu. Sie sahen weder traurig aus noch glücklich. Der Mann blickte sich suchend in der Kirche um. Wahrscheinlich war er schon lange nicht mehr dort gewesen, vielleicht wollte er aber nur vermeiden, jemanden zu sehen, den er kannte. Vielleicht hatte er diese Person verlassen. Vor langer Zeit. Aber ihr Blick war ihm noch nicht gleichgültig geworden. Vielleicht war es seine Mutter, die er suchte, vielleicht seine Frau. Die Frau vor ihm in der Kirchenbank hatte den Mann nicht bemerkt. Ohne sich umzuschauen, drehte sie ihre Haare im Nacken zusammen und klemmte sie hoch. Ihre Achselhöhlen waren sorgfältig rasiert.

Ich hörte Lydia zu und zupfte Flusen von meiner Anzughose. Lydia lispelte. Sicher hatte sie eine Stupsnase, ein rundes, flächiges Gesicht, gelangweilt und edel wie eine Perserkatze, so stellte ich sie mir vor. Manchmal, ohne dass ich erkennen konnte, warum, sprach sie plötzlich ganz leise und drückte ihre Laute tief aus der Kehle, als flüstere sie mir unanständige Worte zu. Sie machte das nur bei besonders banalen Sätzen. Es irritierte mich. Ihr leichtes Lispeln ließ sie jünger klingen. Ich wusste nicht, wie alt sie war, aber mein Bruder hatte sie auf Ende zwanzig geschätzt.

Von dem Film habe ich noch nie gehört, sagte ich.

Es war weit nach Mitternacht. Aus dem indischen Lokal unter mir stieg ein Geruch nach Kreuzkümmel und Kardamom auf. Wahrscheinlich waren die Pfannen mit den scharfen Gerichten bereits in der Spüle und die Kellner tranken Gewürztee zum Feierabend. Ich angelte nach der Wasserflasche.

Die Geschichte spielt in Italien, das ist sehr wichtig, fuhr Lydia fort. In Italien hängt der Himmel hoch. Das haben die Sprachwissenschaftler erst spät begriffen. Sie versuchten, die Liebe von einem einzigen Breitengrad aus zu beurteilen. Sie sollte immer gleich daherkommen. Die Zahl der Küsse wurde in Tabellen eingetragen. Daran maßen sie die Leidenschaft. Sie dachten nicht daran, dass es unterschiedliche Temperamente gibt. In Italien, in England. Bei Shakespeare hängt der Himmel tief. Denn England liegt halt, wo es liegt. Im Atlantik. Die Leute machen sich deshalb weniger frei, die Sinnlichkeit liegt im Eisfach.

Das ist doch Unsinn, unterbrach ich sie. Die Röcke sind nirgends kürzer als in England.

Ich hatte das bei meiner Sprachreise vor zehn Jahren bemerkt.

Ja, murmelte Lydia. Kurze Röcke, steigende Aktien. Lange Röcke, fallende Kurse. Die Börsenmakler schauen auf die Laufstege, um zu wissen, was sie im Geschäft erwartet. Komisch, dass Minis für Aufschwung stehen sollen. Ich dachte, sie dienten der Ablenkung in schlechten Zeiten.

Dein Glas ist wohl immer halb leer, sagte ich. Das ist doch alles moderner Aberglaube.

Ich hatte von der Rock-Regel gehört. Kurios sollte er sein, der scheinbare Zusammenhang zwischen der Materialersparnis beim Minirock und Wirtschaftsaufschwung. Im Grunde war es aber das gute alte «Weniger gleich mehr» und eine Chauvi-Weisheit. Ich hatte meine letzten Gedanken ausgesprochen, ohne es zu merken. Lydia räusperte sich.

Von Wirtschaft verstehen wir wohl beide nichts, sagte sie. Ist dir inzwischen eingefallen, wie der Film heißt? Du kennst ihn bestimmt. Du musst ihn kennen.

Ich erinnere mich an keine italienische Hochzeit, auf der sich zwei treffen. Das passiert bestimmt in jedem Film von dort.

Nicht so, nicht wie in diesem Film. Hör zu, sagte Lydia. Nach der Trauung, nach der anschließenden Feier, gingen der Mann und die Frau über einen weiten Rasen. Es war Nacht. Ihre Körper berührten sich nicht. Sie trugen Schwarz. Einreiher und Cocktailkleid. Sie redeten wenig. Fast nichts. Sie sagten wahrscheinlich, dass es kühl sei, dass sie bald nach Hause fahren würden. Ich sah es an ihren Gesten. Die Frau hielt ein Whiskyglas in der Hand. Irgendwann stellte sie es ab. Sie bat um eine Zigarette. Er reichte sie ihr, suchte in der Tasche des Jacketts nach dem Feuerzeug. Sie bemerkte, dass es durch ein Loch gefallen war. Sie sagte nichts.

Ich kannte Lydia eigentlich nicht. Das heißt, ich kannte sie erst seit ein paar Minuten. Mein Bruder hatte sie mir ans Ohr gedrückt und war verschwunden. Sie hatte wissen wollen, von wem der beste Film der Welt sei, ihr bester Film der Welt. Sie konnte sich nicht mehr an den Namen des Regisseurs erinnern. Ich hatte mal die Druckvorlage für ein Filmbuch bearbeitet. Das war vor Jahren bei meiner Ausbildung in einer Druckerei gewesen, kurz bevor mein Lehrberuf abgeschafft wurde. Doch alles, was Lydia sagte, war mir fremd. Ich konnte ihr nicht weiterhelfen. Lydia schien das nicht zu merken. Sie fragte weiter und erzählte, und es war etwas Gehetztes in ihrer Stimme, als müsse sie gleich fort. Es reizte mich, sie aufzuhalten. Meine Tage zogen sich. Es war November und ich hatte keinen Job.

Wenn ich bloß wüsste, wie der Film hieß, sagte Lydia. Es liegt mir auf der Zunge, aber ich komme nicht darauf. Dabei war es der beste Film, den ich je gesehen habe. Ich gehe oft ins Kino, wenn ich in fremden Städten bin. Kinos sind überall gleich. Sie sind wie Eierkartons. Man kann nicht zerbrechen darin. Egal, wie viele Schüsse fallen. Den besten Film der Welt habe ich in Kiew gesehen. Der Saal hatte rote Plüschsessel. Es gab viele Werbestandtafeln vor dem Film. Alle Slogans waren in Ukrainisch. Das kyrillische Alphabet sieht aus, als sollte man es kapieren. Das ist aber ein Irrtum. Sie könnten genauso gut Brezeln malen. Für mich würde es keinen Unterschied machen. Ich spreche Englisch und ein bisschen Französisch, das war's. Die Getränkekarte kann ich noch in ein paar anderen Sprachen.

Lydia war Stewardess. Das hatte mir mein Bruder erzählt. Er kannte sie über einen Freund aus Baden-Baden, der für Mercedes in Spanien Autos testete. Die Probestrecke war in der Wüste südlich von Madrid. Der Freund meines Bruders hatte Lydia in der Luft über dem französischen Hochplateau kennen gelernt. Sie hatten ständig auf derselben Flugstrecke verkehrt, und er verlangte jedes Mal Orangensaft ohne Eiswürfel. Beim dritten Flug hatte sie ihm wortlos den gefüllten Plastikbecher gereicht. Und jetzt hatte ich sie am Ohr.

Wie isses denn so in der Ukraine?, fragte ich.

Ich war nur zwei Tage da. Wenn ich auf die Toilette wollte, musste ich abwarten, bis irgendwer vor mir durch die Tür ging. Die kyrillischen Buchstaben für «Damen» und «Herren» waren mir unbekannt. Es war Winter. Es gab kaum Straßenlaternen, der Boden war eisglatt. Keiner streute. Auf einer abschüssigen Straße an der Kathedrale fiel ich hin und rutschte zwei Meter den Hang hinab. Mein Hosenboden war nass. Ich dachte, jeder müsse es sehen. In den U-Bahnhöfen habe ich zwanzig raubkopierte CDs gekauft. Damals gab es hier noch nicht so viele Brenner. Dort, unter der Erde, spielten sie Falcos «Rock me Amadeus». Der Dnjepr war breit wie ein See, die Häuser hatten hohe Türen wie für Riesen. Es war alles viel größer als hier.

Wie hast du den Film verstanden, wenn du die Sprache nicht konntest? Lief er auf Englisch?, fragte ich.

Ich sah zu, wie auf meinem CD-Spieler die Zahlen auf der Digitalanzeige durchzählten. Ich hatte gerade mein altes Violent-Femmes-Album eingelegt, als Lydia anrief. Jetzt lief das vierte Lied, «Add it up». Die Anzeige war bereits bei vier Minuten und zweiundzwanzig Sekunden angelangt. In diesem Moment verklang der letzte Ton. In zehn Sekunden würde die Anzeige auf das fünfte Lied umspringen, und wieder würde sie bei Null anfangen zu zählen.

In der Ukraine sind alle Filme synchronisiert, sagte Lydia. Auf Ukrainisch natürlich oder auf Russisch. Ich verstand kein Wort. Trotzdem war es der beste Film, den ich je gesehen habe.

Ich ging nicht gern ins Kino. Filme schaute ich mir zu Hause auf Video an. Mein Bruder war der, der Kinos mochte. Er ging auch gern aus. Ich mochte meinen Bruder. Er war witzig. Das gefiel den Frauen.

Hallo, sagte Lydia gerade, bist du noch da?

Ich hatte nicht zugehört. Ich blies Luft durch die Nase aus.

Ich hab dich was gefragt, sagte sie.

Ja, ich bin da, sagte ich.

Nein, vorher, sagte sie und klang beleidigt. Ich habe dich davor was gefragt.

Schnell erwiderte ich: Pardon, meine Dame – sagte der Igel und stieg von der Bürste.

Es war einer meiner schlechtesten Witze. Leider konnte ich ihn nicht vergessen. Lydia lachte nicht. Sie blieb still. Die Telefonleitung knisterte.

Ich weiß nicht, warum ich überhaupt mit dir rede, sagte sie dann.

Diesen Satz hatte meine Mutter hundertmal zu meinem Vater gesagt. Sie sagte es sonntags, wenn er beim Fernsehen einschlief, sie sagte es, wenn er die Sorgen ihrer Freundinnen mit einem Achselzucken abtat, sie sagte es an Weihnachten, wenn es ihm egal war, ob Barsch oder Raclette. Sie sagte es fast täglich – ich weiß nicht, warum ich überhaupt mit dir rede. Lydia wusste davon nichts, und ich würde es ihr auch nicht erzählen.

Kennst du meinen Bruder gut?, fragte ich schließlich.

Hmm, machte Lydia.

Sie schmollte noch.

Ich muss mein Auto umparken, sagte sie. Tut mir Leid. Gute Nacht.

Ich konnte hören, dass sie das bedauerte.

Du hast doch gar kein Auto, sagte ich.

Hat dein Bruder dir das erzählt?

Sie schien verärgert. Ich hatte also Recht gehabt. Draußen vor dem Fenster lag die Mondsichel orange hinter der Häuserzeile. Sie sah aus wie ein lachender Mund, den ein Kind gemalt hat.

Wo gingen die beiden nach der Feier hin?, fragte ich. Der Mann und die Frau?

Ich wollte Lydia ablenken.

Nichts, gar nichts. Endtitel. Musik. Sie klang wütend. Ich ahnte ihre zusammengepressten Lippen. Fest gekniffen, als würden ihr sonst Kröten aus dem Mund hüpfen.

Es bringt nichts, einen Film zu erzählen, sagte sie nach einer kurzen Pause. Du würdest es sowieso nicht verstehen.

Was denn?

Nichts. – Die Parkuhr ist seit einer Stunde abgelaufen.

Sie blieb bei der Geschichte mit dem Wagen. Ich beschloss, darauf einzusteigen.

Okay, ich zahle den Strafzettel.

Ich wollte, dass sie weitersprach.

Wozu brauchst du den Film?, fragte ich schnell. Warum fragst du mich nach dem Titel?

Sie lachte tonlos. Dann sagte sie ernst, du erinnerst mich an den Mann. An den Mann, der mit der Frau über den Rasen geht.

Ich wusste nicht, was ich sagen sollte. Es wunderte mich, dass ich Lydia an jemanden erinnerte. Sie kannte mich doch gar nicht, noch weniger als den Mann im Film.

Wenn du hier wärst, sagte ich, würde ich dir einen Wein anbieten.

Danke schön, ich trinke lieber Campari, entgegnete sie. Ich fand das affektiert und sagte es ihr auch.

Wie du meinst, sagte Lydia kühl. Vermutlich erfand sie bereits neue Ausflüchte, um nicht mit mir reden zu müssen.

Wie sah der Mann aus?, fragte ich.

Schwarzweiß, kurze Haare, strenger Anzug. Der Film

spielt ja in den Sechzigern. Die Menschen ähnelten sich damals. Sie trugen die gleichen Kleider, die gleichen Hüte, die gleichen Frisuren.

Beinahe hätte ich etwas über den ehemaligen Ostblock und seine reiche Warenwelt gesagt, schluckte es dann aber hinunter. Ich hatte das Maß an schlechten Sprüchen schon erfüllt. Ich fragte mich, welche Frage ich vorhin verpasst hatte. Während ich nachdachte, hätte ich Lydia fast wieder überhört.

Der Film hat mich von der ersten Sekunde an berührt. Die Bilder darin sind lang und ruhig. Manchmal geschah fast nichts. Der Mann und die Frau standen sich gegenüber in Räumen, deren Winkel ihre Kreise vorzuschreiben schienen. Sie kreisten um sich selbst. Weit entfernt voneinander gingen der Mann und die Frau umher, nahmen eine Zeitung auf, legten sie auf den Stapel, zupften welke Blätter von den Pflanzen, gossen Wasser von einem Krug in ein Glas. Es war alles sehr dekorativ. Es war auch traurig. Selbst die Traurigkeit war dekorativ. Aber das störte mich nicht. Sie wurde dadurch nicht weniger wahr.

Lydia suchte nach den Worten und achtete nicht mehr auf mich. Was sie sagte, klang vage und hatte wohl etwas mit Form und Sinn zu tun. Das war mir zu weit weg. Ich stellte mir Lydias Uniform vor. Sicher machte sie sie namenlos und unnahbar, perfekt und sexy. Stewardessen kommen gleich nach Krankenschwestern. Jeder träumt von einer Stewardess. Sie sind so flüchtig. Selbst wenn man sie hat, sind sie schnell wieder fort. Unterwegs in der Fremde. Es ist ein Irrtum zu denken, Menschen suchten die Nähe. Jedenfalls nicht, um mit ihr zu schlafen. Lydia merkte, dass ich nicht zuhörte, und unterbrach sich.

Ich habe gelogen, sagte sie. Du erinnerst mich gar nicht an den Mann aus dem Film.

Da bin ich aber froh, entgegnete ich.

Im Spiegel gegenüber sah ich meinen Versuch zu grinsen.

Ich werde nicht gern mit Filmstars verglichen. Die sehen alle gut aus, haben große Häuser, viel Geld und zwei Exfrauen, die sie nach der Scheidung ausbezahlen.

Ja, sie sind nicht zu beneiden, sagte Lydia spöttisch. Ich weiß.

Sie klang müde.

Es ist spät geworden. Ich muss Schluss machen.

Ich antwortete nicht. Kein Laut drang aus dem Telefonhörer. Wir schwiegen lange. Ich sprach in die Stille hinein.

Wollen wir uns sehen?, fragte ich. Ich meine, wenn du Zeit hast und zufällig in der Nähe bist.

Was soll das heißen?, fragte Lydia.

Ich war in Passau. Das lag an der östlichen Grenze zu Österreich und Baden-Baden an der Westgrenze zu Frankreich. Es war ausgeschlossen, dass sie einfach mal so vorbeikam.

Wir können uns auf halber Strecke treffen, schlug ich vor. Und essen gehen. Wenn du mir einen Ort sagst, komme ich dahin.

Ich wollte wissen, wie sie aussah, wie sie roch, wie sie ging. Ich wollte wissen, ob sie beim Lachen die Oberlippe hochzog, ob sie klein war oder groß, ob blass oder dunkel. Lydia lachte. Ihr Lachen klang hell und fröhlich. Ich stimmte ein.

Hast du Lust?, fragte ich. Wie wär's mit einem Hotel? Wenn wir ein Zimmer teilen, wird's billiger.

Ich hielt die Luft an.

Ich weiß nicht, ob das so eine gute Idee ist, sagte sie.

Das wissen wir erst hinterher, entgegnete ich und war drauf und dran, im Hotelführer nachzuschlagen. Aber dann sagte Lydia etwas, das alle meine Träume abkürzte.

Sie sagte: Ich bin verheiratet.

Um nicht stumm zu bleiben, fragte ich: Wie lange?

Drei Jahre. Wir haben uns in der S-Bahn kennen gelernt. Er hat meinen Koffer getragen.

Das ist ja schön, war das Einzige, was mir einfiel. Ich nehme an, er fliegt sehr billig?

Sie überhörte meine Frage.

Habt ihr kirchlich geheiratet?, fragte ich.

Das interessiert dich doch gar nicht, sagte Lydia und hatte Recht. Ich fühlte mich ertappt. Unser Gespräch war in einer Sackgasse gelandet. Ich überlegte, wohin ich ausbrechen konnte. Doch Lydia war schneller als ich.

Du hast mich unterbrochen, fuhr sie fort. Ich war noch nicht fertig mit dem Film. Der Mann und die Frau darin trafen sich später zufällig wieder, auf einer anderen Feier. Diesmal am Tag. Es war ein großes gelbes Haus mit Petunien an den Fenstern. Es stand natürlich allein. Filmhäuser stehen immer allein. Auf einer Anhöhe. Es überblickte die Flussebene, die in der Abendsonne golden schimmerte.

Ich denke, der Film war schwarzweiß, sagte ich.

Anscheinend schleppte sie das Telefon in einen kahlen, gefliesten Raum, denn ich hörte ein Echo, als sie antwortete: Trotzdem kann man Farbe sehen. Kennst du das nicht?

Nein, sagte ich. Wenn etwas schwarzweiß ist, dann sehe ich schwarzweiß, das ist alles.

Du hast keine Phantasie. Ich glaube, der Film hätte dir nicht gefallen. Es wurde darin sehr wenig gesprochen.

Kann sein, sagte ich. Manchmal reicht es aber auch, dass vor dem Kino ein schlechtes Lied im Radio lief oder ich zu viel gegessen habe. Dann ist der Film gestorben für mich.

Die Frau war diesmal in Begleitung. Vermutlich lebten die beiden zusammen. Sie wirkten vertraut. Sie ging trotzdem mit dem anderen Mann fort. Dem von der Hochzeit. Sie spazierten weg von dem Haus und drehten sich um. Sie sahen etwas Eigenartiges. Unten, bei dem Haus, kam ein Paar an. Sie stiegen gerade aus dem Auto. Etwa dreißig Meter von ihnen entfernt. Es waren sie selbst. Vielleicht war es aber auch nur eine Täuschung. Die Luft flimmerte bereits vor Hitze.

Wie ging der Film zu Ende?, fragte ich.

Die Kopie fing an zu brennen. Irgendetwas im Projektor war schief gelaufen. Wir sahen plötzlich Flammen auf der Leinwand. Es sah eigenartig aus, wie der Filmstreifen in Großaufnahme vor uns verbrannte, während das wirkliche Feuer hinter uns war. Die Vorstellung wurde abgebrochen. Wahrscheinlich kann ich den Film deshalb nicht vergessen.

Du hättest ihn dir auf Video ausleihen können, sagte ich.

Wie denn? Ohne den Titel zu kennen?, fragte sie. Ich dachte, du könntest mir helfen.

Ich glaube nicht, dass ich den Film gesehen habe, sagte ich. Er klingt vertraut, aber das ist wohl nur die Geschichte.

Ja, wahrscheinlich.

Wir schwiegen. Jeder versunken in seine Gedanken. Lydia war die Erste, die wieder sprach.

Wir können uns trotzdem treffen, sagte sie. Mein Mann hat nichts dagegen. Ich weiß sowieso nicht, wo er gerade ist. Er hat viel zu tun.

Erst jetzt fiel mir auf, dass die Musik längst zu Ende war. Ich drückte auf die Eject-Taste. Die CD wurde ausgeworfen.

Ich bin am vierten Dezember in Salzburg. Du könntest vorbeikommen.

Lydia nannte ein Hotel und fügte hinzu, komm einfach, wenn du willst.

Ja, sagte ich. Sicher.

Es pochte in meiner Kehle, aber mein Kopf war leer. Draußen dämmerte es bereits. Die Wolken waren dunkler als der Himmel.

Überleg's dir und sag deinem Bruder ... Sag ihm gar nichts. Er soll nicht mehr anrufen.

Sie verabschiedete sich kurz und unverbindlich. Einen Augenblick später war es, als hätte es unser Gespräch nie gegeben. Nur mein Ohr schmerzte. Ich hatte den Hörer zu stark angedrückt.

Mithu Melanie Sanyal

Nie wieder loslassen müssen

Als ich Mitte zwanzig war, wohnte ich mit einer archaischen Fruchtbarkeitsgöttin namens Barbara zusammen. Sie hatte die größten Brüste, die ich jemals gesehen hatte, und immer ihre Tage. Außerdem war sie erst seit kurzem eine Fruchtbarkeitsgöttin und musste das schon allein deshalb voll auskosten.

«Ich hatte noch nie einen Scheidenpilz», erzählte sie, während sie sich eine Netzstrumpfhose über ihre Nylons mit Tigermuster zog, *radical chic* halt.

«Das kommt noch», versprach ich ihr und zerrte am Telefonkabel, mit dem einzigen Erfolg, dass die Hälfte des Altglases klirrend durch die Küche rollte.

«Hallo? Hallo?», rief ich in den Hörer, weil man das in solchen Situationen so machte, und Barbara verstand den Wink und diffundierte ins Nebenzimmer. «Bürstest du mir nachher die Haare?», fragte sie beim Hinausgehen, und ich nickte ihr hinterher. Jede Party hat ihren Preis.

Barbara war die Freundin des Freundes meines Freundes, wenn der nicht gerade einen Rückfall in längst überwundene Jugenddepressionen gehabt hätte und von daher mit niemandem nichts konnte. Als wir zusammengezogen waren, hatte ich Visionen vom gemeinsamen Frühstücken zu viert gehabt: Die Sonne schien durch das Küchenfenster auf Domenics Dreadlocks (Barbaras Liebster) und Dirks anachronistische Waver-Frisur (meiner), und wir führten angeregte Gespräche über die Weltpolitik.

Da unsere Küche nach Nordosten hinausging, waren wir jedoch noch nie früh genug aufgestanden, um die Sonne mitzubekommen, und die einzigen Menschen, die hin und wieder an unserem Frühstückstisch saßen, waren Barbaras Affären und tranken Dosencola gegen ihren Kater.

Vor Dirk kannte ich klinische Depressionen nur aus der Literatur, und da machten sie sich immer relativ gut. Doch Dirk hörte lediglich auf, sich zu waschen, bekam alle möglichen Allergien und erklärte mir, dass es besser sei, wenn wir unseren Kontakt fürs Erste aufs Telefonieren beschränken würden – alle drei bis vier Wochen.

«Sag mir wenigstens, dass du mich liebst», verlangte ich schließlich und fing an zu heulen.

«Siehst du, die bist genauso labil wie ich», antwortete er, woraufhin ich einen Wutanfall bekam und anfing, Flaschen durchs Zimmer zu kicken. Es ging mir – nicht so gut.

«Ihr streitet euch noch viel heftiger als wir», bemerkte Barbara glücklich, nachdem Dirk mit dem dezenten Hinweis, meine Aggressionen würden eindeutig zu seinem Zustand beitragen, aufgelegt hatte.

«Kommst du mit auf den Bauwagenplatz?»

«Nein», sagte ich zum ersten Teil ihrer Aussage und: «Ja» zum zweiten.

«Dann nichts wie los», sagte Barbara und legte ihren Kopf in meinen Schoß, und ich fingerte mich durch Myriaden von kleinen Knoten.

Ihr Vater war Friseur und auf die hervorragende Idee gekommen, seine Tochter zu blondieren, wodurch sie sich deutlich von den anderen Frauen in unserem Umfeld abhob und anfühlte, als hätte sie einen zu heiß gewaschenen Angorapullover auf dem Kopf. Dafür brachte sie eine Flasche professionelles Haarspülungskonzentrat mit in unsere Wohngemeinschaftsehe sowie ein niedriges braunes Sofa mit hölzernen Armlehnen und einen herrlichen Küchentisch. Ich fand das Sofa so scheußlich, dass ich dachte, ihr einen Gefallen zu tun, indem ich umgehend einen meiner Lieblingssaris darüber legte, und sie hielt schlauerweise den Mund und wartete ab, bis ich den Sari eines Tages beim Putzen herunternahm und entdeckte, wie viel schöner das Sofa ohne den schreiend bunten Überwurf war. Man kam zwar immer noch nur knapp mit der Brust über den Tisch, aber zumindest saß man nicht mehr auf zusammengeknüllter Seide mit aufgestickten Spiegelscherben, die sich in die Unterseiten der Oberschenkel bohrten.

«Wollen wir?»
«Wir wollen.»

Bei unserer Ankunft war Domenic damit beschäftigt, ein Dachfenster in seinen Bauwagen einzubauen und uns zu ignorieren. Barbara wischte Sägespäne von seinem Tapedeck und legte eine deutsche Riot-Grrrl-Band auf. Vier Frauenstimmen dröhnten aus den Boxen:

«Meine Möse ist grün und schäumt/ Das ist ein Stück über Männer/ Und mein Zimmer/ Ist immer/ Unaufgeräumt/ Denn das ist ein Stück über Männer.»

Barbara klopfte den Takt auf ihren Hüften. Ich öffnete die Wagentür und ließ die beiden allein.

Draußen lehnte ich mich eine Weile an Domenics kalte, feuchte Hängematte. Der Wiesenrand blühte lila vor Oregano. Der Weg war voller Nacktschnecken, die ihre glitzernden Schleimspuren kreuz und quer wie auf einem Schnittmusterbogen über den ausgebleichten Teer zogen. Es war eine Nacht, um sich ein wenig zu vergiften. Also ging ich zwei Wagen weiter zu einem anderen Freund von Dirk und Domenic, setzte mich auf sein Bett und rauchte einen Joint.

Nachdem ich den Rauch wieder ausgehustet hatte, sagte ich vage: «Menschen sind schon merkwürdig.» Und Jan sagte: «Menschen sind merkwürdig», und es war schön, einmal wirklich verstanden zu werden.

1966 hatte Joseph Weizenbaum einen Computer entwickelt, den er als Psychotherapeutin programmierte, um die Debatte über Maschinenintelligenz ad absurdum zu führen. ELIZA beantwortete Fragen – wie alle guten Freudianer – stets mit Gegenfragen und vermied es, irgendetwas zu sagen, dem später widersprochen werden konnte:

Patientin: «Mein Freund hat mich hierhin geschickt.»
ELIZA: «Ihr Freund hat Sie hierhin geschickt.»
Patientin: «Ja, er sagt, ich bin immer so deprimiert.»
ELIZA: «Es tut mir Leid zu hören, dass Sie deprimiert sind.»
Patientin: «Ja, stimmt. Ich bin unglücklich.»
ELIZA: «Denken Sie, wenn Sie hierhin kommen, hilft Ihnen das, nicht unglücklich zu sein?»
Patientin: «Ich brauche Hilfe, so viel steht fest.»
ELIZA: «Was würde es für Sie bedeuten, Hilfe zu erhalten?»
Patientin: «Vielleicht könnte ich lernen, mit meiner Mutter zurechtzukommen.»
ELIZA: «Erzählen Sie mir von Ihrer Mutter.»

Zu Weizenbaums Entsetzen fand ELIZA Eingang in die therapeutische Praxis, und so vehement er auch wiederholte, dass sie eigentlich ein Scherz war: Sie ließ sich nicht wieder ausschalten, zu viele Kliniken arbeiteten bereits mit ihr.

«Was soll ich denn tun?» fragte Dirk.

Die Telefonzelle hatte sich wie eine Offenbarung in meinen Heimweg gestellt, die Fiberglas gewordene Aufforderung, noch einmal zu reden.

«Du könntest einen Arzt fragen oder einen Freund fragen, oder dir ein Buch besorgen, oder Sport machen ...», begann ich, und er machte ein Geräusch, als hätte ich auf das Stichwort mit der Nachtigall und der Lerche behauptet: «Es könnte natürlich auch die Blaumeise sein. Und, hast du eigentlich schon einmal an Drosseln gedacht? Ich finde, man sollte Stare nicht ganz außer Acht lassen. Also bei näherer Betrachtung bin ich mir sicher, es war eine Krähe.»

Er war sich auch sicher, ich sei eine Krähe, und schwieg. Kein Romeo für diese Julia.

Ich zog meine Telefonkarte aus dem Schlitz und drehte sie um. «Eine Versuchung wird man am schnellsten los, indem man ihr erliegt», stand dort frei nach Oscar Wilde. So ein Blödsinn: «Ein Problem wird man am schnellsten los, indem man es löst», schnaubte ich.

Leider hielt meine Wut nur, bis ich unsere Tür aufschloss und in die dunkle Wohnung trat. Die Katzen kugelten von den Möbeln und kamen mit hocherhobenen Schwänzen auf mich zu. Ich holte eine Dose stinkendes Katzenfutter aus dem Kühlschrank, zerteilte es in mundgerechte Happen auf einer Untertasse und sagte: «Tod und Verzweiflung.»

Die erste Katze hatten wir bekommen, weil Domenic es nicht geschafft hatte, sie rechtzeitig kastrieren zu lassen, und der Rest des Bauwagenplatzes, der dasselbe Problem hatte, beschloss, dass für einen weiteren Wurf nun wirklich kein Platz mehr sei. Cassius Clay war schwarz und drahtig und neurotisch und dann wurde sie schwarz und dick und neurotisch. Alle ihre Geschwister hatten schon längst Junge. Nur Cassius' Leib schwoll und schwoll.

«Sie hat als Allerletzte gefickt», lachte Barbara die dicke Katze aus.

Und als wir dachten, sie würde überhaupt nicht mehr anfangen zu werfen, hörte sie gar nicht mehr damit auf. Sieben Kinder, die eines nach dem anderen vertrockneten, weil ihre Brustwarzen den vielen suchenden Kätzchenmäulchen nicht standhalten konnten und sich entzündeten. Die Überlebenden gaben wir schließlich Domenic zurück, damit sich die anderen Katzen auf dem Bauplatz um sie kümmerten, was sie auch unverdrossen und sehr zum Ärger des amtierenden Katers taten, bis er sie noch am selben Tag totbiss.

Wenn ich Dirk nicht gerade schlaue Ratschläge für sein Leben gab, konnte ich mit meinem anscheinend nicht sonderlich viel anfangen. Theoretisch schrieb ich an meiner Magisterarbeit über «Kali und ihre Einflüsse auf die deutsche Populärkultur», doch das war ein ziemlich fruchtloses Unterfangen. Ich meine, wo findet sich in unserer Popkultur schon eine nackte, schreiende Göttin mit einer Kette aus fünfzig Männerköpfen, von denen das Blut tropft? Josephine Baker hatte zumindest ein nettes Bananenröckchen, während Kali die abgerissenen Arme ihrer Feinde um die Hüften trug und nichts darunter.

Die Geschichte ist schnell erzählt, also erzähle ich sie mal eben schnell: «Kali manifestierte sich, um die dämonische männliche Kraft zu vernichten und Frieden und Gleichberechtigung herzustellen. Sie ist die Personifizierung der Energie, die alle Hindernisse zerschlägt.» Das ist nicht von mir, sondern steht so in den Veden und im Devi-Mahatmya (merke: Wenn du einen Text kopierst und nach Hause getragen hast, hast du ihn schon halb gelesen). Die Details variieren, doch worauf es hinausläuft, ist, dass die Dämonen alles versuchten, die Göttin zu besiegen, während sie ihnen auf allen Gebieten überlegen war.

– Sie war stärker: Sie haute die Dämonen in Stücke und fraß die danach auf.

– Sie war besser organisiert: Sie kämpfte zusammen mit ihren Freundinnen.

– Sie war klüger: Wie soll man die Szene, in der der Dämon Sumbha ihr zuruft: «Kämpfe wie ein Mann!» sonst bewerten? Die Göttin war kein Mann und als Mann hätte sie auch wenig Chancen gegen den König der Dämonen gehabt. Deshalb ließ sie ihre Schwestern und Freundinnen durch die Vagina in ihren Körper eindringen und besiegte Sumbha mit ihrer gebündelten weiblichen Kraft.

Unnötig zu sagen, dass sie sich auch nicht davon beirren ließ, als er ihr zwischendurch die Ehe anbot und drohte, sie notfalls mit Gewalt zu nehmen.

Aber wie sollte man etwas Vernünftiges zu Papier bringen, wenn man alle halbe Stunde versuchte, seinen zukünftigen Exfreund zu erreichen. Bei Dirk meldete sich noch nicht einmal der Anrufbeantworter.

«In the war of the sexes/ Love will hit you in the solarplexus», sang Barbara, als sie mit der männlichen Besatzung des Bauwagenplatzes minus Domenic drei Nächte später wieder auftauchte.

«Wo ist …?», fragte ich.

«Der muss sich immer noch sein Dachfenster einbauen.»

Jan setzte sich neben mich auf das garstige Sofa und reichte mir ein Weizen. Es roch nach roher Leber und schmeckte genau so, aber es war schön, mit irgendjemandem irgendwas zu teilen, auch wenn es nur ein Bier war. Ich dachte an Dirk und Tod und Verzweiflung und fühlte mich wie eine Verräterin. Barbara schüttete den Inhalt einer vor Tagen erkalteten Wärmflasche in den Wasserkocher und schaltete ihn ein. «Vielleicht solltest du überlegen, warum du dir immer so schwierige Männer aussuchst», sagte sie wie ein Lehrbuch Feld-Wald-und-Küchen-Psychologie, erstes Semester. «Du musst lernen loszulassen.»

«Was jetzt? Loslassen oder mir einfachere Männer suchen?»

Jan lehnte sich gegen mich und erklärte konspirativ: «Raddha, du musst die Dinge einfach fließen lassen.» Mit den Dingen meinte er wahrscheinlich sich.

Doch dazu war ich nicht in der Lage, und so legte ich mich schließlich alleine ins Bett und hörte Barbara dabei zu, schönen Sex zu haben, und fühlte mich ein bisschen erregt und ein bisschen deprimiert und irrte unschlüssig durch unsere dumpfen Kellerräume.

Wieso ich ausgerechnet von unserem Keller träumte, war mir auch nicht klar. Das musste etwas mit Verdrängen zu tun haben. Dort unten stank es so, dass ich den langen Weg zu den Mülltonnen, die in einer absurden Vielzahl und alle bis zum Rand gefüllt in einem mit Teppichen ausgekleideten Verschlag standen, immer nur mit angehaltenem Atem nahm. Um nicht zu ersticken, hatte ich Barbara schließlich vorgeschlagen, ich würde den Spül erledigen, wenn sie sich dafür um den Müll kümmerte. Da sie sowieso nie spülte, erschien mir das wie ein ziemlich cleverer Schachzug. Erst nachdem sie eingewilligt hatte und die Geschirrtürme in

Rekordgeschwindigkeit wuchsen, bemerkte ich, dass Barbara anscheinend heimlich gespült hatte.

Der nächste Morgen dämmerte penetrant heiter. Ich fand zwei leere Kaffeetassen in der Küche und einen Zettel: «Hatte keine Zeit, den Tisch leer zu räumen. Sorry. Bar.»

Und: richtig! Dirk war noch immer nicht zu erreichen. Ich rannte eine Weile ziellos durch die Zimmer. Abgesehen davon, dass die Dusche einen gewissen Gaskammercharme hatte, war unsere Wohnung sehr schön. Noch schöner wäre sie allerdings mit Türen gewesen. Alles deutete darauf hin, dass mein Zimmer einmal von einer ganz normalen Tür begrenzt worden war, und einer ziemlich prächtigen dazu, wenn man die Türen, die im Keller vor sich hin moderten und alle nicht in meine Angeln passten, als Maßstab nehmen konnte. Doch jetzt war sie verschwunden und durch eine aufklappbare Pappe ersetzt, die im besten Fall einen Sichtschutz hergab, und Barbara, die eine eigene Tür besaß, machte sie nie zu, damit die Katzen herein- und herausspringen konnten.

Nach dem Katzenkindermassaker hatten wir Cassius als Trost ein bereits abgestilltes Kätzchen besorgt. Aber Cassius hatte die Nase voll von kleinen Katzen, und mit der kleinen Katze kamen auch die kleinen Katzenflöhe, und es dauerte noch zwei weitere Wohngemeinschaften, bis ich an meinen Beinen herunterschauen, einen schwarzen Punkt entdecken und denken konnte: «Oh, eine Fluse.»

Um nicht noch einen Tag damit zu verbringen, auf das Display meiner elektrischen Schreibmaschine zu starren, fuhr ich zum Bauwagenplatz. Leider hatte Barbara anscheinend das Wunder zustande gebracht, Domenic aus seinem

Wagen heraus zu bewegen. Die Sonnenstrahlen brachen sich in seinem Vorhängeschloss und legten psychedelische Muster auf die Pfützen des gestrigen Regens, sobald ein Windhauch darüber strich. Da ich nichts lieber tat, als schwimmen zu gehen, dachte ich, dass die beiden bestimmt schwimmen gegangen waren, und beneidete sie glühend.

Jans Tür stand offen, doch bis auf den fetten kranken Kater, den er über alles zu lieben behauptete, aber immer noch nicht zum Tierarzt gebracht hatte, war niemand da. Ich spazierte durch die Schuttvegetation – so nannte man die Hagebutten- und Brombeerbebuschung auf der Bundesgartenschau – und betrachtete das erste Anzeichen für die jährlichen Bauwagenplatzparty: eine rudimentär zusammengezimmerte Theke, auf die jemand «Cuba si!» geschrieben hatte. Bis Jan schließlich mit zwei Wasserkanistern zurückkam, hatte ich einen Plan und lieh mir sein Auto. Da ich keinen Führerschein hatte, hieß das natürlich, ich lieh mir Jan und ließ mich von ihm vor Dirks Haus abstellen, um ihn unauffällig beschatten zu können.

In unserem Freundeskreis gab es nur zwei Arten von Autos: die fahrenden Themenparks und die völlig zugemüllten. Jans gehörte zur zweiten Kategorie. Während ich auf die sanierte Fassade von Dirks Altbau starrte, um herauszufinden, ob er sich bereits umgebracht hatte, konnte ich mich hervorragend in ihn hineinversetzen. Nichts tun und sich dabei wie Abfall fühlen. Aha!

Lesen ging nicht, weil er mir sonst durch die Lappen gehen könnte, und Musik hören ging auch nicht, weil die Autobatterie in ihren letzten Zügen hing und ich meinen Ghettoblaster einige Tage zuvor auf den Badezimmerboden fallen gelassen hatte.

Also vertrieb ich mir die Zeit damit, Nonsens-Verse zu dichten:

«Hallo – Wie geht's denn so?
Hier spricht dein Psychoklo.
Komm lass uns deine – Lieblingstodesarten
Sammeln und horten, nummerieren und ordnen
Hey boah – Hinter meinem Ohr ist Platz für ein ganzes Abflussrohr!»

Das war natürlich Wunschdenken, da Dirk überhaupt kein Interesse daran zeigte, sich über irgendetwas, und seien es nur seine Schmerzen, auszutauschen. Das hielt mich selbstverständlich nicht davon ab, weiter zu dichten. Als Jan mich ein Jahrhundert später, in dem genau nichts passiert war, abholte, war ich gerade bei:

«All die Menschen mit ihren Schmerzen
gehn mir allmählich auf die Nerven.
All die Menschen mit ihren Schmerzen
gehn mir allmählich auf die Nerven.»

Jan hatte keine Schmerzen, zumindest behauptete er das, als er mich abholte: «Ich finde, dass das total klasse läuft zwischen uns», sagte er und wich einem auseinander geschraubten Bettkasten aus, der langsam, aber unaufhaltsam auf die Straße rutschte. In unserem Viertel war, wie jeden Tag, Sperrmüll, was aber auch daran liegen konnte, dass die Leute einfach alle Sachen, die sie nicht mehr haben wollten, auf den Bürgersteig schmissen.

Ich schaute ihn verblüfft an. «Was?»

«Na, dass wir uns überhaupt nicht einschränken,» sagte er kein bisschen irritiert.

«Warum sollten wir?», fragte ich.

«Das ist so», erklärte er in demselben Tonfall, in dem er behauptet hätte, dass die Erde eine Kugel ist und Beziehungen nun einmal unweigerlich dazu führten, dass Menschen unangemessene Dinge voneinander verlangten und sich gegenseitig in Ketten legten.

«Was?», wiederholte ich verzweifelt, und dann sagte ich «STOP!», weil ich gerade einen Postbankautomaten entdeckt hatte. Jan bremste so plötzlich, dass die leeren Pizzakartons vom Armaturenbrett kippten, und rief mir hinterher: «Du musst nicht immer so viel denken, Raddha.»

Ich steckte meine Karte in den Schlitz in der Wand und starrte auf das blaue Display. «Ihr Auszahlungsauftrag wird bearbeitet, bitte warten Sie einen Monat.»

Ich blinkte – «einen Moment».

«Du bist verliebt», sagte Barbara, für die es für jede Form von menschlicher Zuneigung nur eine Interpretationsmöglichkeit gab.

«Barbara, ich bin mit Dirk zusammen», protestierte ich mit neu entdecktem viktorianischen Feingefühl – zu wenig Sex und zu viel Agatha Christie.

«Ach ja, und wo ist der?»

«Vor neun Monaten haben wir noch geplant, zusammen nach Schottland zu gehen», wich ich aus und schüttete kochendes Wasser in zwei Tassen. «Ich verstehe nicht, wie so etwas so schnell gehen kann.»

«In neun Monaten kann man Staaten kaputtmachen», bemerkte sie trocken.

Ich drückte meinen Teebeutel mit den Fingern aus, fluchte, ließ ihn wieder in die Tasse fallen und machte dasselbe nochmal.

«Warum machst du es nicht wie ich?»

«Ich kann doch nicht, bloß um nicht alleine zu sein, mit Jan ins Bett gehen.»

«Warum nicht?», fragte Barbara. «Wir können alle nicht gut alleine sein, sonst würden wir nicht ständig auf Konzerte gehen.»

Eine der Katzen kletterte mir auf die Füße und vibrierte. Körperkontakt, es gab eine ganze Menge, was dafür sprach, und so fiel mir kein geeignetes Gegenargument ein. Außer: «Bevor wir miteinander schlafen, muss ich dir noch etwas sagen», sagte ich.

Jan küsste meinen Bauch und murmelte: «Ach ja?»

Ich dachte damals, dass man das Schlimmste voneinander wissen sollte, bevor man dazu überging, Körperflüssigkeiten auszutauschen. Frei nach dem Motto: Wie mache ich mir meine verlängerte Jugend zur Hölle. Deshalb holte ich tief Luft und sagte: «Ja, also.»

«Ja?», sagte er.

Ich holte noch ein paar Mal Luft, schaute ihn an und wieder weg – das ganze Programm –, dann stieß ich hervor: «Ich bin, als ich fünfzehn war ...» Jan machte ein Geräusch, das sich anhörte wie «Pinkeln!», steckte den Kopf unter der Bettdecke hervor, erklärte «Dringend. Sorry», und kletterte in seine Jeans.

«Wie bitte?»

«Genau – nimm dir doch solange etwas zu lesen.»

Über dem Kopfende seines Bettes hatte er einen Dünsteinsatz an die Wand genagelt, der aufging wie die Sonne, wenn man ihn öffnete. Ich fasste an das gestanzte Metall, hörte ihn um den Wagen herumgehen und leise nach seinem Kater rufen, dann war es so still, dass ich sogar sein Feuerzeug hören konnte, als er sich eine Zigarette anzündete. Erst als ich alle möglichen Reaktionen auf diese bekloppte Situation in meinem Kopf durchgespielt hatte, stolperte er über die Holzpaletten, die anstelle einer Treppe vor der Tür aufgestapelt waren, und stand wieder neben dem Bett.

Sein Gesicht sah im flackernden Teelicht-Licht genauso aus wie immer, und ich wusste, dass das alles nur ein Missverständnis gewesen war und sich in wenigen Sekunden aufklären würde. Die Erleichterung fühlte sich an wie ein großer haariger Hund, der sich auf den Rücken legte und gestreichelt werden wollte. Ich öffnete den Mund in demselben Moment, in dem Jan sagte: «Du, Raddha, es ist spät. Wollen wir nicht schlafen?»

Im Rückblick ist natürlich klar, dass man Menschen nie eine Chance geben sollte, sich überfordert zu fühlen, aber ich war selbst überfordert und hatte da wenig Spielraum. Dafür hatte ich jetzt zwei Menschen, die mich nicht anriefen. Langsam konnte ich einen Handel aufmachen.

Das Telefon klingelte, aber es war mein Vater.

«Wie geht es dir?», fragte er, und er bekam eine Antwort.

«Du trägst Kali um deinen Hals. Du darfst dich nicht von einem Mann so fertig machen lassen», erklärte er. «Den kannst du in der Pfeife rauchen.»

Meine Freunde waren nicht so hilfreich, da ich ihnen nur ungenügend erklären konnte, worum es eigentlich ging.

«Ihr habt euch in letzter Zeit ja auch ganz schön häufig gesehen, vielleicht braucht er einfach Abstand», meinte Barbara und zupfte ein paar Haarsträhnen aus ihrem Zopf. «Na, sehe ich so aus, dass mir auf der Bauwagenplatzparty gleich alle Männer mit hängender Zunge hinterherlaufen werden?»

Ich nahm einen Schluck Rote-Bete-Saft statt Lippenstift und streckte den Daumen in die Höhe, und Barbara sang: «Sexy! Ich bin so sexy! Ich bin die schönste Frau der Welt!» Aus irgendeinem Grund nahm ich das persönlich.

Als wir ankamen, sagte Jan: «Wie schön, dich zu sehen.» Zu der Frau schräg hinter mir. Sie war offensichtlich deutlich weniger begeistert als er und verschwand in der Dunkelheit.

«Hey, was ist los?», fragte ich betont beiläufig, doch die Mühe hätte ich mir auch sparen können.

«Raddha, ich mach hier eine Party», erwiderte er alles andere als beiläufig.

Ich war noch jung genug, um an das Patriarchat als eine Art durchorganisierte Mafia zu glauben. Ich stellte mir das ungefähr so vor, dass alle Männer, da sie im Durchschnitt eine Stunde weniger Schlaf brauchen, um fünf Uhr morgens miteinander telefonieren und den Schlachtplan für den nächsten Tag ausarbeiten.

Um ihn nicht durch übermäßiges Klammern zu verärgern, drehte ich mich um und ging ohne ein Wort.

Es war das erste Mal in meinem Leben, dass die Schlange vor dem Männerklo länger war als die vor dem Frauenklo. Zwischen zwei Gesichtstätowierten und einem streitenden Paar stand der Amerikaner, den ein Freund von Domenic mitgebracht hatte und der qua Nationalität als DJ fungieren sollte.

«You've got a nice ethnical look», sagte er, als ich in das Licht der Klokerze trat. Wenigstens einer, der wenigstens etwas nett an mir fand.

Die Frau, die eben noch gestritten hatte, drehte sich um, und es war Kali. Sie sah aus wie eine Mischung aus Barbara und meiner Mutter und ließ ihre gewaltige Zunge aus ihrem Mund rollen. Dann hob sie ihre vier Arme und sagte: «Mein Kind, du wirst nie wieder loslassen müssen.»

Zumindest hoffte ich, dass es das war, was sie gesagt hatte, denn sie sprach Bengali und ich konnte kein Wort verstehen.

«What was that?», fragte der Amerikaner.

Der erste Mensch, dem ich am nächsten Tag mit meiner Tüte voller Brötchen begegnete, war Jan.

Seine Augen waren rot, aber es sah eher nach Betäubungsmittelmissbrauch aus, als dass er mir hinterhergeweint hätte.

«Ich habe keine Zeit», erklärte er ungefragt.

«Ich auch nicht», sagte ich und ging an ihm vorbei, den freundlichen Amerikaner zu wecken.

Die Büsche rauschten wie im Märchen, und er sprang heraus und hielt hilflos ein Frotteehandtuch mit der Flagge der DDR hoch.

Ich zeigte auf Jan und sagte schadenfroh: «He'll help you.»

Während Dave duschte und Domenic und Barbara leckere Frühstückspasten einkauften, legte ich mich auf den noch warmen Futon und griff nach der Fernbedienung. Auf dem holländischen Sender kam «Goodness gracious me». Ich drückte die Brötchentüte an mein Gesicht und atmete den frisch gebackenen Duft ein.

In der indisch-englischen Comedy-Serie wurde gerade geheiratet, aber ich sah weder das Hochzeitsfeuer noch die rot gekleidete Braut oder den Weihnachtsbaum mit Unmengen von Lametta, der sich beim zweiten Blick als Bräutigam entpuppen würde. Ich sah nur zwei alte Frauen, die bunt gefärbten Reis verspeisten.

«Schöne Hochzeit, nicht wahr?», fragte Nina Wadia im weißen Witwensari.

«Wie man's nimmt», entgegnete die göttliche Meera Syal, die eine Siebziger-Jahre-Brille mit Fensterglas und eine graue Perücke trug, und wackelte abschätzig mit der Hand.

«Natürlich ist das nicht die beste Hochzeit», schränkte Wadia sofort ein. «Tatsächlich ist es sogar die erbärmlichste Hochzeit, auf der ich jemals war.»

Meera lächelte zufrieden. «Wo ist Ihr Sohn?», fragte sie, und ihr Lächeln wurde, so das möglich war, noch ein paar Watt strahlender. «Interessiert er sich nicht mehr für seine Familie?»

«Haha», sagte Nina und rutschte auf ihrem Sitz herum. «Sein Onkel aus Indien hat heute angerufen. Er ist im Krankenhaus. Mein Sohn hat die erste Maschine von Heathrow genommen, nur um an seinem Bett zu sitzen.» Nachdem diese Klippe umschifft war, fragte sie gehässig zurück: «Und wo ist Ihr Sohn?»

«Mein Sohn sitzt in einem Flugzeug nach Kanada, um seinen Onkel in Toronto zu besuchen …», holte Syal zum Gegenschlag aus.

«Aha», machte Wadia.

«… der leichte Kopfschmerzen hat», fuhr Syal ungerührt fort. «Er fliegt erster Klasse.»

Nina verschluckte sich an ihrem Reis. «Mein Sohn fliegt

immer erster Klasse», keuchte sie hervor. «Außerdem bezahlt er die Operation seines Onkels. Aber er hat ja sowieso so viel Geld.»

«Wie viel?»

Und so weiter. Ich bohrte meinen Finger in das oberste Brötchen und pulte den weißen Teig heraus.

Als nur noch die hohle Kruste übrig war, stand es zehn zu neun für Syal, und sie war am Zug: «Hja, hja. Sobald mein Sohn seinen Onkel fertig operiert hat, wird er nach Washington fliegen, um an einem Bankett zu seinen Ehren teilzunehmen – im Weißen Haus. Und dann fliegt er zu einem Treffen der Vereinten Nationen *nobel peace price pabar jonne.*»

Nina Wadia hörte auf zu lächeln – von draußen kamen bereits die Stimmen von Dave und den anderen –, sie schaute bedächtig nach links und rechts und sagte dann in den eingeblendeten Applaus:

«Alles schön und gut, aber wie groß ist sein Schwanz?»

Ende

Silvia Szymanski

Die Zunge im Eierlikör

Als ich klein war, ging mein Vater viel mit mir durch unsere Gegend auf dem Lande spazieren. Wir beobachteten, wie die Tiere miteinander tobten und spielten. Wenn ich fragte, warum sie das machten, sagte mein Vater, dass sie Hochzeit feierten.

Ich lachte und staunte über die Verrücktheit der Hasen, ihre wilden Sprünge und Purzelbäume, ich lief mit zusammengekniffenem Gesicht durch sommerliche Mückentänze und sah mitleidig unsere nymphomanische Katze mit dem Po über unseren Läufer rutschen, weshalb meine Oma sich lustigerweise für sie schämte. «Minka möchte einen Bräutigam», sagte Papa. Er hätte vor mir nicht schönreden müssen, worum es Minka und den anderen Tieren ging: Mich schreckten Hochzeiten mehr als Sex.

In einem dieser Sommer muhten die Kühe auf der Weide neben unserem Grundstück tagelang, wir wussten nicht warum. Hatten sie Sehnsucht oder Durst? Wahrscheinlich beides, sagte ein Nachbar zu Papa, so sind die Frauen.

Eines Nachmittags brachen die Kühe aus. Ich sah die erste in unserem Garten stehen und wie sie die anderen aufmunterte, ihr nachzukommen. Die Freundinnen bewunderten ihren Mut zwar, aber trauten ihn sich selbst zunächst nicht zu, doch nach und nach wagte jede den Sprung über den Zaun, keine verletzte sich dabei ihr Euter. Sie liefen weg, aufgeregt, in Jubelstimmung. Wochenlang gelang es nicht, sie einzufangen. Damit man wenigstens ihr Fleisch verkaufen konnte und sie keine weiteren Schäden in den Gärten anrichteten, erschoss man sie schließlich, eine davon auf dem Rasen bei Versicherungsvertreter Pennartz, der für diese blutige Verunreinigung entschädigt werden musste. Die letzte überlebende Kuh schlug sich vier Wochen lang auf einer zum Erholungspark umgestylten alten Kohlenhalde durch. Dann erwischte sie ihr Bauer, sanft, mit einer teuer ausgeliehenen Betäubungspistole, da es ihm vor den angerichteten Blutbädern ekelte.

«Fragen Sie nicht, was mich das gekostet hat!», hörte ich ihn zu meiner Mutter über den Gartenzaun sagen.

«Was hat Sie das denn gekostet?», scherzte Mama prompt.

Er: «Dreihundert Mark!»

Die Kuh konnte sich jedoch in ihr altes Leben nicht mehr einfinden. All ihre Mitrebellinnen waren tot, sie stand allein im Stall und gab kaum noch Milch.

*

Seit meine älteren Freundinnen und Bekannten mir gegenüber auspacken, weiß ich, dass einige von ihnen früher aufs Feld hinausgelaufen sind, um zu schreien, weil sie es in ihren Ehen und Familien nicht mehr aushielten.

Sie hatten Sehnsucht nach einer Liebe, wie Spielfilme und Romane sie feiern, einer Leidenschaft, die bewirkte, dass zwei Lebewesen miteinander etwas wagten und nach Kämpfen und Verwirrungen glücklich wurden. Jaja, das mochte es schon geben, doch eher nicht in unserem Dorf.

Die Hochzeiten, die ich als Kind da miterlebte, waren in meinen Augen prosaische, unromantische Veranstaltungen.

Die Paare schienen zum Zeitpunkt ihrer Heirat schon nicht mehr verliebt, sie schienen sich auch nicht zu lieben. Sie wollten wahrscheinlich verheiratet sein, um günstiger versteuert zu werden und gemeinsam professionell ein Haus zu bauen. Es wurde überlegt, was man sich leisten konnte, wen man einladen musste, damit er nicht beleidigt war, ob manche Leute sich mit Streitigkeiten zurückhalten könnten, wenn sie auf dem Fest zusammenträfen, und welche praktischen Geschenke man sich wünschen sollte.

Gefeiert wurde meist im Tanzsaal der Gastwirtschaft, in dem auch die Beerdigungskaffees stattfanden.

Die Männer entfernten sich so bald wie möglich von den Frauen und hockten im Schankraum an der Theke, rauchten und redeten über Politik, Sport, Arbeit und den Wunsch, in Frührente zu gehen. Manche prahlten unterschwellig mit den Erträgen ihrer Gärten. Herr Rektor dozierte über die Jagd und seine Tauben. Opa war sich selbst der Rettungsbernhardiner und schenkte sich einen Durchhalte-Weinbrand nach dem andern ein.

Die Frauen saßen an den gedeckten Saaltischen bei Kaffee und Likör, schnatterten und kreischten und zwangen sich gegenseitig, das Kleid der Braut schön, das Essen lecker und die Kinder der Verwandten süß zu finden.

Wir Kinder spielten Kuchenwettessen und signalisierten unseren Müttern stumm und stolz mit den Fingern über den Tisch hinweg, wie viele Kuchenstücke wir schon intus hatten.

*

Wir Kinder waren damals alle schon verlobt; jedenfalls war uns der Gang zur ersten heiligen Kommunion so erklärt worden: als wichtiger Schritt zum Erwachsensein, als Liebesbund mit Jesus.

Auch unsere EHK war leider bodenständig und vernünftig abgelaufen. Ich wollte als Prinzessin gehen, aber stattdessen musste ich versuchen, dem kurzen, schlichten, von Oma finanzierten Kleidchen etwas abzugewinnen. Die Andachtsbildchen waren mir nicht kitschig genug, für jedes Geschenk musste ich mich bei mir völlig wesensfremden Verwandten und Nachbarn bedanken, und die Eisbombe explodierte nicht.

Man fand uns Kinder später ausgelaugt und erhitzt in der Küche beim schmutzigen Geschirr, die Zungen im Eierlikör, der in den Gläschen der Erwachsenen übrig geblieben war.

*

Den Dingen, die die Erwachsenen taten, merkte man fast nichts von der Magie und Bedeutung an, die allem innewohnte. Was sie aus dem Leben machten, war enttäuschend normal, ritualisiert bis zur Abstraktion und Leere.

Zur Kommunion erschien kein Bräutigam am Himmel, aber ich war entschlossen, in meinem Glauben unbeirrt zu bleiben. Ich bemühte mich, den Zauber aus allem herauszudestillieren und mich darauf einzustimmen, dass ich von nun an Jesus lieben sollte. Ich richtete ihm in meinem Herzen eine Kammer ein und stellte mir vor, wie er darin einzog. Er sollte sich wohl fühlen und stolz auf mich sein. Wenn ich spazieren ging, lobte ich ihn für die rührend hübschen Pflanzen und die schönen Vögel, den unglaublich gut gemachten blauen Himmel und für meine Existenz, die ich als Glück empfand.

Das Leben war in Wirklichkeit ein Märchen. Hochzeiten, wie ich sie richtig fand, geschahen durch Verzauberung, es ging da nicht mit rechten Dingen zu. Aus einer Rübe wurde eine Kutsche, aus Mäusen edle Rösser, von einem Baum fiel eine goldene Robe, die wie die Sonne glänzte, und wer das Glück vereiteln wollte, unterlag.

Gott war in allem, deshalb war es erlaubt und richtig, sich in alles zu verlieben. Ich war mit jedem Wesen, das mein Bräutigam erschaffen hatte, verbunden und verlobt. Ich bewunderte die Bäume, die er wachsen ließ, ihre viel sagende Rinde, den stolzen, ausdrucksvollen Wuchs, ihre hypnotisierend flirrenden Blätter, und wenn die Bäume morsch darniederlagen, setzte ich mich auf ihren Leib und klaubte das trockene Mark aus ihrer Leiche, das wie gekochtes Hühnerfleisch aussah und wie Blätterteig zerfiel.

Ich war entzückt von Unkrautblüten, Käfern, allen Kleinigkeiten.

Ich liebte auch meine Puppen und Stofftiere und Spielkartenadligen und verheiratete sie leger miteinander, indem ich sie wahllos aufeinander legte. Mir gefielen die starren und adretten Pärchen, die in den Spieluhren zeremoniell miteinander tanzten oder oben auf Hochzeitstorten brav und aufrecht im Marzipan steckten. Auch das aus beruflichen Gründen permanent getrennt lebende arme Folklorepärchen im Wetterhäuschen an der Zimmerwand faszinierte mich, und ich überlegte, wie ihnen geholfen, durch welche absurde, phantastische Wetterlage ihre Trennung aufgehoben werden könnte.

Es machte großen Spaß, mit den kleinen Figuren zu spielen.

Aber auf keinen Fall hätte es mir Spaß gemacht, aus Spielen Ernst machen und eine echte, erwachsene EHE zu begehen.

*

«Das Berühren der Figüren mit den Pfoten ist verboten», rezitierte meine Mutter früher gern und meinte damit zum Beispiel, dass wir nicht immer mit unseren schmutzigen Klümchenfingern auf den Bildschirm tatschen sollten, um Fury zu striegeln. Auch später, als wir älter wurden, durfte Mama noch unsere Labello-Mundabdrücke vom Fernseher wischen, weil wir die süßen Jungen Ricky Shayne, Mon Thys und Hans Hass jr. küssen mussten.

Verbieten konnte man uns das nicht, und Mama hätte das auch gar nicht übers Herz gebracht. Damals in den späten sechziger Jahren machte die Jugend gerade einen hochfliegenden Versuch, sich von den Regeln der Älteren zu emanzipieren. In der ZDF-Hitparade traten immer mehr schrille Minderjährige auf, und manche ältere Leute schimpften in Leserbriefen an HÖR ZU, dass die nicht singen konnten und bescheuert, rauschgiftsüchtig und vergammelt aussähen.

Meiner Freundin und mir waren diese verrückten Teenager näher und sympathischer als die konservativen Erwachsenen, die in ihren Schlagern tiefe, seriöse Gefühle heuchelten und mit absichtlich markanter, fauler, weicher Stimme solchen Schleim wie «Ich schenke dir Rosen, weil ich dich liebe» sangen. Zwanghaft wurden in diesen klingenden Heiratsanträgen Frauen und Blumensträuße immer wieder in Zusammenhang gebracht.

«Ganz in Weiß mit einem Blumenstrauß, so siehst du in meinen schönsten Träumen aus», heuchelte Roy Black. Besonders die älteren, vernarbten Frauen standen auf diesen dunkelhaarigen, soften Mann mit dem Grübchen im Kinn und den welpenweichen, braunen Augen, die signalisierten, dass für ihn die Liebe kein Spiel war.

Roy Black sah furchtbar aus, wie er im Fernsehstudio singend durch eine Dekoration voller schaufensterpuppenhafter Braut-Models ging wie Heintje durch die Tulpenfelder. Er war viel zu geschniegelt, und das mit dem Traum von einer Frau in Weiß nahm ich ihm einfach nicht ab. Ich wusste, dass Männer so etwas nicht träumten, sie wollten Frauen nackt oder in Reizwäsche.

Wenn überhaupt jemand, dann waren es die Frauen, die von weißen Kleidern träumten, weil sie bei ihrer Kommunion keine Prinzessinnen hatten werden können. Doch Frauen waren keine kleinen Mädchen mehr und hatten eigenes Geld. Sie konnten sich doch selbst und auch ohne Hochzeit lange, weiße Spitzenkleider kaufen und sie auf der Arbeit tragen und in ihnen einkaufen gehen. Das war nicht verboten, aber niemand tat das.

Hätten wir eine Kristallkugel gehabt, so hätten wir im Vorhinein gewußt, dass Roy Black damals den Höhepunkt seiner Karriere erlebte, die dann abwärts gehen würde. Er würde schließlich zu viel trinken, auf billigen Partys vor verzweifelten Leuten auftreten und mysteriös in einem alten Schuppen enden. Alexandra würde gegen einen Baum fahren. Rex Gildo würde sich aus einem Fenster stürzen. Die Leute würden dann schon lange wissen, warum er Gitte nicht geheiratet hatte; er würde geoutet sein und auch etwas verspöttelt. Als junger Mann hatte er gedacht, er sei hübsch; dann verzweifelte er am Älterwerden und vielleicht an etwas anderem, von dem niemand etwas wusste. Der unfassbar fröhliche Peter-Alexander-Bub würde rätselhafterweise immer mit seiner mütterlich wirkenden Frau und Managerin verheiratet bleiben. Vicky Leandros würde einen Schlossherren heiraten und noch mit fünfzig hübsch mit einem Touch von hässlich sein.

Sie alle hatten sich mit ihrer Angst vor Misserfolg und Sehnsucht nach Beliebtheit, Glück und Liebe rumgeschlagen; zu viele hatte das zerfressen. Das war nicht gut! Ich musste versuchen, es besser zu machen.

Zwei philosophische Schlager zog ich in meiner Kinderzeit zum Nachdenken darüber heran. Einer war von Barry Ryan und ging: «Zeit macht nur vor dem Teufel halt/ denn der wird niemals alt/ die Hölle wird nicht kalt./ Zeit macht nur vor dem Teufel halt/ heute ist schon beinah morgen.» Durch Ryans englischen Akzent klang «die Hölle wird nicht kalt» wie «die holde Wirklichkeit», und ich grübelte zunächst vergebens über den Sinn, bis ich meinen Irrtum bemerkte.

Ich weiß nicht genau, was mir an dem Liedtext imponierte. Ich glaub, ich fand es gut, dass es mal nicht um Liebe ging, und ich konnte darüber nachdenken, ob Barry Ryan den Text wirklich ernst gemeint hatte. Wieso macht Zeit nur vor dem Teufel halt? Was war mit Gott? Ryans Weltbild wirkte düster, aber das zog mich an, er tat mir Leid. Er hatte etwas von der dunklen Seite der Welt gesehen, von der die anderen Schlagersänger nichts zu wissen schienen. Ich lehnte nur die Konsequenz ab: Dieses «Heute ist schon beinah morgen» war mir zu hektisch. Es hieß, man sollte sich beeilen, wenn man zum Schlafen in die Federn sprang, damit der Teufel einen nicht unter das Bett zog – von diesem Verhalten wollte ich ja gerade weg. Ruhiger und aufgeklärter sah den Topos «Zeit» ein anderer Hitparadensänger: «Es läuft die Zeit zur Ewigkeit/ Was soll ich tun mit meinem Leben, mein Freund?/ Mit meinem Leben, mein Freund?/ Was soll ich tun mit der Zeit?» Am Ende dieses Satzes sank seine Stimme klanglos, trocken in den Keller. Tja. Ich weiß weder seinen Namen noch wie er aussah. Aber sein Lied traf ganz genau den Punkt.

*

Ich wusste es ja wirklich nicht. Ich war gespalten. Ich war einerseits ein nachdenkliches Kind, andererseits zog mich das Abenteuer auch an, das ich im Fernsehn sah: chaotische Gefühle, gesellschaftliche Unordnung! «Cartouche, der Bandit», der erste Farbfilm im deutschen Fernsehn, wurde oft zum Test ausgestrahlt und immer wieder von mir angesehen. Jean-Paul Belmondo legte darin am Ende seiner toten Räuberbraut Claudia Cardinale alle gestohlenen Juwelen auf das Dekolleté und bestattete sie in einer geklauten Kutsche in einem reißenden Fluss. Die Szene schwang immer in meiner Phantasie mit, wenn ich die Leute von der «wilden Ehe» sprechen hörte: wilde Ehe, freie Liebe, Räuberhochzeit!

Natürlich war die «wilde Ehe» gar nicht das, wonach sie klang; ich hatte mir da etwas Falsches vorgestellt. Sie war nicht das, was Richard Burton und Liz Taylor in meiner Phantasie vor lauter Lust und Jeckness einfach immer wieder miteinander machen mussten wie der Kater und die Katze. Was man mit «wilder Ehe» meinte, war das, was meine stocknüchterne Oma Finkenrath mit Stiefopa Heinrich Schwettmann in den fünfziger Jahren gemacht hatte, um ihre Kriegerwitwenrente nicht zu verlieren.

Oma ging seitdem nicht mehr zur Messe, denn der Pfarrer war so strenggläubig, dass er einmal meinen Onkel Hermann vom Firmunterricht nach Hause geschickt hatte, weil der einen Anorak in Rot – der Farbe des Teufels – anhatte. Überall sah der Pfarrer das Wilde, wie Barry Ryan, und hielt erschreckt sein Kreuz dagegen.

Bei ihrer ersten, der ordentlichen Ehe mit meinem echten Opa Werner, hatte Oma «heiraten müssen», und die Ehe war nicht gut gegangen. Opa war ein «rolling stone», er wollte frei sein, und er fiel im Zweiten Weltkrieg, als meine Mutter noch ein kleines Mädchen war.

Als Mama in das «gefährliche» Alter kam, fürchtete Oma, Opas untreue Art plus Omas apathischer Widerstandsschwäche könnten sich auf Mama vererbt haben und dass sie es vielleicht nicht unschuldig bis zur Hochzeit schaffen würde, wenn man sie nicht terrorisiere.

Normalerweise wurden Unschuldsdinge vom Gewissen überwacht, aber das war zu lasch, zu lieb zu Liebespaaren, wie Oma aus Erfahrung wusste. Wenn Mama heim vom Tanzen kam, kontrollierte Oma ihre Unterwäsche nach schleimigen Keimen unehelicher Enkel. Sie hatte Angst vor Kindeskindern mit schlechtem Ruf, ohne Ernährer, die ihr die sorgenvoll umkämpfte Kriegerwitwenrente, für die Oma in Sünde leben musste, am Ende doch noch rauben und aufessen würden.

*

Oma entspannte sich; es war noch einmal gut gegangen.

Ich wäre gern dabei gewesen, dachte ich, wenn ich mir die winzigen, schwarzweißen, spitzenartig umrandeten Filmstarfotos meiner an ihrem Hochzeitstag wunderschönen Eltern ansah. Meine Mutter hatte eine seidene Riesenchrysantheme auf dem Kopf, Chrysanthemen waren auch in den weißen Stoff ihres langen Kleides eingewebt. Ein Stück aus diesem Stoff wurde mein erstes Kleid.

Ein gemeinsames Haus wurde gebaut, und von meinem Kinderzimmer aus hörte ich durch die Wand das einzig wirklich Wilde an Omas Scheinehe mit Heinrich Schwettmann: ihren täglichen Streit.

«Hör auf, Hein! Das stimmt nicht, was du sagst! Ich weiß noch ganz genau, wie die SPD vor zehn Jahren ...»

Sie hatten verschiedene Erinnerungen darüber, wann Politiker was beschlossen hatten, und sahen nicht ein, warum sie dem anderen seine völlig irrige Version lassen sollten.

Der Junge mit dem Teufelsanorak, mein Onkel Hermann, wohnte damals auch noch mit im neuen Haus und entwickelte sich zu einem Streuner, Opa Werner zog vom Jenseits aus an unsichtbaren Fäden. Onkel Hermann schwänzte Schule und Arbeit, er glaubte an Rock 'n' Roll und ertrotzte sich noch als halber Teenager die Heirat mit der dunkelhaarigen, rassigen und ungelenken Hannelore. Jetzt konnte er mit ihr schlafen, ohne dass jemand darüber meckern durfte, sie für sich pachten und sich selbst aus unserem Dorf, dem Haus und Oma und Schwettmanns wilder Ehe rauswuchten.

Die Braut hatte verschlafen, als wir sie morgens zum Standesamt abholen wollten. Die ganze Familie steckte noch in den Federn, die Wohnung war ein Chaos. Ich lief gleich mit meiner neuen Cousine, an die ich mich aber erst noch schwer gewöhnen musste, in den Speicher, wo ihr Kaufladen stand, an dem ich mich emotional und geistig festhalten wollte während des Zusammenseins mit dieser *prolly family*.

Zwei Jahre. Ein anderer Mann. Und Scheidung.

Kim, Onkel Hermanns zweite Frau, war eine modebewusste, rötlich blonde Braut der späten Sixties. Ihr Supermini-Hochzeitskleid war Stoff für heiße Diskussionen: Darf sie das? Was sagen wir dazu? Und wird der Pfarrer sie so trauen?

Ich war mit den Debatten aus der «Bravo» und anderen Secondhand-Zeitschriften vertraut. Brautkleider waren darin ein wichtiges Thema. Man glaubte, man könne ihnen ansehen, ob Liebe da war, alles in Ordnung zwischen den beiden, was sie für Menschen waren und ob sie glücklich werden würden.

Das Brautkleid war das Ideal, ein Höhepunkt, die Blüte und das Happy End. Man würde dieses Kleid nie wieder anziehen, nie mehr so angesehen werden; Nervosität bestimmte die Wahl und beeinträchtigte die Geschmackssicherheit.

Prinzessin Caroline von Monaco trug bei ihrer ersten Hochzeit mit Phillippe Junot ein langes, schlichtes, weißes Understatement. Ich sah es – nach einer Erinnerung, an der aber zeitlich irgendwas nicht stimmen kann – damals beim Kinderfriseur, beim Studium der Lesezirkelzeitschriften. Es kam mir lieblos vor, zu sachlich, nicht genügend kitschig, und den braunen, markant faltigen Typ an ihrer Seite fand ich zu alt, was ich heute freilich anders sehe. Romy Schneider trug neben Daniel Biasini ein irritierend kleinmädchenhaftes, blümeliges Hippie-Kleid. Liz Taylor steckte in etwas Starrem, es waren Blüten in ihr aufgetürmtes schwarzes Haar gepappt, und sie war prall und dick geschminkt. Sie heiratete Richard Burton mehrmals, vielleicht weil sich das glückliche Gefühl, verheiratet zu sein, trotz Hochzeitsreisen und Juwelen nicht einstellte. All diese Hochzeitskleider waren nicht das Richtige für diese Frauen. Verstellung und Forcieren war im Spiel. Das waren nicht wirklich sie, was da geheiratet hatte.

Gut, meine Frisur war fertig, ich sah ja prima aus! Geföhnt, gestutzt und brav wie Kinder, die ich doof fand. So bin ich auf meinem Foto von Onkel Hermanns zweiter Hochzeit, in einem spießigen altrosa Kleid, und niemand sah mir an, was mit mir war. Der Pfarrer schickte Tante Kim nicht heim, denn sie trug das Rote, gegen das er kämpfte, nur tief innerlich, man sah es nicht.

Zehn Jahre, immerhin. Dann fand das Wilde, Sexuelle in der Ehe wieder kein Ventil mehr, und Tante Kim lief zu einem anderen Mann. Ich fuhr viel mit meinem Rad herum zu jener Zeit, so fühlte ich mich außerhalb des Wirbels. Mittlerweile hatte ich auch angefangen, den selber zu verursachen. Ich fand damals viele Jungen nett und wollte am liebsten alle nebeneinander würdigen, was sie überforderte und auch mich. Ein Abend im Rockclub, eine Party und ein falscher Kuss konnten jede kleine, eben entstandene Ordnung über den Haufen werfen. So fuhr ich zwischendurch mit meinem Rad herum und versuchte, meinen Kopf zu klären. Auch mit zwanzig und als Rockfan war ein Teil von mir ein Schlagerphilosoph geblieben, und ein altes Lied der Knef summte in meinem Kopf, abgeklärt und fatalistisch, traurig und tröstend: «Eins und eins, das macht zwei, drum küss und denk nicht dabei, denn denken schadet der Illusion. Alles dreht sich, dreht sich im Kreis, und kommst du mal aus dem Gleis, war's eben Erfahrung anstatt Offenbarung, was macht das schon.» Hildegard Knef hatte sich für Hochzeiten und Scheidungen entschieden. Mich würden Küsse und Illusionen zu anderen Entgleisungen verleiten. Ich schob mein Rad in unseren Schuppen und machte mich bereit für die nächste Fete.

Juli Zeh

Feindliches Grün

Durch technisches Versagen gibt eine Lichtzeichenanlage den Verkehr in alle Richtungen frei. Ein Rechtsbegriff.

Wenn ich den Raum betreten oder verlassen wollte, musste Amelie aufstehen. Ich hatte ihr den Besuchertisch zwischen Aktenregal und Schreibtisch an die Wand gerückt, das war ihr Arbeitsplatz. Mit hängenden Armen und gesenktem Blick hatte sie sich geweigert, die Strafrechtsakten zu Hause zu bearbeiten.

Amelie saß krumm an dem niedrigen Tisch, Gesicht zur Wand. Ihre langen Fingernägel kratzten über Kinn und Wangen, das regelmäßige Geräusch maß die Sekunden. Kaum war sie meine Referendarin geworden, bekam sie Ausschlag in den Mundwinkeln.

Ab und zu sagte ich ihren Namen. Dann quietschten Stuhlbeine über das Linoleum, sie trat neben mich und beugte sich über die aufgeschlagene Akte. Während ich ihr den Fall erklärte, betrachtete ich das Ekzem. Rund um den Mund glänzten Spuren einer Hautcreme. Als ich sie danach fragte, behauptete sie, das komme vom Stress. Bis zum Examen blieb Amelie mehr als ein Jahr. Sie war weder schön noch intelligent. Ich kam nicht darauf, was an ihrem Leben stressig sein sollte.

Der Beschuldigte hieß mit Nachnamen Rollenspiel, und schon das erschien mir wie eine Lüge. Um ein Uhr fünfunddreißig in der Nacht war sein Mercedes Kompressor auf leerer Kreuzung mit einem Fiat Panda zusammengestoßen. Der

Polizeibericht ergab, dass keines der beiden Fahrzeuge gebremst hatte. Nach drei Monaten kam der Fahrer des Fiats wieder zu Bewusstsein und behauptete genau wie Rollenspiel, bei Grün über die Ampel gefahren zu sein.

«Feindliches Grün», sagte ich zu Amelie. «Kommt öfter vor, als man denkt. Jedenfalls in den Köpfen der Angeklagten.»

Sie verstand den Witz nicht und ging zurück an ihren Platz. Ich wischte ein paar Hautschuppen von der Anklageschrift.

Zum ersten Mal war ich ihr zwischen vierter und fünfter Etage begegnet, auf dem Treppenabsatz, der als Raucherecke dient. Die neue Referendarsgruppe hatte um elf Uhr Pause, die Kaffeetassen auf den Stehtischen ließen keinen Platz, um die Ellbogen aufzustützen. Hoch gewachsene, naturblonde Mädchen in sauberen Jeans und Blusen, unter denen die Form der Brüste nicht zu erkennen war, tauschten ihre Noten im Ersten Staatsexamen aus. Jungen mit streichholzkurzen, wachsglänzenden Haaren standen herum und zogen die Reißverschlüsse ihrer Sportpullover auf und zu. Ich legte die Robe ab und hängte sie mir über den Arm.

Amelie fiel auf zwischen den anderen, sie wirkte verirrt. Ihr Haar war nicht blond, sondern weiß und strohig vom Bleichen, und sie trug eine Hose aus grünem, synthetisch schillerndem Material. Die Luft um ihre Beine schien elektrostatisch zu zittern. Sie sah aus, als hätte sie etwas Entscheidendes nicht verstanden. In ihrer Kindheit musste sie mit goldhaarigen Puppen gespielt und sich vorgestellt haben, später einmal selbst eine zu werden. Dass es nicht geklappt hatte, war ihr offensichtlich nicht klar.

Aus einer Tüte holte sie ein rundum mit Nutella beschmiertes Brötchen, hielt es mit spitzen Fingern und biss hinein. Alle anderen rauchten und sahen zu. Es krachte, große Krümel fielen auf den Boden oder klebten sich an ihr Kinn. Was sie da esse, fragte jemand. Sie esse, erklärte Amelie, was sie sich leisten könne. Dabei schwenkte sie affektiert eine klebrige Hand in der Luft. Ob schon aufgefallen sei, dass das Mittagsmenü in der Kantine drei Euro fünfzig koste? Die Referendare murmelten Beifall. Stimmt doch, sagte Amelie zu mir, während ich mich an ihr vorbeineigte, um den Aschenbecher in der Ecke zu erreichen. Ich hatte kein Wort gesprochen und ständig zur Seite geschaut.

Seitdem traf ich die Referendare täglich beim Rauchen und verschenkte jedes Mal eine halbe Packung Zigaretten, ohne am Gespräch teilzunehmen. Als Amelie mir nach Ende des Einführungskurses zur Ausbildung zugewiesen wurde, glaubte ich nicht an einen Zufall. Es bestand die Möglichkeit, den Namen eines Richters in die Liste einzutragen.

Richtern geht es wie Amerikanern in einem Moskauer Bordell. Das wusste ich schon im ersten Studiensemester, während ich mit leerer Laptoptasche in der Bibliothek spazieren ging, ohne auch nur ein Buch aus den Regalen zu nehmen. In den Vorlesungen saß ich in der letzten Reihe des Hörsaals und überblickte die Plantagen aus kürzeren und langen, dunklen und hellen Pferdeschwänzen, durch die es raschelnd wie ein Windstoß fuhr, wenn der Professor uns aufforderte, einen Paragraphen nachzuschlagen. Laut Statistik würde nur jedes zweite dieser Mädchen das Erste Examen bestehen, die meisten mit schlechter Note. Wenig später würden sie als Referendarinnen bei Gericht auftauchen und sich einen noch unverheirateten Richter suchen, der ihnen den Albtraum des Zweiten Examens ersparte. Während ich mit der Frage beschäftigt war, wie ich selbst die beiden Examina überleben sollte, vergaß ich die statistischen Berechnungen. Sie fielen mir erst wieder ein, als Amelie meine Referendarin wurde. Den feingliedrigen, gepflegten, halb durchsichtigen Jurastudentinnen aus meiner Erinnerung glich sie nicht im mindesten, sie war ein unaufhörlich scheiternder Versuch. Aber ich wusste, dass sie Geldsorgen hatte und es mir leicht machen würde, und der Ausschlag in ihren Mundwinkeln rührte mich.

Dann erfuhr ich, dass Richter Greifzacker sie vögelte.

Man teilte es mir in der Geschäftsstelle mit, nachdem Türen und Fenster geschlossen und ein paar einleitende Worte gesprochen waren. Eigentlich sei es nicht meine Sache und schließlich auch nicht direkt verboten. Aber besser, ich erführe es auf diesem Weg. Vielleicht könnte ich bei passender Gelegenheit –?

Über die Frage, ob Amelie mir gehörte, hatte ich nicht nachgedacht, weil ich sie für einen Typ Frau hielt, der einem nicht weggenommen wird. Ich hatte geglaubt, sie sei dankbar und treu wie ein zugelaufener Hund. Da war es mal wieder: feindliches Grün. Die Damen in der Geschäftsstelle deuteten meinen Gesichtsausdruck falsch und drückten mir den Arm. «So etwas kommt öfter vor, als man denkt», sagte die Urkundsbeamtin. Ich ließ mir Greifzackers Telefonnummer aufschreiben und warf den Zettel in den Papierkorb neben dem Kaffeeautomaten.

Das nächsthöhere Gericht lag ein paar Straßenzüge entfernt Richtung Innenstadt. Richter Greifzacker war ein schwarzrobiges Flügelschlagen auf den dortigen Korridoren. Nie hatte ich ihn länger als ein paar Momente gesehen, aber ich kannte die Legenden. Er sei eine Schönheit, hieß es. Sein Lächeln erwecke selbst bei Anwälten den Glauben an die Gerechtigkeit. Niemand erziele mehr Geständnisse als er. Sein lächerlicher Name wurde respektvoll wie der eines Kunstwerks gesprochen, man sagte «Greifzacker» wie «Guernica».

Um mir das Wunderwerk anzusehen, setzte ich mich als Zuschauer in die letzte Bank seines Referendarsunterrichts. Er hatte Kamelaugen. Seit mir für die feuchten, lang bewimperten und weit auseinander liegenden Augen Richter Greifzackers kein anderes Wort eingefallen ist, stelle ich mir Kamele mit hellblauen Augen vor. Ansonsten sah er aus wie ein Dressman, groß gewachsen, die dunklen Haare im Nacken sauber rasiert. Er redete schnell und machte Pausen an seltsamen Stellen im Satz, im typischen Rhythmus des Diktiergerätmonologs. Wenn er begann, das Kreidestück dicht vor seiner Gürtelschnalle in der halb offenen Faust zu schütteln, ging eine Bewegung durch die Gruppe. Dann unterbrach er sich mitten im Satz: «Was gucken Sie so? Hab ich was Falsches gesagt?» Niemand hörte ihm zu, alle schauten ihn an. Amelie saß ganz vorn und hatte mein Eintreten nicht bemerkt.

Von den Fenstern des Unterrichtsraums ließ sich die halbe Stadt überblicken. Flugzeuge zogen grenadinerote Linien über den Abendhimmel, die Drahtrollen auf dem Dach der Strafvollzugsanstalt glitzerten in der Sonne. Ich verließ den Saal und schloss lautlos die Tür hinter mir. Richter Greifzacker war unerreichbar wie ein Luftballon, der sich den Händen eines Kindes entrissen hat, hoch über den Baumkronen des Parks schaukelt und unsichtbar wird, wenn seine

Bahn die weiß glühende Sonne kreuzt. Dass er Amelie vögelte, schien mir wider die Natur.

Sein Büro war nicht verschlossen, dreimal so groß wie meins und wahrscheinlich das einzige Richterzimmer im Gebäude, das über eine Art Einrichtung verfügte. Ich setzte mich auf die Couch, deren Leder bei jeder Bewegung quietschte, atmete durch und betrachtete die beiden gigantischen Gemälde an der gegenüberliegenden Wand. Sie waren quadratisch, ungerahmt, in Rot- und Brauntönen, wie mit Blut gemalt. Das an den dicker aufgetragenen Stellen leuchtete hell, als wäre es noch nicht trocken. Obwohl nichts Gegenständliches zu erkennen war, musste ich an die Fotos in den Mordakten der Staatsanwaltschaft denken. Mir gefielen die Bilder. Ich trat dicht vor das rechte, berührte eine der dicken Farbstellen mit der Fingerspitze und roch daran. Mein Blick fiel auf die Signatur. Ich musste dreimal hinsehen, bevor ich den eigenen Augen traute. Möglicherweise war er pervers. Das würde einiges erklären.

Amelie saß auf meinem Stuhl, kratzte am Ausschlag und las ernst in einer Frauenzeitschrift, als handelte es sich um einen Dostojewski-Roman.

«Amelie», fragte ich, «wie finden Sie eigentlich Richter Greifzacker?»

«Toll!», sagte sie mit Nachdruck.

Auf eine idiotische Frage durfte ich keine intelligente Antwort erwarten. Ich wusste nicht einmal, ob sie errötete oder ob die Neurodermitis ihre Wangen zum Glühen brachte. Ihr weißes Haar glänzte grünlich im Neonlicht und fiel raschelnd wie eine Hand voll Heu über die aufgeschlagene

Zeitung, als ich ihren Oberkörper mit beiden Händen auf die Tischplatte drückte, den Stuhl zur Seite trat und ihr die Hose von den Hüften zwängte. Ich sah zu, wie ihre Finger auf der glatten Schreibtischauflage Halt suchten, und stellte mir vor, dass die Feuchtigkeit zwischen ihren Beinen zu großen Teilen aus Richter Greifzackers Sperma bestand. Zum ersten Mal fand ich Amelie schön.

Als ich einige Tage später einen dunklen Fleck oberhalb ihrer rechten Hüfte entdeckte, tauchte ein merkwürdiges Bild in meiner Vorstellung auf. Vielleicht schlug er sie. Ich sah den kameläugigen, sanften, nach gar nichts riechenden Richter, ausgestattet mit einem durchsichtigen Bürolineal, hoch aufgerichtet über der elektrostatisch knisternden Amelie stehen. Sein Arm bewegte sich mechanisch rauf und runter, im gleichen Takt drehte Amelie den Kopf, und die lautlose Szene wiederholte sich in einer Endlosschleife wie Pornowerbung im Internet.

Der Fleck stellte sich als Schatten heraus, aber die Endlosschleife lief weiter. Ich war so besessen, dass Amelie, die ohne Boden unter den Füßen Stoß für Stoß über die Tischplatte rutschte, mir etwas Unanständiges zurief. Normalerweise hätte ich, erschreckt von der Lächerlichkeit des Ausrufs, sofort von ihr abgelassen und meine Kleider geordnet. Jetzt aber bildete ich mir ein, sie könnte zu ihm dasselbe sagen, wenn er sie schlug. Wimmernd brach ich über ihr zusammen.

Von da an suchte ich seine Nähe. Ich brauchte ihn in allen Einzelheiten, vor allem die Abläufe seiner Bewegungen. Ich musste ihn studieren. Die Gelegenheiten waren rar. Als die

Staatsanwaltschaft den Beschuldigten Rollenspiel wegen schwerer Körperverletzung anklagte und der Fall ans Landgericht abgegeben wurde, hatte ich einen Vorwand, um Greifzackers Verhandlung zu besuchen. Amelie konnte ich nicht verbieten, mich zu begleiten.

Wie Narren saßen wir nebeneinander in den Zuschauerbänken. Von draußen waren die langsamen, unregelmäßigen Schritte des anderen Fahrers zu hören, der mit Krücken im Flur auf und ab ging und jedes Mal kurz stehen blieb, wenn er an der Tür des Gerichtssaals vorbeikam. Ich stützte den Kopf in die Hand, damit Amelie nicht sehen konnte, dass meine Augen unverwandt auf den Vorsitzenden der Großen Strafkammer gerichtet waren. Ich registrierte alles, seine Art, den Arm gen Himmel zu recken, wenn er die weiten Ärmel der Robe zurückschob, wie er beim Reden im Gesetz blätterte, ohne hineinzusehen, und wie sein Zeigefinger sich nach hinten bog, wenn er ihn aufs Richterpult stieß. Als hätte er keine Gelenke.

Rollenspiel saß dumpf neben seinem Verteidiger und wirkte nicht, als könnte er der Verhandlung folgen. Seine Gesichtshaut war glatt gespannt von Fettpolstern, um die Nase und am Haaransatz rot verfärbt. Der kindliche Ausdruck passte nicht zu seinen borstigen Haaren und den massigen Schultern. Ab und zu hob er den Kopf und schaute Greifzacker nachdenklich an, als überlegte er, ob man ihn essen könnte.

«Die Verhandlung sollte abgebrochen werden», flüsterte Amelie mir zu. Ärgerlich bedeutete ich ihr zu schweigen. Sie musste langsam wissen, dass man Verhandlungen *aussetzte* oder *unterbrach*, und niemals ohne Grund. Außerdem wollte ich meine Ruhe.

Die Verteidigung beharrte darauf, dass die Ampel Grün gezeigt hatte. Es war Sache der Staatsanwaltschaft, Rollenspiels Schuld zu beweisen. Was Greifzacker von sich gab, entsprach nicht der höheren Kunst. Ein Wunder, dass er das Examen geschafft hatte. Wir alle hatten jahrelang gelitten, gekämpft und geflucht, die Freundin verloren, an die wir längst glaubten, und waren schließlich ins Leben entlassen worden: einsam, gehirngewaschen, von uns selbst überzeugt – Juristen. Ich war nicht sicher, ob Richter Greifzacker dasselbe durchgemacht hatte.

Nach einstündiger Vernehmung entlarvte er endlich den Zeugen der Verteidigung. Während er sich Notizen machte und ich mir vorstellte, wo der Stift in seinen Händen sich überall befunden haben mochte, fragte er beiläufig, wodurch der Mann auf den Unfall aufmerksam geworden sei. Er habe sich umgedreht, als es knallte, antwortete der Zeuge. Richter Greifzacker schlug die Augen auf wie ein Mädchen. «Wie können Sie dann den Unfallhergang beobachtet haben?», fragte er.

Der Zeuge erhob sich und nahm wieder Platz, nachdem er Greifzackers Blick begegnet war. Der Staatsanwalt drohte mit Strafverfolgung wegen Falschaussage, der Verteidiger blätterte hektisch in seinen Unterlagen. Niemand achtete auf Rollenspiel, der aussah, als wäre er eingeschlafen. Plötzlich stand er auf, kletterte schwerfällig über die Anklagebank, einer, der die direkte Verbindung zwischen zwei Punkten wählt, und ging wie an Schnüren gezogen auf das Richterpult zu. Er packte Greifzacker an den Schultern und schob seinen großen Kopf vor dessen Gesicht.

«Wir plädieren auf feindliches Grün!», rief er, und wieder: «Feindliches Grün, feindliches Grün.» Als Amelie aufsprang, erwischte ich sie am Handgelenk. Sie zerrte wie ein Kettenhund. Rollenspiel brüllte, bis seine Stimme rau wurde und kippte. Endlich betrat jemand vom Sicherheitsdienst den Saal und fasste Rollenspiel am Arm. Sofort fiel er in sich zusammen und ließ sich auf seinen Platz zurückbringen wie ein Ochse, der versehentlich auf die falsche Seite des Gatters geraten ist.

Richter Greifzackers Stuhl war leer. Auf dem Tisch glänzten ein paar Schweißtropfen, die von Rollenspiels Kinn gefallen waren. Der stellvertretende Vorsitzende ordnete eine Unterbrechung der Verhandlung an, und ich brachte Amelie auf den Flur.

Vor der Tür des Gerichtssaals richtete sie ihre flachen, schreckgeweiteten Augen auf mich. Der Ausschlag rings um den Mund war schon wieder größer geworden und ließ sie aussehen wie ein Kind, das sich das Gesicht mit Marmelade beschmiert hat. «Gibt es denn keine Sicherheitsvorkehrungen?» Sie heulte beinahe. Ich stützte mich auf die Fensterbank, legte das Kinn in die Hand und erzählte davon, wie einst in Bamberg ein Richter während der Verhandlung erschossen worden war. Seit jenem Tag steht in der Eingangshalle des bayrischen Gerichts ein Wachmann mit Maschinengewehr. «Sehen Sie, Amelie», sagte ich, «so funktioniert die Welt. Die Dinge ändern sich erst, wenn etwas geschehen ist.» Ihr Entsetzen tat mir gut. Ich beschloss, sie am Abend in eines ihrer geliebten, kitschigen Edelrestaurants zu führen. Sie würde eine goldfarbene Bluse anziehen, die wie Plastik knisterte und sich mit der Haarfarbe nicht vertrug. Der Ausschlag stand ihr gut. Aus zwei Metern Entfernung konnte man glauben, es habe sie jemand über den Mund geschlagen.

Nach dem Ereignis gab es Grund, ihn zum Mittagessen zu bitten. Er gestand, dass Rollenspiel ihn wirklich erschreckt hatte.

«Ich bin Strafrichter geworden», sagte er, «weil ich Gewalt verabscheue.» Ich hätte am liebsten laut gelacht und lobte stattdessen seine Zeugenvernehmung. «Lieber Kollege», rief er, «das war ganz leicht! Feindliches Grün ist so gut wie immer eine Fiktion.»

Er redete gern, das gab mir Gelegenheit, ihn ruhig zu betrachten. Aus dem gemeinsamen Essen wurde eine Gewohnheit, auf die ich mich täglich freute. Als er am verhandlungsfreien Tag in Jeans und Hemd erschien, zündete ich eine Zigarette an, obwohl die alte noch brannte. Nur einmal kam das Gespräch auf Amelie. Ob mir aufgefallen sei, dass von meiner Referendarin eine merkwürdige Anziehungskraft ausgehe?

«Beim besten Willen», sagte ich. «Diese Blusen. Diese Haare.»

«Nicht oberflächlich», sagte er. «Etwas Unerklärliches. Vielleicht animalisch.» Seine Kamelaugen sahen entzündet aus. Wenn er nach seinen Kontaktlinsen fingerte, griff ich nach meiner Brille. Ich gab vor zu überlegen und schüttelte den Kopf.

«Hast du ihre Geldbörsen bemerkt?», fragte er. «Fast täglich eine andere. Geschupptes Kunstleder in unerträglichen Farben.»

Ich rührte endlos in meinem Cappuccino und lächelte wissend. Seine Obsession setzte ihm zu, aber gesund, wie er war, würde er eine Weile durchhalten. Einer von uns würde sie heiraten müssen. Mir war gleichgültig, wer diesen Part übernahm, und wir hatten keine Eile.

Bald kannte ich jede seiner Gesten, die Bewegungen seiner Hände und die Form seines Mundes und konnte sie abrufen wie aus einem Bilderarchiv. Ich ließ ihn mit Lineal, Stiften, Messer, Gabel und Gesetzbuch operieren, kleidete ihn in Robe oder Jeans, verschob ihn und Amelie von der Cafeteria aufs Richterpult, auf die Ledercouch in seinem Büro und ans Fenster des Unterrichtsraums. Nachmittags gab ich ihr frei, damit sie Gelegenheit hatte, ihn aufzusuchen. Wenn sie kurz vor Dienstschluss zu mir zurückkam und von ihrem Tag in der Bibliothek zu plappern begann, schnitt ich ihr das Wort ab und zog sie aus.

Ihrer bevorstehenden Zuweisung an eine Zivilkammer sah ich gelassen entgegen. Das Zivilgericht befand sich im gleichen Gebäude, und ich hielt die Lage für gut ausbalanciert. An einem ihrer letzten Arbeitstage lud sie mich zu sich nach Hause ein und behauptete, für mich kochen zu wollen. Sogleich stellte ich mir die armseligen paar Quadratmeter einer Studentenbude vor, sah Amelie in ihren schillernden Klamotten hin- und hergehen, den Ofen mit Kohle und den Herd mit einer roten Propangasflasche betreiben. Ich sah verwaschene Küchentücher, in deren Ecken kleine Löcher geschnitten waren, damit sie an den Nagel neben der Spüle gehängt werden konnten. Vielleicht war Richter Greifzacker längst dort gewesen.

Der Türöffner summte, ohne dass sich jemand an der Sprechanlage gemeldet hätte. Ich betrat das Haus durch ein zweiflügliges, sorgfältig restauriertes Tor, durch das man früher mit Pferdekutschen gefahren war. Die Tür ihrer Wohnung im zweiten Stock war angelehnt, ich ging leise hinein. Das Licht der Erkenntnis traf mich aus unzähligen Halogenstrahlern, die in einem System aus Drähten verteilt waren wie Wassertropfen in einem Spinnennetz. Ich stand eine Weile still, die Klinke noch in der Hand, dachte an Nutellabrötchen, grüne Synthetikhosen und kitschige Nobelrestaurants, erinnerte mich mit Verwunderung an meinen albernen Stolz, wenn der Kellner mich dort mit Handschlag begrüßte. Das Blut schoss mir ins Gesicht, ich ließ die Türklinke los und legte beide Hände über die Wangen. Es roch nicht nach Essen. Amelie wollte mir etwas zeigen, und ich hatte es bereits verstanden. Ich konnte wieder gehen. Sie rief nach mir.

Auf der Suche nach ihr öffnete ich ein paar Türen, die im alten Zustand erhalten waren, dunkles Holz mit Einsätzen aus weißem und grauem Bleiglas. Das Wohnzimmer war groß wie ein Ballsaal und bestand nur aus spiegelndem Parkett, einer teuren Musikanlage und einem Sofa. Das Bett im Schlafzimmer stand erhöht auf einem Podest, daneben eine ausladende Pflanze. Juristische Bücher, das ordinäre Knallrot von Gesetzessammlungen oder zerfledderte Akten mit heraushängenden Seiten sah ich nirgendwo.

Sie ließ mich auf dem Klodeckel Platz nehmen, trank ein paar lange Züge aus der aufgeschnittenen Ecke einer Milchtüte und schüttete den Rest ins Badewasser. Ich hielt ein Honigglas und einen Löffel, von dem ich die bernsteinfarbene Masse in langen Fäden ins Wasser laufen ließ. Am Grund bildete sich eine leuchtende, hellgelbe Pfütze. Lichtreflexe liefen in kleinen Wellen über die graue Kachelwand. Ich wusste nicht, wie ich sitzen sollte, die Beine übereinander geschlagen oder von mir gestreckt. Wenn ich mich zurücklehnte, betätigten meine Schultern die Klospülung.

Amelie warf den Bademantel ab, versenkte ihren albinobleichen Körper in der Wanne, rekelte sich und seufzte wie eine drittklassige Fernsehschauspielerin. Die indirekte Beleuchtung milderte den grünlichen Schimmer ihrer Haare.

Ich war aus dem Gleichgewicht geraten, wollte fliehen, hätte längst weg sein sollen und konnte nicht gehen. Mich plagte das absurde Gefühl, von Amelie noch etwas erfahren zu müssen. Sie hatte den Vertrag gebrochen. Oder vielleicht war der Vertrag, an den ich glaubte, nie zustande gekommen. Immerhin waren wir Juristen.

«Wem gehört diese Wohnung?»

Ihre Augen gingen auf, automatisch wie die einer Puppe.

«Mir», sagte sie.

«Ich denke nicht, dass man vom Referendarsgehalt hier die Miete bezahlen kann.»

«Der Eigentümer einer Sache», sagte sie, «zahlt für die Ausübung des Besitzrechts kein Entgelt.»

Ich hatte Lust, ihr den Fuß auf die Stirn zu stellen und den Kopf unter Wasser zu drücken, ich spürte schon, wie mir das Wasser dabei in die Schuhe laufen würde. Ich sagte nichts und stoppte den Atem, wie ich es in der Verhandlung tat, wenn ich einen Zeugen zwingen wollte, sich zu konzentrieren.

«Djaffa hat sie mir geschenkt», sagte sie.

«Wer ist Djaffa?»

«Ein Geschäftsmann aus dem Irak.»

«Wirst du ihn heiraten?»

«Nein», sagte sie, «Djaffa hat schon zwei Frauen.»

Ich glaubte ihr, weil sie zum Lügen mehr Zeit gebraucht hätte.

«Hattest du nie Sehnsucht nach Liebe?» Woher diese Frage kam, wusste ich nicht. Ich hatte sie nicht stellen wollen, sie hatte nie in meinem Kopf existiert.

«Ach!» Ein paar Wasserspritzer trafen mich, als Amelie den Arm hochwarf. Ein Tropfen blieb auf dem linken Brillenglas sitzen und vergrößerte das Rillenmuster meiner Haut, als ich ihn mit der Fingerkuppe wegwischte. Die Brille beschlug, ich nahm sie ab.

«Den Männern werde ich erst vertrauen, wenn ich alt und hässlich bin. Vorher weiß ich nicht, ob einer mich wirklich liebt.»

Ich schaute sie an und dachte, dass sie, jung und hässlich, ohnehin auf die wirkliche Liebe eines Mannes angewiesen sei. Dann fiel mir auf, dass ich sie nicht liebte und trotzdem auf dem Klodeckel in ihrem Badezimmer saß. Sie hatte Recht, auf eine unerträgliche, allen Gesetzen der Logik widersprechende Art, und lag dabei ausgestreckt in einer runden Badewanne, eine helle Gestalt, verschwommen im Nebel meiner Kurzsichtigkeit, vom Duft nach Milch und Honig umgeben.

Ihre Worte holten mich ein, als ich schon fast an der Wohnungstür war. «Was wirkliche Liebe ist», schrie sie, «wirst du noch sehen. Ihr werdet es alle noch sehen.» Die Kachelwände des Badezimmers verliehen ihrer Stimme Hall wie das Innere einer Kathedrale.

Einige Wochen später, während ich mit leerem Kopf auf meine Bürotür starrte, ging die Tür plötzlich auf und knallte mit Schwung gegen das Aktenregal, neben dem Amelie immer gesessen hatte. Richter Greifzacker kam mit drei Schritten herein und fand sein Gleichgewicht in der Mitte des Zimmers. In der rechten Hand trug er eine Walther PPK und hob sie vor mir in die Luft. Ich beobachtete, wie die Blätter der Topfpflanze auf dem Regal von der Erschütterung zitterten. Greifzackers Gesicht glänzte, die Haare klebten ihm an der Stirn und ließen ihn einem berühmten Filmstar ähneln, dessen Name mir nicht einfiel. Er trug keine Jacke, und die Schweißflecken auf seinem Hemd reichten bis zum Hosenbund. Wahrscheinlich war er vom Landgericht herübergerannt, auf seinen langen Beinen alle Fahrräder überholend. Ohne eine plausible Erklärung hatte ich mich seit dem Abend in Amelies Wohnung nicht mehr gemeldet und war ihm auf den Fluren ausgewichen. Als die Topfpflanze zur Ruhe gekommen war, sprang ich auf.

«Ich wollte es Ihnen längst selbst erzählen, aber ich wusste nicht, wie.» Im Schreck vergaß ich ihn zu duzen. «Ich schlage vor, wir beruhigen uns und sprechen darüber.»

«Lass die Witze», sagte Richter Greifzacker, «das ist nicht der rechte Moment.» Er wischte sich mit der Hand, die die Pistole hielt, über das Gesicht, sodass ihm der Lauf der Waffe durch die Haare fuhr. «Deine Referendarin hat auf mich geschossen.» Er legte die Walther auf den Schreibtisch, schwacher Schwarzpulvergeruch stieg mir in die Nase. Ich versuchte zu sagen, dass Amelie nicht mehr meine Referendarin war, aber er ließ mich nicht ausreden.

«Sie hat sich in meinem Büro hinter der Tür versteckt. Als ich neben dem Schreibtisch stand, schoss sie ein Loch in eines der Bilder und eines in den Garderobenschrank. Die Lampe neben mir auf dem Tisch erwischte sie aus einer Entfernung von drei Metern.»

«Wo ist sie jetzt?», fragte ich.

«Immer noch dort. Sie gab mir die Waffe, und ich sperrte sie ein.»

«Hat niemand den Sicherheitsdienst gerufen?»
«Irgendjemand wird die Schüsse gehört haben.»

Amelie saß auf Richter Greifzackers Stuhl und schaute gelassen auf, als wir eintraten. Ihr Ausschlag war in den letzten Wochen zurückgegangen und hatte helle Flecken auf Wangen und Kinn hinterlassen. Splitter der zerschossenen Lampe lagen über der Tischplatte verteilt, sie hatte einige davon beiseite gefegt, um die Hände ablegen zu können. Das Einschussloch im rechten der beiden Bilder sah aus wie blutverkrustet. Hinter uns drängten die Mädchen aus der Geschäftsstelle und drei Sicherheitsbeamte in den Raum.

Greifzacker trat neben sie, bückte sich und legte ihr umständlich einen Arm über die Schultern. Auf einmal wusste ich, dass er sie nie zuvor angerührt hatte. Es spielte längst keine Rolle mehr. «Alles wird gut», sagte er. Ihre Augen glitten über die Gesichter der Anwesenden. Sie wirkte wie ein Tier in Gefangenschaft, das an Menschen gewöhnt ist und dennoch niemals weiß, ob es gefüttert oder geschlagen werden soll. Schließlich sah sie mich an. «So funktioniert die Welt», sagte sie. «Die Dinge ändern sich erst, wenn etwas geschehen ist.»

Richter Greifzacker ließ sie los und hielt die Arme vom Körper abgespreizt, als hätte er sich schmutzig gemacht. Dass trotz seiner Gegenwart ein anderer Mensch angesprochen wurde, ließ ihn hilflos zurück. Ich stieß ihn mit dem Ellbogen. «Wahrscheinlich kapierst du es nicht», sagte ich, «aber sie hat versucht, dir das Leben zu retten. Prophylaktisch. Jetzt bekommst du einen Leibwächter wie der Familienrichter in Bamberg.»

Weil die Tür offen stand, klopfte die Polizei an den Rahmen. Ein Beamter drückte den Lichtschalter, die Neonbeleuchtung zappelte sich in Position. Richter Greifzacker wollte Amelie über den Kopf streichen und zog die Hand weg, als ihre grünlichen Haare knisternd daran hängen blieben. Ich hörte zu, wie er sie über ihre Rechte belehrte, dass sie nichts sagen musste und nach einem Anwalt verlangen konnte. Er war vorsichtig wie ein Chirurg, der seiner eigenen Frau eine Narkosespritze verabreicht, bevor er sie unters Messer nimmt. Amelie wollte keinen Anwalt. Ihr Kopf drehte sich herum, während sie weggeführt wurde, ihr Blick hing an Richter Greifzacker, bis sie aus dem Zimmer verschwunden war. Die Mädchen aus der Geschäftsstelle drückten Greifzackers Arm, als wäre jemand gestorben. Dann blieben wir allein.

«Ob du's glaubst oder nicht», sagte ich, «vor nicht sehr langer Zeit dachte ich darüber nach, dass einer von uns sie heiraten wird.» Richter Greifzacker wippte von den Fersen auf die Fußballen, als machte er Wadentraining.

«Haben wir zwei jetzt ein Problem miteinander?», fragte er.

Ich erinnerte mich daran, dass er Gewalt verabscheute, und schlug ihm auf die Schulter, so fest ich konnte. «Nicht doch!», rief ich. «Weißt du noch? Feindliches Grün ist so gut wie immer eine Fiktion. Salam alaikum, Effendi.»

Und ich ließ ihn zurück, damit beschäftigt, die Glassplitter auf dem Tisch zu Mustern anzuordnen.

Moritz von Uslar

Der letzte Espresso

Er hielt den Blechlöffel, mit dem er in seiner Espressotasse gerührt hatte. Draußen türmte sich das Himmelblau über Hotelburgen, Sonnenschirmen, Luftmatratzen – als alle wunderbare Friedlichkeit dieses Anblicks, wie zur Feier ihrer selbst, still stand. Kein Schrei, Lachen, Laut, kein Windzug drang zu ihm. Selbst das Rollen der Brandung stoppte, und im flachen Wasser hielt ein Schwimmer einen Arm in die Höhe gestreckt und bewegte sich fortan nicht mehr. Alle weiteren Einzelheiten, die hübschen und auch sonst bedeutungslosen, schluckte das gleißende Weiß der Feriensonne.

Auf seiner Seite, hinter den vom Seesalz verkrusteten Scheiben: Kakteen. Spinnweben zwischen Kakteen und Fensterrahmen. Vorhänge, Kalkwände, Segelboote in Öl, Flickenteppiche auf Kachelböden, Bücherregale, geblümte Polstermöbel, gut durchgesessen. Alles so schön kühl hier. Auf den wackligen Beistelltischen lagen die Allegra und andere Zeitschriften des letzten Sommers. Er hatte sich tagelang, letztlich mit Erfolg, versucht einzureden, dass sein Hotel – dieses Lesezimmer – im Gegensatz zur lustigen Welt des Kreischens, Planschens und der Luftmatratzen Stil hatte, genauer: den auf Mallorca, überhaupt am Mittelmeer beheimateten, englischen Landhausstil. Da ließ man es sich also – zehn Tage im Jahr – entschlossen gut gehen.

Sie hatte ihm den Rücken zugewandt, als sie sich, in die Polster gefläzt, gähnend, räkelnd, an sich rumpulend, ein unbekanntes Melodiechen flötend, mit einem Zeigefinger in den Haaren und den rätselhaften Worten «Später: dann» von ihm abmeldete. Er hatte sie schön gefunden von hinten, wie sie sich wegdrehte von ihm und sich das große Weibliche davonbewegte, in ein Tuch gewickelt, auf Korkabsätzen, mit einem großen Haufen Dunkelblond auf dem Rücken. Das ganze Feriending war sie gewesen, weich und warm und sonnengebräunt. Frauen muss man – will man wirklich was erkennen – von hinten anschauen, dann können sie nämlich nicht gucken, während man sie anguckt, und die Worte dürfen schweigen, und man kommt wieder ein Stück voran mit dem Wissen und der Freude darüber, auf der Welt zu sein. Das waren jetzt so seine Lesezimmer-Gedanken, die ausgeruhten, faulen. Das ging ihm durch den Kopf, als er ihr Weggehen in der Erinnerung durchging.

Das Geräusch, das eine Glühbirne beim Platzen macht – Plotsch! Aber das Licht im Raum blieb unverändert, als draußen erneut das ewige Rollen der Brandung einsetzte, und er verstand, dass nun, unwiederbringlich, ein Lebenskapitel abgeschlossen und, ja, ein neues aufgeschlagen war. So wenig war sonst. Das allerdings war ein für alle Mal. Ein Reflex sagte ihm, dass etwas wehtun musste, am besten der Kopf (Verstand), die Brust (Gefühl). War aber beides nicht. So, ganz genau so – als äußerlich sich durch nichts bemerkbar machendes Nichtereignis, nur ein Gespinst – hatte er sich die Schattenlinie, den Übergang von laut zu leise, zart zu hart, leicht zu gewichtig, schlau zu weise, beweglich zu hüftsteif, offen zu in sich gekehrt, auf der platten Ebene Ausbildung Arbeit, Geld Einkommen, Wohnung Haus, Auto Zweitauto, Bier Wein, Freundin Frau, Sex Liebe, Liebe Treue – so hatte er sich den Übergang von Leben überhaupt zum

Eheleben vorgestellt. Nun kamen die langen, leisen, arbeitsreichen Jahre, die den goldenen Mittelteil der Lebenszeit ausmachen, den man mit Fernsehen und Familienfesten verbringt, mit Urlaub, Rosenschneiden und Kindern, die fortan auch so heißen und immer schuld sind an allem: die lieben Kinder. Später dann: Kinder mit Hund. Der Hund braucht jeden Tag ein Kilo Fleisch, die Kinder besser gesunde Mahlzeiten. Es kam noch eindringlicher. Er konnte sich – akut: jetzt! – sehr konkret vorstellen, Kinder zu haben mit ihr. O Gott! War das Schritt eins der Altersverblödung? Müdigkeit? Dummheit? Depression? Warum machte sich diese dramatische Veränderung nicht durch einen körperlichen Affekt bemerkbar, ein Klopfen, Ziehen, Stechen, von mir aus Kitzeln irgendwo in ihm? Ach, das war jetzt auch vorüber, dass man wenigstens einen ordentlichen Schmerz fühlt, wenn man auf die Knie fällt? Alles halb so wild? Alles aus Liebe? An was sollte er sich später denn erinnern, welches Bild, welche Worte? Stimmt es, dass man als guter Ehemann – als Chef, Anführer, Herr im Haus – am besten wirklich nur noch hinter der Zeitung sitzt und Blicke wirft, die stummen, gütigen, müden, und vor sich hin brummt? Brummbrumm?

Panischer Gegenwarts-Wahrnehm-Druck! Auf dem Titelseite der Juli-Allegra stand: «Sonne, Männer, Drinks», «Welche Diät?» und «Sexspielzeuge getestet, die Geräte mit dem höchsten Spaßfaktor», im Inneren des Heftes, neben vielen anderen schönen Dingen, «Äußerungen Ihrer Haut sollten Sie unbedingt ernst nehmen». Natürlich. Unbedingt. Ganz ernstes Thema. Er versuchte nun erst einmal, das Zimmer, in dem er saß, nicht so zu sehen, wie es aussah, sondern so, wie es tatsächlich war – gewissermaßen als Beruhigungsübung. Auf einem Ölbild waren keine Segel-, sondern Fischerboote, auf einem anderen Bild ein mittelalterlicher Dreimaster, und die Muster auf den Polstern waren keine Blumen, sondern Laub. Ein Gecko flitzte – flitz! – die Steinwände hinab und war dann vollkommen verschwunden. Draußen spielte irgendwo eine spanische Gitarre, und eine Fado-Stimme klagte um alles Mitleid der Welt. Jetzt wurde ihm erst vollends klar, wie schlecht er aufgehoben war, da, wo er war. Es war eben wirklich niemand sonst im Leseraum des «Hostal Cuevas» im nordöstlichsten Zipfel der Ferieninsel Mallorca, und seine Freundin war ... ja, später: dann. Schon ein Ding, dass er auch im achten Jahr ihrer Freundschaft keinen Schimmer hatte, wo sie sich aufhielt, wenn sie sich gegen elf Uhr früh an einem Sommermorgen auf Mallorca mit «Später: dann» verabschiedete: Sie konnte weggefahren sein; sie konnte sich ins Bad verzogen haben, da rätselhafte Frauendinge tun. Er hatte sich mühsam angewöhnt, sie nicht zu fragen, wenn ihm das – die Sorte Beziehungsfragen – mal wieder völlig unklar war, stattdessen setzte er sein «Läuft schon-/Geht schon-», sein «Ich fang dich auf, Baby»-Gesicht auf. Autokindersitze, die mit den Blümchen und lustigen Dinosauriern – wahrscheinlich sind exakt diese Sitze doch die hässlichsten Gegenstände auf der Welt. In diesem Sommer würde sich rausstellen, ob sie es überhaupt noch interessierte, was für ein Gesicht er machte, genauer: ob sie Lust hatte auf sein Gesicht. Dann konnte es losgehen, Richtung Hochzeit, Kinder, Kombi mit Kindersitzen, Leben seiner Väter und Großväter. Paar Fragen, kleiner Reifetest, jetzt hören Sie mal gut zu, junger Mann:

– Existenzangst?
– Ihr Rotwein?

– Ihr Orthopäde?
– Ihre Ausrede bei Erektionsproblemen?
– Welchen Luxus, welche Lebensqualität gilt es zu vermeiden?
– Wer nervt mehr, Fotomodelle oder Schauspielerinnen?
– Mit welchem Kumpel wollen Sie alt werden?
– Die romantischsten Worte, mit denen Sie je einen Schwangerschaftsabbruch eingeleitet haben?
– Ernsthaft was gegen Kinderkriegen?
– Ihre Heiratsannonce?
– Ihnen jetzt schon peinlich, dass Sie mit fünfzig einmal eine Zwanzigjährige wollen?
– Wird man eher klüger oder dümmer mit den Jahren?
– Merken Sie, wie Sie immer dümmer werden?

Lesezimmer. Wo man ja angeblich lesen soll. Er vermisste jetzt schon seine Jungs. Einmal hatte es Stefan geschafft, um siebzehn Uhr im Schumann's, als er sich unbeobachtet vorkam, zu der Bedienung im weißen Kittel zu sagen: «Guten Abend. Ein guter Abend, etwa nicht? Ich nehme auf jeden Fall ein Glas Wasser, ein Guinness, einen doppelten Espresso und einen doppelten Scotch im Tumbler ohne Eis.» So hatte er, ganz nebenbei, das Trinken neu erfunden. Und dann bekam er all das. Oskar hatte mal, mit selig unschuldigem Grinsen, zum Girl mit dem wirklich ausgefallenen Vornamen Tomasia gesagt: «Yo, Baby. Und jetzt, für mich, bitte sehr, einen klitzekleinen, einen einfachen Expressi. Haha.» Dazu das Oskar-Grinsen. Es war so geil komisch gewesen. Bobby, den Klugen, hat kein Mensch jemals zwei Espressi bestellen hören (korrekt, aber scheußlich), auch keine zwei Espressos (schön, aber unkorrekt). Seine Bestellung lautete «zwei Mal Espresso, bitte» (schön und korrekt, feiner Trick, gut gedacht, gut gemacht). Das waren handfeste Erinnerungen. Er vermisste den Sonntag im Greenwich (Champagner), Dienstagnacht im Cookies (Wodka); den Rauch; das Blabla; Gespräche über Koks; Drinks; Hitzigkeit der Diskussionen und Entscheidungen; Unruhe der Nacht. Und schon jetzt sah er voller Ungeduld der Ruhe seiner alten Tage entgegen. Er stellte sich kurz vor, wie seine Frau, die jetzige Freundin, mit rund fünfzig aussah – ehrlich gesagt, er hatte die Figur vor sich, die sie als knapp Fünfzigjährige machen würde, im weißen Bikini, auf Korkabsätzen, mit hochgesteckten Haaren, ein unbekannter Mann mit dunkler Brille, Typ Bill Clinton, der maximal Souveräne, der Ruhige, Schöne, Supergentleman, der unmöglich aufzuhalten war, hielt ihr die Flamme seines Feuerzeugs hin. Ihre Hüften waren breiter geworden, die Beine aber zwanzigjährig geblieben. Ihre Eleganz mit fünfzig sah man ihr schon heute, mit Ende zwanzig, an. Sie hatte die Beine, den goldenen Teint, das milde, spöttische Lächeln und eine Ahnung von die Welt, unter der eine tiefe, unergründliche Traurigkeit lag – die aus einer Frau eine Dame macht. Man würde sie vielleicht als «lebensklug» bezeichnen, weil das schön klingt und eben genau den Unterschied meint zwischen Klugheit und Erfahrung. Sie hatte immer alles gespürt. Betrunken, was sie oft war, würde sie lächelnd wanken, aber niemals hinfallen. Kein Wort am nächsten Morgen. She was a Lady, boy! She was a goddamn foxy Lady – know I'm sayin', man!

Rückblick: Sie sitzen im Tabacco, dunkles Winterlokal in der wunderbar dunklen Winterstadt München. Vorabend, gegen siebzehn Uhr, wenn man höchstens angeheitert ist:

Klingkling. Klang. Klimpern. Eine einsame Bartrompete. The Sounds of siebzehn Uhr. Aber sie waren schon wieder richtig schön blau: Martinis, silberfarben, Oliven, grün. Edmond, weiß gekittelt, spöttisches Lächeln, der schönste, stattliche Kellner von Welt, machte beim Flaschenwerfen, Limonenhacken, Schaumabstreichen ein «Was kümmert's mich/Ich arbeite hier nur/Ich sehe euch gar nicht»-Gesicht, dann – königliche Geste, meisterhaft eingesetzt: ein Zwinkern. Ich habe euch natürlich doch gesehen, Freunde. Bleibt unter uns. Er, sitzend, legte seinen vom Alkohol schweren Arm um ihre Schultern, sie ihren Kopf auf seine Schulter, seine Hand kam seitlich ihren Arm hinunter bis an ihren Puls. Da bisschen streicheln. Jetzt – zudrücken. Das Klopfen ihres Blutkreislaufes spüren. All das Blond auf seiner Schulter. Sie konnte ja aufstehen, wenn es zu viel für sie wurde, aber, nein, sie blieb so, komisch verhakt, praktisch voll ungemütlich, bei ihm. Er spürte, dass sie sich jetzt für den Moment einen größeren Busen wünschte, allein durch den flachen Atem, ihre Körperspannung. Er fand sie jetzt, alles, Haut, Haarglänzen, Augenschimmern, Wimpernklimpern, natürlich auch ihren Busen – so doof, so wunderbar, so einfach –, nur: schön. Allein deshalb, weil sie so nah bei ihm war. Wow, Frau! Man will immer die, die einen haben wollen, so einfach ist das! Sie musste man doch einfach wollen! Edmond, siehst du uns? Ich sehe alles. Das wird noch Aua machen. Das ist verboten, was ihr da macht. Als er ihr vorschlug, nun zum Aufzug zu gehen, rauf in ihr Hotelzimmer, liegend weiterzumachen und den Roomservice durch die Gänge zu schicken, schüttelte sie den Kopf. Nein. Losmachen. Wegrücken. Aufrechtes Sitzen, sie legte die Fäuste vor sich auf den Tisch.

– «Das klappt bei uns nicht.»
– «Warum klappt das bei uns nicht?»
– «Weil du noch zu klein bist. Du trinkst ja noch.»

Das Blond purzelte ihr den Rücken runter. Herr Ober? Zahlen, bitte. Ich zahle. Nein, ich zahle. Bitte, ich möchte das hier zahlen. Gut, vielen Dank. Schluss der Szene – wie in einer aus den USA eingekauften Serie bei RTL 2. Sie sei jetzt bei einem ganz anderen Kapitel. Er könne um ihre Hand anhalten. Vor der Hochzeit komme die Verlobung. Das sei ihr dritter Anlauf, es habe schon zu oft ganz knapp nicht geklappt. Schluss mit Alkohol. Nicht mehr ausprobieren. Jetzt anfangen. Ganz in Echt. Es öde sie an. Sie sei eigentlich mittlerweile, wenn sie es sich ehrlich überlege, wenn sie das mal so sagen dürfe, hier, jetzt sofort – ganz gegen Spaß.

Blick nach vorne. Sommer, Mittelmeer, Mallorca. Er trat nun ganz in Echt vor die Haustür. Vorsichtig, noch paar wackelige Schritte, vielleicht fünf Meter weit. Da kam die steinerne Brüstung, auf die er sich stützen konnte. Setzen. Ausatmen. Liebes bisschen, na, Gott sei Dank. Pause – jetzt. War ja richtig Sommer hier draußen, die so genannten lauen Abendtemperaturen. Er lächelte darüber, als ihm von irgendwoher klar wurde, dass er längst schon wieder in einem Mechanismus drinsteckte, dass die schlechte Laune ihm längst gute Laune machte, es kam sogar ein kleines Lachen. Haha. Hehehe. Gut hundert Meter weit sah er seine Frau am Strand sitzen. Sie saß vor der Brandung, die nackten Knie Richtung Meer, und schaute weit hinaus. Ihre linke Hand hielt das Handy an ihren Kopf, die rechte Hand schöpfte Sand, den sie über ihre Schienbeine rieseln ließ. Er sah: Das war's. Da sah man die Bedingungen. Das musst du aushalten. So hart musst du sein. Es war das Bild «Junge Frau schaut zum Meer hinaus». Melancholisch. Nachdenklich. Übles ahnend. Das totale Nichts. Die Lüge. Die totale Riesenscheiße. Aber dass das dann auch noch so schön aussieht! Nach vorne, zum Meer hinaus, vom Landesinneren weg, flog ihr goldenes Haar.

Hass! Dass er sich nun allen Ernstes zwischen seinen Jungs (was ist) und seiner Frau (was sein sollte) entscheiden musste. Denn wer sagte, da muss man sich doch gar nicht entscheiden, was soll denn das, bleib locker, Mann, der war eben noch nicht so weit. Der log ja. Der hatte keine Ahnung. Also. Gut. Er hatte sich entschieden: Frau. Ehe. Ruhe. Ehebett. Eine Bettdecke. Aber getrennte Bäder. Noch war ihm unbegreiflich, wie er es im Alltag ohne Flackern im Herzen, nasser Stirn und Nase, wie er es als Ehemann ohne Adrenalinschübe hinkriegen sollte. Nun fiel ihm sein Kumpel Rudi ein, der einmal nach einer Mahlzeit Entrecote, Kartoffelbrei und Tomatensalat zum lächelnden Kellner gesagt hatte: «Einen siebzehnfachen Espresso, aber bitte am besten – danke – in einer Blumenvase.» Sie hatten dann bis sieben Uhr früh wippend in irgendwelchen Hallen gestanden, die Wirkung des Koffeins mit Wasser aus Plastikflaschen verlängernd, die sie sich stumm, Mann zu Mann, Bruder zu Bruder, Brother Ho, Brother Hey, zureichten. Das berühmte David-Bowie-Zitat: «We used to have cocaine like others had double espressos.» Doofer Spruch. Der doofe Popstar-Spruch. Andersrum stimmt es doch. Wir trinken Espresso, wie die früher Kokain geschnupft haben – so stellen wir uns Erwachsenwerden vor. Raus hier. Jetzt hier. Noch ein Espressoleinchen. Irgendwo. Es war auch die Angst – daran ist nichts komisch – vor dem eins näher gerückten Tod.

Sie stand im Türrahmen, wo sie stehen blieb. Der Schritt ins Lesezimmer hinein hätte bedeutet, das Geständnis zu machen, das sie nun, da sie ihn vor sich hatte, doch nicht imstande war zu geben. Er war beeindruckt, dass er eine Frau hatte, die schweigen konnte wie ein Mann, und freute sich gleich darüber, dass er letztendlich keine Ahnung hatte, wer diese Person, seine Geliebte, Frau fürs Leben, wer auch immer, war. Auch beschämte ihn, dass er – irgendwie sechzehnjährig – nach dem Sinn, der Wahrheit, dem lieben Glück suchte, während sie einfach da stand, lächelte, war, weiter sah, weiter Gegenwart fortschrieb. Später: dann. Sie machte eine Kopfbewegung, die «Auf geht's» bedeutet oder etwas in der Richtung, zu dem ein Sonnenlächeln passt.

Die Brandung, die ewige, die doofe; das weiß man ja auch, hat man auch hundertfach betrachtet, versteht man aber trotzdem nicht. Er machte den Zacken mit der flachen Hand am Hals entlang, was «Schluss/Selbstmord/Ende/Aus» bedeutet. In diesem Fall aber: «Wäre es eventuell auch denkbar, dass wir uns jetzt, um fünf vor zwölf, ausnahmsweise einmal nicht trennen? Nein, wäre nicht denkbar? Gut, dann also, dann trennen wir uns jetzt. Tschüss!» Und, als der Boy mit Silbertablett erschien, das Zeichen mit Daumen und Zeigefinger, zwischen die eine Espressotasse passt. Einen Espresso, bitte. Einen? Exakt, jetzt bitte einen wunderbaren Espresso. Klassisch. Einfach. Ohne alles. Gerne. Kommt. Sofort. Als er – den Moment später, den man braucht, um runterzuschlucken – zu ihr hinsah, war der Türrahmen leer, sie schon mal vorgegangen.

Sarah Khan

Witwe ihres Liebhabers

Der Liebhaber meiner Frau ist tot. Sie weint und trägt in der Wohnung ihre scharfe Sonnenbrille. Hinter dunkelgrünen Gläsern, die an gelben, mit Strass besetzten Bügeln befestigt sind, rinnen die Tränen über ihre Wangen, den Hals hinab, bis in den Ausschnitt der Hemdbluse. Schon sind rote Spuren sichtbar, ihre Haut ist sehr empfindlich, und die Tränen meiner Frau sind besonders salzig, weil sie viel Käse isst. Ich würde ihr gerne die Sonnenbrille wegreißen und zornig in ihre Augen blicken. Gerade erst erfuhr ich, dass es diesen Liebhaber überhaupt gibt. Sie weint so tierlich, so weidwund, das habe ich noch nie an ihr erlebt. Ich weiß nicht, wie er gestorben ist. Ob es ein Autounfall war oder Krebs. Vielleicht eine dumme Vergiftung, oder seine Ehefrau, falls er eine hatte, hat ihn wohlverdient erschossen. Was auch immer, jetzt ist er tot. Wie gesagt: Ich wusste ja nicht, dass er überhaupt existiert. Wir sind seit sechs Jahren verheiratet. Sie hat mir jeden Tag gesagt, dass sie mich liebt. Ich habe ihr geglaubt und nichts von einem anderen Mann bemerkt. Beim Leben unserer zukünftigen Kinder, ich hätte schwören können, wir sind das glücklichste Paar der Welt. Jetzt hat sich alles verändert. Ich habe sie nicht berührt. Nicht getröstet. Ich höre ihre tattrigen Atemzüge und sehe ihr schon eine Weile zu. Wahrscheinlich sind Stunden vergangen, in denen sie einfach nur dalag und heulte. Gleich stirbt sie noch selbst. Wenn ich bis drei gezählt habe, ist sie tot. «Du musst etwas essen», sage ich. «He – Silke! Iss endlich was!»

«Uuuaaa-h», flennt sie. Aber allmählich fängt sie sich, schaut aus dem Fenster und sagt ganz nüchtern: «Wie soll mein Leben weitergehen?»

«Das sehen wir später, du gemeine Schlampe», antworte ich.

Ich bin selbst gespannt, wie es weitergeht. Bin neugierig, alles zu erfahren. Was auch immer geschehen wird, es wird wenigstens interessant sein. Und wenn ich es recht überlege: Ich bin nicht schäumend wütend, mein Blut kocht nicht über. Außerdem ist er tot, ich habe kein Recht, mich übermäßig aufzuspielen. Ich lebe – er ist tot. Er gehört unter die Erde oder ins Feuer eines Krematoriums. Na ja, ein bisschen wütend bin ich vielleicht doch. Perplex ist das richtigere Wort. Der perplexe Ehemann, das schon, *c'est moi*. Aber wenn sie nicht gleich etwas isst, dann werde ich mordswütend sein. Sie darf nicht verhungern oder verdursten oder krank werden. Ich habe gelesen, dass der Todestrieb durch Todesfälle im engsten Umkreis verstärkt wird. Die Leute achten nicht mehr auf sich. Sie folgen einem Todestrieb, der so egoistisch wie der Sexualtrieb ist. Nein, sogar viel mehr als der. Silkes Magen gluckert wie der Peugeot, den ich mal hatte.

«Ich will nicht, dass du hinterher stirbst. Iss was, verdammt!»

Sie schlurft in die Küche und kocht eine Suppe. Das ist eine gute Idee. Bravo, Bienchen! Wir müssen etwas zu uns nehmen, etwas Nahrhaftes, Warmes und Flüssiges, denke ich. In der Gefriertruhe findet sie Hühnerfond. Eigentlich ungeheuerlich: Vor drei oder vier Monaten fror sie in aller Seelenruhe kleine leere Joghurtbecher mit Hühnerfond ein. Es geschah auf Anregung einer Zeitschrift, die sie sich bestellt hat, damit sie als Abo-Prämie einen Designer-Kaffeeautomaten bekommt. Sie lebte mit mir, hielt sich einen Liebhaber und fror Hühnerfond ein. Auf Anregung einer Zeitschrift, Hühnerfond mit Petersilie. Und ich dachte, sie tat das für mich. All diese kleinen Joghurtbecherchen mit Hühnerfond. Ich muss lachen. Hoffentlich hört sie das nicht. Ich schäme mich, laut gelacht zu haben. Aber sie hat mich nicht gehört. Ich existiere für sie schon gar nicht mehr, oder was? Sie gibt Reis, Erbsen und Porree in die Suppe und stellt die Herdplatte auf Stufe eins. Sie ruft eine Freundin an, natürlich die Stefanie. Die beiden Frauen reden kaum, sie flüstern und weinen. Meine Frau sagt, sie will keinen Besuch. Stefanie besteht aber darauf zu kommen. Nein, kreischt sie, sie will heute niemanden sehen. Bitte, bitte, lass mich heute in Ruhe, heult sie. Morgen kannst du kommen. Ich schaffe das besser alleine, sagt sie. Stefanie insistiert nun nicht mehr, und meine Frau beruhigt sich. Dann reden sie über Andreas und sein Fahrrad. Ich gehe aus dem Zimmer, ich will das nicht hören, diesen ganzen Unsinn. Frauen können so grauenhaft praktisch sein. Der Liebhaber ist tot, und sie reden über ein Fahrrad. Als hätte ich nicht schon genug Probleme, Herr Zahnarzt! Fahrräder können mich heute mal am Arsch lecken. Schließlich hat mich meine Frau betrogen. Um das bekloppte Fahrrad kümmere ich mich später. Um es kurz zu machen: Stefanies Freund Andreas ist Zahnarzt von Beruf und fast ein netter Kerl. Er hatte mir sein Mountainbike für den Urlaub geliehen. Wir waren in Italien, Umbrien, drei herrliche Wochen, in denen ich natürlich auch nichts von einem Liebhaber bemerkte. Aber das Rad, das ist eine dumme Sache, ich wollte es ihm heute Morgen zurückbringen, in die Praxis. Aber jetzt ist es kaputt, ich hatte einen kleinen Zusammenstoß. Nicht der Rede wert, aber das Ding ist hin. Ich fasse an meine Beule unter der Mütze. Na ja, sie ist gigantisch. Ob ich mich mal im Spiegel anschaue? Ach was, ich bin Fotograf, ich schaue doch nicht in den Spiegel. Bin doch nicht Schneewittchen.

Die Weiber sollen sich raushalten. Ich kann mit Andreas selbst darüber reden. Er wollte unbedingt mein Freund sein. Und das hat er nun davon: ein kaputtes Rad. Arschloch!

Die Frauen beenden das Gespräch. Na endlich! Meine Frau geht an mir vorbei. Mit aufgerissenem Maul. Rotz läuft aus ihrer Nase. Rotz ist in ihrem Mund. Auch da trieft er schließlich raus, an langen Spuckefäden, den Hals hinunter. Was macht sie nur, läuft hier rum. Ach, fällt mir ein, sie sucht bestimmt Taschentücher. Sie geht zur Kommode. Öffnet alle Schubladen und schließt sie nicht wieder. Dreht sich einmal um die eigene Achse. Ich zupfe an dem Küchentuch, das sie sich an einem Zipfel in die Hose gesteckt hatte. Jetzt schaut sie an sich herunter und bemerkt es. Sie wischt sich damit das Gesicht ab und geht langsam zurück zum Sofa. Ich schließe alle Schubladen. Ich glaube, es ist ihr Geruch, der mich erregt. Das Feuchte ist verdammt verführerisch. Ich gehe zurück in die Küche und schmecke die Suppe ab. Sie ist fad. Etwas Grundsätzliches fehlt ihr, aber ich komme nicht darauf. Ich haue zehn Tropfen Maggi rein. Sie kommt in die Küche, nimmt sich eine Schale Suppe und setzt sich auf den Couchtisch. Sie starrt nur, rührt die Suppe nicht an. Ich setze mich daneben. «Iss jetzt!», sage ich. Sofort nimmt sie den Löffel auf. Ihre Sonnenbrille beschlägt vom Dampf der Suppe. Sie nimmt sie ab. Tränen fallen in ihre Suppe. Das Salz fehlt. Ich schaue ihr zu. Sie isst auf eine hübsche filmisch-mechanische Art und legt sich danach in die Sofakissen. Keine Geräusche mehr, kein Wimmern. Sie ist ernüchtert, weil sie weiß, dass sie heute nicht sterben wird. Er ist tot und sie lebt. Ja, sie lebt weiter. Das ist eine Ungerechtigkeit, und deshalb weint sie. Ich möchte sie fotografieren, wie sie da liegt und auf neue Tränen wartet, so nüchtern. Meine alte Yashica hängt mir noch um den Hals, ich hatte sie mir heute Morgen umgeschnallt. Ich wollte Andreas in seiner Praxis fotografieren, seine Zahnarzthelferin wollte ich fotografieren, im Zahnarztstuhl sitzend und lächelnd. Vielleicht hätte sie mir sogar ihre Tattoos gezeigt. Andreas behauptet, sie habe ganz unglaubliche Tattoos.

Früher habe ich viel mit der Yashica fotografiert, als ich noch nicht verheiratet war. Sie wurde in den Achtzigern gefertigt, hat einen Metallbody und ein ganz leichtes Weitwinkelobjektiv drauf. Komisch, dass ich sie gerade heute Morgen wieder rausgeholt habe. Sie bekam vorhin auch ein paar Schrammen ab, aber sie scheint noch zu gehen. Sie ist halbautomatisch, ich brauchte jetzt nur eine ruhige Hand. Wenn ich es recht bedenke: Ich verlor noch nie einen Menschen. Zwei meiner Großeltern leben noch, die anderen zwei starben, als ich klein war. Meine Eltern sind quicklebendig. Ich bin jung, Silke auch. Wir sind ein einigermaßen junges Ehepaar, und ich hatte gehofft, dass wir uns vor diesen Klischees verschonen. Das ist jetzt vorbei. Sie dreht mir ihr Gesicht zu.

Ich drücke auf den Auslöser. Dreimal, viermal. Sie ist fast blind vom Tränenschleier und immer noch unter Schock. Sie merkt nichts. Das weiß ich genau, ich habe schon ganz andere Sachen fotografiert. Schlimme Sachen. Da merkt man als Betroffener nichts mehr.

Sie dreht sich auf den Rücken und starrt zur Decke. «In drei Tagen ist die Beerdigung», sagt sie und zählt es an drei Fingern ab. Da läuft wieder Rotz in ihren Mund und den Hals hinab, in dicken, langen Fäden. Ich nehme ihr Gesicht von ganz nah. Gehe ganz nah ran an ihre geschwollenen Stellen. Früher war sie Modell, als Teenager war sie sehr gefragt. Dann wurde sie älter, wurde eine kluge, ausdifferenzierte Frau, mit entzückenden Speckfalten am Bauch, und mittlerweile sieht sie furchtbar energisch und erfolgreich und konsequent aus.

«In drei Tagen schon», sage ich.

Sie schluckt und schluckt und macht Geräusche wie ein Gummi im Abflussrohr. Ein hysterischer Schluckauf also. Ich überlege, ein Fenster zu öffnen, damit etwas mehr Abendsonne ins Zimmer kommt. Natürlich würde ich lieber eine 500-Watt-Lampe anschalten, besser zwei oder drei davon, aber das kann ich jetzt nicht tun. Das würde sie nicht mitmachen, die Ärmste. Sie schluckt noch etwas, ich finde meine ruhige Hand wieder, fotografiere, dann ist dieser Moment auch schon wieder vorbei.

Sie steht auf und holt die Sonnenbrille vom Tisch. «Ich kann das nicht allein.»

Ich nicke nach einer langen Pause. «Okay, ich komme mit.»

Sie denkt sicher, dass es mich große Überwindung kostet. Als der gehörnte Ehemann, klar. Nein, ich bin neugierig, ich bin gespannt. Ich gehe auf die Beerdigung des Liebhabers meiner Frau. Ich freue mich, dabei sein zu dürfen. Und es tut mir sogar Leid, ihn nicht als lebenden Menschen gekannt zu haben. Die Trauer wird auf meine ganz eigene Art und Weise ehrlich sein. Ich habe einen anständigen Grund, zu seiner Beerdigung zu gehen. Aber ich würde vorher gerne ein Bild von ihm sehen. Mehr von ihm wissen. Vielleicht wollte sie ihn heute treffen, zu einem Rendezvous. Dann hat sie es erfahren. Vielleicht bekam sie einen Anruf. «Bist du sicher, dass ich ihn nicht kenne?», frage ich. «Diese Stadt ist nicht so groß.»

Sie sagt nichts.

«Es ist also nicht einer meiner Freunde», schließe ich daraus. «Einer meiner Feinde? Sag schon!»

«Das darf alles nicht wahr sein. Das darf nicht wahr sein.»

Sie geht zum schönen Geschirrschrank, eine Antiquität von meiner Mutter. Den gab's zur Hochzeit. Dass wir den Geschirrschrank zur Hochzeit bekommen haben, daran habe ich schon lange nicht mehr gedacht. Sie sucht nach etwas zu trinken. Sie nimmt den Grappa. Sie nimmt einen Schluck, direkt aus der Flasche. Ihr verzogenes Gesicht, das scharfe Zeug auf der Zunge, ich fotografiere. Jetzt kann ich sie fragen. «Wie heißt er?»

Diesen Gesichtsausdruck von ihr, den kenne ich doch. Er bedeutet: Ich sage nichts mehr, basta. Basta, basta, basta. Ich fotografiere ihn trotzdem. Ich habe ihn früher schon mal gehabt. In einer frühen, verliebten Serie. Ich höre auf und setze mich zu ihr. Ich überlege, sie zu streicheln. Aber meine Hände sind ja regelrecht eingeschnappt. Und sie wimmert wieder, diese Frau, drückt sich das Sofakissen ins Gesicht. «Du dumme Kuh», sage ich. «Du hast alles kaputtgemacht.»

Sie setzt sich auf den Hocker. Sie zittert. «Mein schwarzes Kostüm muss zur Reinigung. Das von …» Sie stockt. «Das von …» Sie weint wieder. Sie kann das Wort nicht sagen, es klemmt.

«Was meinst du, Schatz?», frage ich. «Das von …?»

«Das vom Ausverkauf!», heult sie. Sie wirft sich zurück in die Sofakissen.

Hallo? Darf ich auch mal was sagen?

«Du hast mein Vertrauen missbraucht. Du bist falsch. Ich habe mich in dir getäuscht. Du hast einen anderen geliebt! Du-du-du falsches Biest! Wie konnte ich dich nur heiraten! Du bist so böse und falsch, dass sich die Sonne schämt!»

Sie reagiert überhaupt nicht.

«Ich will die Scheidung!»

Sie reagiert nicht.

«Ich will den Golf, den Eames-Sessel, die Artschwager-Edition, die Bang-Olufsen-Anlage, und keine einzige CD behältst du! Nicht einmal die gebrannten! Meine Freunde bleiben selbstverständlich auf meiner Seite! Keinen einzigen kriegst du! Mein Leben wirst du mir nicht wegnehmen! Auch wenn du es versucht hast, aber damit kommst du nicht weit! Geh zurück nach Lübeck!»

Schrecklichere Drohungen sind nicht vorstellbar. Aber was soll ich sagen, sie reagiert nicht. Ich laufe in die Küche und schmeiße den Topf vom Herd. Ja, jetzt hat sie sich erschrocken. Hahaha! Sie steht ganz langsam auf und schleicht in die Küche. Da sieht sie den Schlamassel, wie alles am Boden eine eklige Pfütze ergibt. Sie atmet erleichtert auf und nimmt Haushaltspapier und einen Lappen und wischt ganz langsam auf. Als sie damit fertig ist, schlurft sie ins Badezimmer und öffnet den Medizinschrank. Sie sucht etwas, findet es nicht, lässt sich auf dem Badewannenrand nieder und ist ein großes Elend.

«Leg dich ins Bett», sag ich. «Ich lauf zur Apotheke.»

Ich gehe zur nächsten großen Kreuzung, wenn ich mich

nicht täusche, muss da eine Apotheke sein. Tatsächlich, und sie hat auch Nachtbereitschaft. Ich klingele wie ein Bekloppter. Es ist ja allgemein bekannt, dass Apotheker Feierabend-Morphinisten sind und bis spät im Hinterstübchen verweilen und von besseren Zeiten träumen. Ich klingele Sturm. Dann kommt ein türkischer Mann und klingelt auch. Endlich erscheint ein blonder, bulliger Apotheker. Er winkt uns hinein. Ich bin stolz, dem Herrn ein ausführliches Beratungsgespräch abfordern zu können, und fange sofort an zu reden.

«Es gab einen Trauerfall in der Familie. Ein sehr nahe stehender Mensch. Noch ganz jung, plötzlich tot. Zack und aus. Wir sind total geschockt. Meine Frau trifft's am schlimmsten. Sie hatte ein sehr nahes ... sie war ihm sehr nahe. Verstehen Sie? Ich werde damit besser fertig. Obwohl, vielleicht brauche ich auch bald etwas. Für mich kommt das sehr ... unerwartet. Ich wusste nicht, dass er da war ... ich meine ... dass ... Keiner wusste, dass er ihr so nahe stand. Was nimmt man da? Sollte man etwas Starkes nehmen?»

Der Apotheker ignoriert mich einfach und bedient den türkischen Mann, der in gebrochenem Deutsch erklärt, dass sein Baby krank ist und dass die Tropfen, die der Arzt verschrieben hatte, nicht wirken. Der Apotheker versucht dem Mann zu erklären, dass die Tropfen nicht ins Badewasser gehören, sondern dem Kind mit etwas Flüssigkeit zweimal täglich verabreicht werden müssen. Dann wirken sie vermutlich auch. Er findet sogar einen Zettel, von dem er radebrechend eine türkische Instruktion abliest. Der Türke lacht laut, schüttelt dem Apotheker die Hand, umarmt ihn gar und geht wieder. Statt nun selbst bedient zu werden, verkrümelt sich der Apotheker hinter seinen Vorhang und ist weg.

Frechheit! Ich rufe und schimpfe. Nichts geschieht. Ich rufe, schimpfe und poltere. Und wie ich poltern kann! Ich grusel mich fast vor mir selbst! Endlich kommt jemand hinter dem Vorhang hervor. Es ist nicht der bullige Typ von vorhin. Ein ganz altes Männlein mit kleinen roten Augen, Methusalem persönlich. Wird wohl der Großvater sein, denke ich, hat Paracelsus noch persönlich gekannt. «Bedaure», sagt das alte Weißkittelchen. «Wir können Ihnen nicht helfen. Sie müssen gehen. Gehen Sie jetzt sofort und kommen Sie nie wieder.»

Ich bedeute dem Großväterchen, dass er in mir bestimmt einen gelehrigen Kunden findet. Ich würde liebend gerne alle nicht verschreibungspflichtigen Pharmahammer kaufen, Beruhigungstees, Baldriantropfen, Aspirin plus C, Multivitamintabletten, Feuchtigkeitscremes, Gesichtsmasken, Johanniskrautkapseln, und auch die kostenfreie Apothekenzeitschrift «Neue Apothekenrundschau» würde ich mitnehmen und sogar lesen. Ich flehe und bettele, aber er schüttelt nur den Kopf, er gibt mir nichts. Ich fasse es nicht. Als er bereits wieder hinter einem wolkigen Umhang verschwinden will, frage ich ihn noch schnell etwas. «Wissen Sie, wie lange so eine Trauerphase dauert?»

«Meine Frau war sechs Wochen wie weggetreten, als ihr … Sie wissen schon … ihr Bekannter starb.»

«Sechs Wochen», sage ich und schlucke. «Sechs Wochen.»

«Das war nur die erste Phase», sagt das Hutzelchen. «Für mich war es natürlich auch nicht einfach. Nach wie vor. Man gewöhnt sich nur sehr schlecht an den Gedanken.»

«Unsinn!», kreische ich. «Ich bin froh, dass er tot ist! Sonst hätte ich ihn noch eigenhändig kaltgemacht!»

Er starrt mich an und schüttelt in Zeitlupe den Kopf.

Ehrlich gesagt: Ich habe keinerlei Interesse an verrückten Menschen. Ihnen gilt vielleicht Mitgefühl und Mitleid, vielleicht Verständnis. Auf jeden Fall Behandlung und Pflege von professioneller Seite. Bedaure, Sir, sage ich, *I am a photographer and not a therapist.*

Bei meiner Rückkehr liegt Silke angezogen im Bett.

«Was ist los? Willst du dich nicht ausziehen?»

Sie zittert. Ich decke sie zu.

«Bitte, bitte, bitte, lass mich nicht allein», wimmert sie.

Kann sie Gedanken lesen? Ich dachte gerade daran, auszuziehen. Eine eigene kleine Wohnung, ein neues Fahrrad, ein neues Glück. Mit Balkon natürlich.

«Bitte, bitte, bitte», wimmert sie. Ich streichle ihr Haar. Natürlich bleibe ich. Bevor sie einschläft, zieht sie eine halb ausgequetschte Tube Bepanthen aus dem Nachttisch. Sie schmiert sich die Salbe auf die Wangen und unter die Augen. Ich wache weiter an ihrem Bett. Vorerst nichts mehr.

Am nächsten Morgen sucht sie die Kleidung für die Beerdigung zusammen. Was soll sie auch machen? Ein paar Handgriffe und Vorbereitungen, wahrscheinlich hilft es, gibt dem Ganzen eine erste Form. Das schwarze Kostüm aus dem Ausverkauf stellt sich als ein Therry-Mugler-Kostüm heraus, das sie mal im Hanseviertel ergatterte. Eigentlich war sie damals bereits zu dick dafür, an Bauch und Oberschenkeln lag es nicht ganz so, wie es der Schneider wollte. Sie trug es auch selten, und ein brauner Soßenfleck ziert das Revers. Sie legt das Kostüm auf das Sofa und heftet einen Zettel daran: «Reinigung!»

Sie nimmt nach wie vor keine Rücksicht. Es ist offensichtlich, dass sie wartet, bis ich die Wohnung verlasse. Sie steht neben dem Telefon und hofft, dass ich zur Arbeit gehe. Sie will telefonieren und stark sein und alles regeln und in Erfahrung bringen. Ich darf nicht dabei sein und die energische Stimme hören, wie sie sich nach den Details erkundigt. «War es ein schmerzvoller Tod?» – «Darf ich ihn noch einmal sehen?» – «Hat er mir eine letzte Nachricht hinterlassen? Hat er etwas gesagt?» Es ist außerordentlich verdammt schade, dass ich ins Studio muss. «Du hast aufgequollene Augen!», sage ich.

Sie schmeißt eine Vase mit alten Blumen um. Ach so, jetzt verstehe ich, heute ist der Tag der Wut und der energischen Taten. Das Tal der Tränen ist durchschritten. Meine Frau ist wieder obenauf! Sieh einer an! Aber Augen wie Pflaumen! «Weißt du, du siehst aus wie ein Eskimo mit Glutamat-Allergie», höhne ich. «Nee, Silke, du siehst aus wie Björk.»

Sie lacht, aber nur kurz, und kehrt die Scherben und den Dreck auf, den sie gemacht hat. Ich beobachte sie, und dabei fällt mir meine Beule wieder ein. Die ist leider nicht kleiner geworden. Und Andreas möchte sicher sein Mountainbike zurückhaben. Bevor ich zur Arbeit gehe, werde ich in seine Praxis fahren und die Zahnhelferin vernaschen. Gleich an der Rezeption. Dann erkläre ich ihm, dass es das Mountainbike nicht mehr gibt. Kaputt wie Banane. Ich kann es natürlich bezahlen, Schwamm drüber. Die Weiber sollen sich nicht so aufregen. Meine Frau aber starrt nur auf das Telefon und nagt am Zeigefinger. «Ich muss es endlich seinen Eltern sagen», sagt sie. «Wie soll ich das nur tun?»

«Was haben seine Eltern damit zu tun?», schreie ich. «Du schamloses Flittchen! Du machst alles kaputt! Merkst du das denn nicht! Ich hätte dir verziehen! Ich war zu allem bereit! Ich liebe dich doch!»

Sie nagt am Finger und starrt auf das Telefon. Ich platze vor Wut. Das kann sie mit mir nicht machen, denke ich. Lass bloß die Eltern aus dem Spiel! Nicht mit mir! Jetzt hole ich mir diese Arzthelferin. Aber hallo! Ich renne durch den Stadtpark, den Hügel hoch und den Hügel runter. Gestern bin ich hier auch längs. Das hätte man filmen sollen! Mit Andreas' beschissenem Mountainbike. Scheißrad! Scheißbremse! Scheißgegenverkehr! Immerhin sieht's hier wieder zivil aus. Als wäre nichts geschehen. Bravo, kann ich da nur sagen. Wisch und weg, einfach so. Als wären so ein bisschen Körper und Metall wie Blätter im Wind.

«Ihr könnt mich mal», rufe ich dem Park und seinen zugeschissenen Bäumchen zu und renne zur Praxis. Da trete ich fast die Tür ein und kneife der Dame von der Rezeption in den Po, aber die hat einen Hintern wie ein Nashorn, merkt nix mehr. Die Zahnarzthelferin ist sowieso nicht mein Typ, ich kann Frauen mit unglaublichen Tattoos nicht ab. Ist mir echt zu prollig. Gott, bin ich wütend! Ich stampfe breitbeinig in den Behandlungsraum Römisch Eins und will so richtig schön in Rage kommen, ihm ungeachtet seiner Bohrer, Patienten, Kronen, Brücken und Chagall-Drucke sagen, was ich von ihm und seinem beschissenen Fahrrad halte. Will ihm ins Gesicht brüllen, dass ich längste Zeit sein Freund gewesen bin und dass er meine Ehe zerstört hat und mindestens mitverantwortlich dafür ist, dass meine Alte einen verfluchten Liebhaber hat. Und dann diese grauenhaften Marc-Chagall-Drucke! Madonna! Aber was soll ich sagen? Ich komme ins Behandlungszimmer, und da liegt Dr. Andreas H. im Zahnarztstuhl und flennt. Brav wie eine fertige Portion Grießbrei liegt er da. Mensch!, sage ich. Was ist denn los?

Wenn ein Freund weint, das ist schlimm. Erwachsener

Mann, Kunstliebhaber und Zahnarzt. Er spricht sogar ein wenig Portugiesisch, kann Spaghetti Arrabiata kochen wie kein Zweiter, hat noch ein paar Haare auf dem Kopf und eine ausgesprochen nette Freundin namens Stefanie. Er hat sie durch uns kennen gelernt und will sie sogar heiraten. Er hat einmal gesagt, unsere Ehe, also die von Silke und mir, hätte ihn davon überzeugt, dass man es schaffen kann. Jetzt liegt er da und flennt. Na ja, den Zahn muss ich ihm leider ziehen: Auch meine Ehe ist gescheitert. Die schönste Ehe der Welt. Eigentlich müsste ich jetzt dort liegen und flennen. Langsam bekomme ich Übung darin, Weinende zu betreuen. «He, Andreas, Sportsfreund. Was ist überhaupt los?»

Andreas atmet einmal ganz tief und sieht aus wie ein Baby vorm Bäuerchen.

«Es tut mir so Leid», kommt's aus ihm. Er verkneift vor Leid die Augen. «Es ist meine Schuld», hechelt er. «Lieber wäre ich tot. Warum darf ich nicht sterben?»

Ich tätschel ihm die Hand. Schwerer Fall von irrationalem Schuldkomplex, schätze ich.

«Das musst du mir erklären», sage ich. «Was hast du damit zu tun? Ich meine, kennst du den Typen etwa? Wer ist es denn?»

Andreas beißt sich in die Faust. «Ich hätte ihm das Rad nicht leihen dürfen. Es war nicht sicher.»

Was redet er da? Das ist doch kompletter Unsinn. Aber ich habe schon bemerkt, dass jedes dieser Worte ihm in der Seele schmerzt. Deshalb tue ich etwas ganz Außerordentliches: Ich verzeihe ihm etwas, womit ich eigentlich gar nichts zu tun habe. Raffiniert, was? «Andreas, jetzt hör mir einmal zu! Sei mal ganz still!»

Er liegt ganz willig da. Ich halte seine Hand. Ich glaube, er hört mir wirklich zu.

«Andreas, es ist nicht deine Schuld. Das Rad war drei Wochen lang völlig in Ordnung. Ich meine, ich bin dreihundert, vierhundert Kilometer damit gefahren. Und ohne anzugeben, waren es bestimmt zweihundert Kilometer. Um den Lago Trasimeno und dauernd zum Einkaufen, und ich habe wunderbare Touren gemacht, während Silke zuckrige katholische Kirchen besichtigte. Das Rad war absolut in Ordnung!»

Seine Stirn zeigt Falten. Klar, er ist ein Berufszweifler, aber vielleicht hat er es trotzdem geschluckt.

«Es ist nicht gut», sage ich, «wenn du dir einredest, dass es deine Schuld war. Silke würde das auch nicht wollen. Sie braucht jetzt Freunde, die ihr helfen und beistehen. Schau, es war so: Ich bin durch diesen Park gefahren, gestern Morgen, um dir das Rad zurückzubringen. Im Park gibt es einen Hügel. Im Winter rodeln die Kinder dort, also man kriegt richtig Bock, runterzupreschen. Ich bin mit geschlossenen Augen runtergerast und gegen einen Baum geknallt, der da vorher nicht stand. Jetzt frage ich dich: Was solltest du damit zu tun haben?»

«Ich glaube, ich werde ihn schrecklich vermissen», sagt Andreas.

Alles kribbelt in mir. Ich muss zu meiner Frau, sonst werde ich noch wahnsinnig. Ich renne raus, und immer nur eine Frage hämmert in mir: Was habe ich da gesagt? Was – habe – ich – da – gesagt?

Im Park mache ich einen Bogen um den Todeshügel. Alles Quatsch!

Ich renne nach Hause. Zu meiner Frau. In ihre Arme. Ich

werde ihr alles verzeihen. Den Liebhaber, meinetwegen auch den. Hauptsache, sie nimmt mich in den Arm, und alles ist gut. Sie kommt gerade von der Reinigung heim. Jetzt sitzt sie da und wartet wohl auf Stefanie. Nimm bitte die Sonnenbrille ab, will ich sagen. Ich möchte noch einmal deine schönen Augen sehen. Aber ich komme nicht durch. Dann geschieht ein Wunder: Sie nimmt tatsächlich die Brille ab. Als hätte sie mich vielleicht doch gehört. Lass uns reden, sage ich. Ich muss dir dringend was sagen. Sie geht ins Schlafzimmer und zieht die Bettwäsche ab.

Mit jeder gescheiterten Ehe geht eine Milbenart zugrunde, sage ich. Das jedenfalls hat Silkes Mutter immer behauptet. Das zeigt ihren ganz speziellen Humor, würde ich sagen. Silke hat den nicht geerbt. Ist auch besser so.

Ich halte es einfach nicht aus, ihr dabei zuzusehen, wie sie die Laken abzieht. Ich kann ja verstehen, dass sie der Geruch von uns verrückt macht. Aber was soll sie tun ohne mich? Was anfangen? Warum darf ich nicht mit ihr weiterleben? Silke, ich bin tot. Ich bin es, der tot ist, kein anderer! Mitten aus der Beziehung gerissen, aus dem Leben. Aus dem Glück und der Zukunft. Es tut mir Leid. Ich wollte doch nur mit dem Fahrrad den Hügel runter.

Sie hat mir jeden Tag gesagt, dass sie mich liebt. Sie hat nicht gelogen, das ist der Trost. Und wisst ihr was, Leute? Ich liebe sie. Und gesagt habe ich es immer wieder, ohne müde zu werden.

Ich muss lachen. Hab doch tatsächlich geglaubt, sie hat einen Liebhaber. Der hätte jetzt tot sein müssen. Dieses Gefühl, ihr Liebhaber ist tot, und ich sehe ihr zu, wie sie um einen anderen trauert, das war einmalig. Nur dass ich selbst dieser Mann bin, ich bin der Liebhaber. Es ist einfach zum

Lachen. Ich krieg ja schon Bauchschmerzen vor Lachen. Gott, tut das weh. Heftig.

«Du hast ja endlich deinen Galgenhumor zurück, Julius», sagt eine Stimme. Wo kommt die denn her? Endlich redet mal jemand mit mir.

Hallo? Wer da? Wo bin ich eigentlich?

Im Krankenhaus? Oder schon im Himmel? Oder was?

Hallo?

Alexa Hennig von Lange

Gib mir mal deinen Mann

Marla hatte sich auf die Seite gedreht, weg von ihrem Ehemann, der lag nun hinter ihr, auf dem Rücken, die Arme unter dem Kopf verschränkt, tat so, als ob er schliefe. Marla starrte mit klaren, weit aufgerissenen Augen – das geschah ganz ohne Anstrengung, so wach war sie – zur weißen Gardine, dahinter schimmerte der Nachthimmel. In den umliegenden Nachbarwohnungen brannte Licht. Die Nachbarn hatten es gut, die schliefen noch nicht, oder wenigstens taten sie nicht so, als ob, liefen durch ihre Wohnungen, lagen nicht stumm und hilflos da, wie Marla jetzt, tief atmend, als sei sie ganz entspannt, aber am Fußknöchel juckte es. Schlafende, so war sich Marla sicher, kratzten sich nicht, also kratzte sie sich auch nicht. Ihr Mann sollte denken, dass sie einschlafen konnte, auch wenn sie wütend auf ihn war, und nicht einfach nur beleidigt auf der Seite lag, was leider der Tatsache entsprach. Dafür hasse ich ihn, dachte Marla, ich hasse ihn, und zum Schluss, wenn nicht sogar von Anfang an, hatte sie Lust, sich zu ihm umzudrehen, auf ihn einzuprügeln, ihn zu kratzen, zu schlagen und wieder zu schlagen, immer wieder, bis er endlich er war, nur der war, den sie geheiratet hatte, rausprügeln aus seiner Hülle, rausprügeln, bis das herauskam, was sie liebte, denn was das war, daran konnte sie sich gerade schwer erinnern.

Sein Fotoalbum aus Kindertagen fiel ihr wieder ein. Er hatte es ihr kurz vor der Hochzeit auf die Knie gelegt, gesagt: «Guck mal, so sah ich aus, als ich klein war!» Gespannt hatte Marla das mit rotem Stoff bezogene Buch aufgeschlagen, staubiger, grob gewebter roter Stoff mit Knötchen. «Widerlich!», hatte Marla bei sich gedacht und die erste Pergamentseite mit der Spinnennetzprägung umgeblättert. Zwei kalte blaue Augen starrten sie an. Die Lippen scharf gezeichnet, ohne den Anflug eines Lächelns. Schnell hatte Marla weitergeblättert. Doch auf jedem Foto war das gleiche Gesicht mit dem gleichen Ausdruck zu sehen. Wie eingestanzt, unerbittlich, hart war der Blick. Immer das gleiche Gesicht, auf Klassenfotos, Faschingsfotos, Picknickfotos, Strandfotos, Schlafanzugfotos. Immer wieder dieses Gesicht, immer wieder diese Augen, als müsse dieses fremde Kind nie die Augen schließen, nie schlucken, nie reden. Nur gucken, so lange gucken, bis es nichts mehr zum Angucken gab. Ein großer Kopf auf einem kleinen Körper, dem Körper eines Kindes, die Augen eines «Psychopathen!» hatte Marla bei sich gedacht, gelächelt und das Album zugeschlagen. «Schön. Sehr süß. Du sahst wirklich süß aus!»

In der darauf folgenden Nacht erschlug sie das Kind im Traum mit einem Hammer. «Sehr realistisch, sehr professionell lief das ab!», erklärte Marla ihm am nächsten Morgen beim Frühstück. «Ich habe gar nichts gefühlt, ich habe dir einfach den Kopf eingeschlagen. Ist das nicht merkwürdig?» Er saß da und lächelte matt, wobei er ihr zärtlich über die Hand strich. «Im Keller habe ich dir mit dem Hammer den Schädel zertrümmert!» – «Liebling, das ist schrecklich!» – «Ja! Mein Vater hat mir sogar geholfen, dich festzuhalten. Ich habe immer gefragt: Ist das Kind tot? Ist es tot? Und du hast noch gezuckt, und da habe ich wieder zugeschlagen, und stell dir vor, mein Blick war der einer Kamera, die ganz dicht an den zertrümmerten Schädel heranfährt!» – «Liebling, bitte!» – «Weißt du, wie in diesem Film. Du erinnerst dich doch an diesen Film, in dem jemand von hinten erschlagen wird?» Inzwischen war er aufgestanden, hatte das Geschirr zusammengeräumt: «Bist du fertig ... Liebling?»

Mit dem Tablett ging er in die Küche, sie folgte ihm den langen Flur entlang, verfolgt von dem Traum vergangener Nacht. «Und stell dir vor, als du, also das Kind, endlich tot warst, bin ich aufgewacht. Ich habe dich neben mir liegen sehen und mich richtig erschrocken.» – «Du hättest mich wecken sollen!» – «Ich hatte natürlich schreckliche Angst, wieder einzuschlafen. Darum bin ich ins Bad gegangen, habe mich auf den Badewannenrand gesetzt, nur um nicht wieder einzuschlafen. Der Traum war so realistisch.» Er ließ Wasser in das zugestöpselte Spülbecken laufen, spritzte grünes Spülmittel hinein, steckte das dreckige Geschirr und seine Hände in den Schaum. «Du hättest mich wecken sollen!»

Unten im Hof spielten die Nachbarskinder im Sandkasten, die schwangere Mutter saß blass, mit ausgestreckten Beinen auf dem Kistenrand. Marla sah hinunter, während ihr Mann spülte. «Sie ist schon wieder schwanger!» – «Wer?» – «Na, diese Mutter von den zwei Kindern. Die blasse, die immer so depressiv guckt!» – «Ach was!» – «Verhüten die nicht?» – «Ich dachte, die kommen aus Jerusalem!» – «Die Arme!» Der Himmel über dem Hof war blau, wolkenlos, im Hof war es schattig. «Dass die da unten überhaupt spielen wollen. Da ist es doch immer so duster!»

Verwundert, keine Antwort zu bekommen, wandte sich Marla wieder ihrem Mann zu, der die abgewaschenen Teller aus dem schäumenden Abwaschwasser zog und in das Abtropfgitter stellte. «Spülst du den Schaum gar nicht ab?» – «Nein!» – «Warum nicht?» – «Warum?» – «Weil da noch so viel Seife dranklebt!» – «Das bisschen!» Seine Stimme klang plötzlich gereizt, und obwohl es Marla schwer fiel, hielt sie lieber den Mund. «Er ist so empfindlich!», dachte sie bei sich und drehte sich weg, mit dem Gesicht zum Fenster. Und da war er wieder, ihr Traum. Die Bilder liefen eins nach dem anderen durch ihren Kopf, immer und immer wieder.

Nachdem sie einige Minuten müde und mit zittrigen Knien im dunklen Badezimmer auf dem kühlen Badewannenrand gesessen hatte, war sie zurück ins Bett gegangen, hatte sich neben ihren schlafenden Mann gelegt. «Der Traum ging einfach weiter. Im zweiten Teil habe ich geträumt, wie ich versuche, deine Leiche loszuwerden und die Spuren zu beseitigen, und stell dir vor, dabei haben mir meine Eltern geholfen.» – «Liebling, es reicht!» – «Sie haben mir eine große, durchsichtige Plastikplane besorgt, und dann haben wir dich, also das Kind, zusammen eingewickelt und mit Paketband verklebt.» – «Ich will das nicht hören ... bitte!» – «Und deine Augen standen offen und haben mich angestarrt!»

Drei Tage später hatten sie geheiratet. Am Abend davor hatte es plötzlich an der Tür geklingelt. «Wir lagen schon im Bett. Schließlich wollte ich heute frisch und ausgeschlafen aussehen!» Mit verquollenen Augen stand Marla am nächsten Morgen neben ihrer Mutter vor dem Standesamt, wo sie auf ihren Vater warteten, der noch einen Parkplatz suchte. «Wo bleibt er denn?» Marlas Mutter sah auf ihre vergoldete Armbanduhr, die sie nur zu besonderen Anlässen trug. «Hör mir doch mal zu!» Marla stieß ihre Mutter mit dem Ellbogen leicht in die Seite. «Mache ich doch!» – «Machst du gar nicht!» – «Doch! Ich gucke nur, wo er bleibt!» – «Ist doch egal!» – «Was?» – «Ich meine, er kommt schon noch!» –

«Hinterher lassen sie ihn nicht mehr rein, wenn er zu spät kommt!» – «Sehe ich sehr schlimm aus?» – «Wie kommst du denn darauf?» – «Hab ich doch schon gesagt: Ich habe letzte Nacht kein Auge zugemacht!» – «Warum das denn nicht?»

Marla war aus dem Bett gekrabbelt, hatte sich «irgendwas übergeworfen» und durch die Gegensprechanlage gefragt, wer da sei, und als Nächstes hatte sie «die vielen, schrecklichen Stimmen seiner Freunde» gehört, die schrien: «Rück ihn raus!» Und schon hatten sie vor der Wohnungstür gestanden, Sturm geklingelt. Marla hatte die Tür geöffnet: «Aus reiner Höflichkeit!», wie sie jetzt betonte, und war verwundert über die «Unhöflichkeit» seiner Freunde. «Sie stürmten an mir vorbei, ich war fast nackt, sie grüßten nicht, zogen ihn einfach aus dem Bett, er war natürlich auch nackt. Stopften ihn in seine Hosen, und schon waren sie wieder weg. Ich wusste gar nicht, wo sie mit ihm hin wollten.» Marla hakte sie sich bei ihrer Mutter unter, legte den schweren, dröhnenden Kopf an ihre Schulter und schloss für einen Moment die roten Lider über den brennenden Augen. Dahinter war die Sonne. «Ich dachte, er kommt nicht mehr zurück.» – «Warum sollte er nicht mehr zurückkommen?» – «Und dann hatte ich diesen furchtbaren Albtraum. Ich habe geträumt, ich muss mit den Gästen alleine feiern, und er sitzt draußen auf dem Parkplatz und kriegt die Geschenke. Kein Geschenk für mich. Weißt du, wie schrecklich das war?» Ihre Mutter hatte abwesend genickt, wieder auf ihre Uhr gesehen, und am liebsten wäre Marla sofort nach Hause gegangen. Ohne zu heiraten. Ohne Abschied. «Ich habe mich so alleine gefühlt!»

Und sowieso wurde die anschließende Feier nicht viel besser. Ihr Mann war plötzlich verschwunden. Niemand wusste, wo er war, keiner half ihr suchen. Schließlich hatten ihre Nachforschungen ergeben, dass er sich vor der Tür um die weinende Frau seines besten Freundes kümmerte. «Was war denn mit ihr los?» – «Ach, die beiden haben sich nur ein bisschen gestritten!» – «Und da musst du dich um sie kümmern?» – «Ich will, dass sich die Leute auf unserer Hochzeit wohl fühlen.» Zusätzlich hatte sie im Vorbeigehen gehört, wie jemand am Buffet stehend behauptete, der Trauzeuge ihres Mannes sei ein «richtiger Blutsauger. Ein Kannibale». Also jemand, der riesige Menschenteile in seiner Kühltruhe aufbewahrte! Marla hatte das zu erst nicht glauben wollen, doch als ihr Mann, nachdem er endlich zurückgekehrt war, flüsterte: «Behalt es bitte für dich!», hatte sie das Gefühl, in etwas hineingeraten zu sein, aus dem sie so schnell wie möglich wieder herauskommen wollte. Tatsächlich dachte sie an diesem Abend sehr oft: «Ich lasse mich scheiden!»

Sie saß allein am Kopf der Tafel, schlaffe Blumen rankten sich um die Teller mit Essensresten, die Gäste klebten in kleinen Gruppen am Tisch, rührten sich nicht von ihren Plätzen, hatten keine Lust, sich zu ihr zu setzen, mit ihr zu reden, und ihr Mann trank in der hintersten Ecke mit dem «Kannibalen» Bier. «Ich werde ihm jetzt mal auf den Zahn fühlen!», hatte ihr Mann erklärt, bevor er sie hatte sitzen lassen. Zum Abschied hatte er ihr einen ordentlichen Kuss gegeben und im Weggehen gehaucht: «Ich liebe dich. Du bist die Einzige!»

Wie das «auf den Zahn fühlen» aussah, konnte Marla bestens von ihrem Platz aus beobachten. Ihr Mann bog sich amüsiert von vorne nach hinten und zurück, schlug dem «Kannibalen» hysterisch lachend auf den Rücken, auf die Schulter, umarmte ihn, küsste ihn, und zum Schluss öffnete er seine Fliege, knöpfte das Hemd auf.

Und nun lag dieser Mann immer noch neben ihr. Inzwischen schien er wirklich eingeschlafen zu sein. «Gefühlloses Monster!», dachte Marla bei sich, nicht ohne ihren Mann um seinen Schlaf zu beneiden. «Der merkt wenigstens nichts mehr!» Vorsichtig drehte sich Marla zu ihm um, bläuliches Licht lag über seinem Gesicht, den weißen Laken, seiner Brust. Marla wusste genau, wie schön es war, ihn zu küssen. Und genau diese Tatsache machte ihr Sorge. Diese Lippen, kühle Lippen, kalter Zug um den Mund. «Monster!» Ihr Mann drehte sich auf die Seite, zog das Laken mit sich, da, im bläulichen Schimmer lag sein nackter Rücken, sein Kopf. «Monster!» Natürlich hätte sich Marla dicht an ihn schmiegen können, ihre Arme um ihn schlingen können, sein Schulterblatt küssen können, so, wie sie es immer tat, wenn sie nicht wütend auf ihn war. Oder beleidigt. Stattdessen: «Ich könnte dich umbringen!» Eine zärtliche Geste der Versöhnung hätte möglicherweise eine zärtliche Antwort zur Folge haben können. «Dieses Mal komme ich nicht angekrochen!» Und plötzlich fiel Marla das scharfe Messer in der Küchenschublade ein. «Du erinnerst dich doch an diesen Film, in dem jemand von hinten im Schlaf erstochen wird?»

Kurz nach der Hochzeit hatte ihr Mann beim Frühstück gesagt: «Ich brauche ein ordentliches Messer!» – «Wofür?» Marlas Stimme klang dünn. «Wofür?» – «Wie: Wofür?» Ihr Mann hatte sie verständnislos angesehen. «Ich meine, wofür brauchst du ein ordentliches Messer?» – «Na, was denkst du denn?» Unsicher hatte sie mit den Schultern gezuckt, und ihr Mann hatte plötzlich gelacht. «Wofür brauche ich wohl ein Messer?» Hatte sie an sich gezogen und geküsst.

«Besser, du lässt die Finger davon. Ein falscher Schnitt und dein hübscher Finger ist ab!», riet ihr Mann, als sie mit dem stählernen, großen, sehr scharfen Messer nach Hause kamen. «Das ist Männerwerkzeug!» Er stand am Küchenfenster und ließ die Klinge in der einfallenden Mittagssonne blitzen.

«Ich sage dir, er will mich loswerden!» Marla hatte die Badezimmertür abgeschlossen, saß auf dem weichen Badewannenvorleger und telefonierte wispernd mit ihrer Mutter. Dabei ließ sie hinter sich Wasser in die Wanne laufen. «Was? Kannst du nicht das Wasser ausstellen, solange wir telefonieren?» – «Nein!» – «Warum nicht?» – «Weil ich ihm gesagt habe, dass ich baden will!» – «Aber ich kann dich so schlecht verstehen!» – «Das kann ich leider nicht ändern!» – «Kannst du dann nicht wenigstens lauter sprechen?» – «Nein, sonst hört er ja, worüber wir reden.» – «Ist das so schlimm? Er ist doch dein Mann!» – «Ja schon, aber ich vertraue ihm nicht!» – «Warum das denn nicht?» – «Weil ich glaube, dass er mich umbringen will!» – «Wie kommst du denn darauf?»

Die Badezimmerklinke wurde von außen heruntergedrückt: «Liebling?» – «Ja?» – «Essen ist fertig!» – «Ich komme!»

Schnell zog sich Marla aus, immer noch den Telefonhörer am Ohr, stieg sie in die volle Wanne. «Mama, bist du noch dran?» – «Ja.» – «Entschuldige, er hat gerade an die Tür geklopft!» – «Was wollte er denn?» – «Keine Ahnung. Mich wahrscheinlich in der Wanne ertränken oder erstechen.» – «Was ist das für ein Blödsinn?» – «Wir haben heute ein Messer gekauft!» – «Na und?» – «WIR – HABEN – HEUTE – EIN – MESSER – GEKAUFT!» Marla zischte durch die Zähne. «EIN – MESSER!» – «Wir haben auch Messer zu Hause!» – «Das ist etwas anderes!» – «Warum?» – «Kann ich dir auch nicht sagen. Ich weiß nur eins, wir haben heute meinen Tod gekauft!» Inzwischen war Marla schon wieder aus der Wanne gestiegen, trocknete sich eilig ab, wobei sie den Hörer zwischen Kinn und Schulter geklemmt hatte. «Ich muss jetzt auflegen!» – «Warum denn?» – «Weil er mit dem Kochen fertig ist und es bestimmt nicht mag, wenn ich mit dir telefoniere!» – «Warum das denn?» – «Er denkt immer, dass wir über ihn reden!» – «Wenn er meint, dass er so wichtig ist!»

In dieser Nacht versteckte Marla das Messer im Brotkasten, natürlich erst, nachdem ihr Mann eingeschlafen war. «Ich kenne diesen Film, in dem jemand von hinten im Schlaf erstochen wird!» Es war einfach beruhigend zu wissen, dass ihr Mann, sollte er später in der Nacht vorhaben, sich ihrer zu entledigen, Schwierigkeiten haben würde, das Messer zu finden. Dass er danach suchen würde, daran hatte Marla keinen Zweifel.

Besonders die Art, wie er mit den Nachbarskindern umging, wenn er ihnen beim Müllraustragen im Hof begegnete! Manchmal hatte Marla das Gefühl, er trüge extra den Müll raus, wenn er die Kinder im Hof spielen sah. Sobald er mit dem vollen Abfalleimer aus der Tür war, stellte sich Marla ans Küchenfenster und sah hinunter in den Hof. Da saßen die Kinder im Sand, fuhren mit dem Dreirad um die Rabatten, schaukelten, wippten, hauten sich. Als ihr Mann unten aus dem Haus trat, rannten sie sofort zu ihm, er hockte sich neben sie, strich ihnen über die Köpfe, und wenn das Fenster offen stand, konnte Marla hören, dass er ihnen etwas vom «Kinderfänger mit dem großen Sack» erzählte. Dann ließ er den Abfalleimer mitten auf dem Weg stehen, rannte hinter den kreischenden Kindern her, streckte seine Arme aus und brüllte: «Ich bin der Kinderfänger!» Und als er schon längst wieder oben in der Wohnung war, riefen die Kinder von unten: «Kinderfänger, wo bist du?»

Er lag direkt neben ihr. Friedlich schlafend, gleichmäßig, ruhig ging sein Atem. Morgens, nach dem Aufwachen, zog er sie meistens an sich, fragte: «Was würde ich nur ohne dich tun?» Seine Finger waren mit ihren verschlungen. «Mein Liebling!» Er hatte schöne Hände. Gleichmäßige Hände.

«Stell dir vor, eines Tages wird er mich mit Hilfe dieser Hände abmetzeln!» – «Ich bitte dich!» – «Stell es dir doch nur mal vor!» – «So einen Quatsch stelle ich mir nicht vor!» – «Und wenn es kein Quatsch ist?» – «Ich bitte dich!» – «Stell dir das doch mal vor: Plötzlich bringt dich der Mensch um, den du am meisten auf der Welt liebst, dem du am meisten vertraust!»

Noch schlimmer war allerdings, dass er gerade schlief. Er sollte wach sein, sie ansehen, sie küssen, sagen: «Ich liebe dich! Ich liebe dich! Ich liebe dich!» Er sollte sie anflehen: «Bitte verlass mich nicht. Bitte, bitte, bitte nicht!» Er sollte, ja, er sollte vor ihr auf die Knie fallen, vor ihr über den Boden rutschen, «mir die Füße küssen!», hatte Marla neulich zu ihrer Mutter am Telefon gesagt. «Er soll mir die Füße küssen!» – «Warum das denn?» – «Weil ich das verdient habe!» – «Reicht es nicht, wenn er dich auf den Mund küsst?» – «Nein! Er soll meine Füße küssen!» – «Wenn du meinst!» Marla hatte nicht übel Lust, ihn aufzuwecken, ihn wachzuschütteln. «Dich werde ich wachrütteln!» Ihn wachrütteln und «ihm klar machen, dass ich mir nicht alles gefallen lasse!».

«Was hat er denn jetzt schon wieder Schlimmes gemacht?» Die Stimme ihrer Mutter klang verschlafen. Marla saß auf der Tischkante im dunklen Wohnzimmer. «Er hat beim Abendessen gesagt, ich soll nicht immer so gequält gucken!» – «Und dann?» – «Ich habe gesagt: ‹Ich gucke nicht gequält›, und er hat gesagt: ‹Du guckst immer gequält!›» – «Und dann?» – «Dann habe ich angefangen zu weinen. ICH GUCKE NIE GEQUÄLT! NIE!» – «Und dann?» – «Dann habe ich mich im Klo eingeschlossen. ICH GUCKE NIE GEQUÄLT!» – «Und dann?» – «Nichts! Nichts! Nichts! Ich habe geheult, und er hat sich ins Bett gelegt und ist eingeschlafen. Dieses Monster!» – «Versuch doch einfach auch zu schlafen!» – «Ich kann aber nicht schlafen!» – «Warum nicht?» – «Weil ich wütend bin!» Außerdem liefen Marla schon wieder dicke Tränen über das Gesicht, und vor ihr lag der Balkon. «Ich springe jetzt vom Balkon!» – «Was machst du?» – «Ich bringe mich jetzt um!» – «Ist doch Quatsch!» – «Das ist überhaupt kein Quatsch. Dann merkt er endlich, was er an mir hatte!» Marla öffnete die Balkontüren, von der Straße schlugen ihr laute Musik aus den umliegenden Bars, Stimmengewirr und Motorengeräusch entgegen. «Mach die Tür wieder zu!» – «Nein!» – «Mein Gott, Marla! Mach die Tür wieder zu und leg dich neben deinen Mann!» – «Monster!» – «Er liebt dich!» – «Und warum sagt er mir das nicht?» – «Es reicht doch, wenn er es tut!» – «Meinst du wirklich, er liebt mich?» – «Natürlich, sonst hätte er dich nicht geheiratet!» – «Vielleicht hat er mich aus Versehen geheiratet!» – «So ein Quatsch!» – «Kann doch sein!» – «Leg dich jetzt hin und schlaf!» – «Danke, Mama. Mach dir bloß keine Sorgen!»

Marla atmete tief ein, legte das Telefon auf den Wohnzimmertisch und schlich durch das dunkle Zimmer hinüber ins Schlafzimmer. Dort legte sie sich milde lächelnd neben ihren Mann, strich über seine Schulter, küsste sein Schulterblatt. «Liebling!» Sie flüsterte. «Liebling!» Sie presste sich an ihn, biss zärtlich in seinen Arm, flüsterte wieder: «Liebling, ich liebe dich!» Doch ihr Mann schlief fest, zu fest, wie Marla fand. «Was ist, wenn ich mich neben ihm in Krämpfen winde?» Außerdem ärgerte sie sich über seine Hartnäckigkeit, einfach nicht aufzuwachen, obwohl sie sich wieder mit ihm versöhnen wollte. «Liebling!» Inzwischen war aus dem Flüstern eine harte, fast drohende Stimmlage geworden. «Liebling, wach auf!» Endlich regte er sich. Er zog das Laken fester um sich, jetzt sogar über seine nackte Schulter, zwischen sie und ihn. «Liebling!» Ein unwilliges Murren war zu vernehmen. «Liebling, ich liebe dich!» – «Ich dich auch, und jetzt versuch zu schlafen!» – «Du grausames, grausames Monster!»

Marla löste sich wieder von ihrem Mann, hatte das Gefühl, dass dies die letzte Umarmung in ihrem gemeinsamen Leben gewesen sei. Ihr Mann war eine Hülle ohne Kern. Genau wie das Kind im Fotoalbum. Eine Art Maschine. Kein Mensch. Ohne Gefühl. Sonst würde er sich doch endlich zu ihr umdrehen, sie an sich ziehen, in den Arm nehmen, so wie früher, sagen, wie glücklich er sei, sie zu haben. Aber er war nur Hülle. Und auf diese Hülle war sie hereingefallen. Da war kein Vertrauen mehr. Da war nur noch Verzweiflung und Angst, Angst, nicht geliebt zu werden. Und da es Marla unmöglich war, ruhig zu werden, gab sie sich ihrer liebsten Vorstellung hin. «Wenn ich richtig wütend auf ihn bin, dass ich ihn am liebsten umbringen würde ...» – «Marla!» – «Was denn?» – «Wieso willst du deinen Mann denn umbringen?» – «Wenn er auf die Idee kommen sollte, mich nicht mehr zu lieben!» – «Deswegen bringt man doch niemanden um.» – «Ich schon!» – «Viel Spaß!» – «Mama!» – «Was denn?» – «Ich stelle mir vor, wie ich ihn mit einer anderen Frau in unserem Schlafzimmer erwische.» – «Und so eine Vorstellung beruhigt dich?» – «Ja, irgendwie schon. Meistens schlafe ich dann ganz schnell ein!» – «Schön!» – «Das Problem ist nur, dass ich danach schlecht träume!»

Und das tat Marla. Ihr Mann saß breitbeinig auf einer Treppe oder einer Art Thron, hatte diesen kalten Blick, diesen scharfen Zug um den Mund. Sie kniete vor ihm, strich sanft über seine Wange. Er stieß ihre Hand weg. «Lass das!» – «Aber Liebling …!» – «Dieses Rumgefummel macht mich wahnsinnig!» – «Liebling, was hast du denn?» – «Du kotzt mich an!» – «Was?» – «Ich will nichts mehr mit dir zu tun haben!» – «Wie?» – «Ich empfinde nichts mehr für dich!» – «Was? Wie?» – «ICH – EMPFINDE – NICHTS – MEHR – FÜR – DICH!»

«Und dann habe ich seine Füße geküsst!» Marla steht auf dem Balkon, an die Hauswand gepresst, die Hand um die Sprechmuschel des Telefons gelegt. Von unten dringt der morgendliche Straßenlärm zu ihr nach oben. «Was?» – «DANN – HABE – ICH – SEINE – FÜSSE – GE-KÜSST!» – «Ich kann dich so schlecht verstehen. Kannst du nicht drinnen telefonieren?» – «Nein, das geht nicht. Sonst hört er ja, worüber wir reden!» – «Wo ist er denn?» – «Er sitzt am Frühstückstisch!» – «Willst du nicht mit ihm frühstücken?» – «Auf keinen Fall! Nicht nach dem, was er mir heute Nacht angetan hat!» – «Das war doch nur ein Traum!» – «Trotzdem!» – «Du setzt dich jetzt zu ihm, und dann macht ihr euch einen schönen Tag.» – «Ich kann nicht. Er ist ein gefühlloses, grausames, grässliches Monster.» – «Was?» – «Er ist ein M-O-N-S-T-E-R!» – «Was? Ich kann dich so schlecht verstehen!» – «ICH – HABE – EIN – MONSTER – GE-HEIRATET.» – «Gib mir mal deinen Mann!» – «Warum?» – «Ich muss mal mit ihm sprechen!» – «Worüber denn?»

Else Buschheuer

Gute Zeiten, schlechte Zeiten

Eben habe ich Frieda gefragt, ob sie aufs Klo muss. Jetzt nickt sie. Aber das bedeutet nichts. Manchmal nickt sie, manchmal schüttelt sie den Kopf. Das hat nichts zu sagen. Ich weiß nie, wann sie aufs Klo muss. Sie weiß es selber nicht. Jedenfalls setze ich sie immer auf den Toilettenstuhl, egal, ob sie nickt oder schüttelt. Manchmal macht sie, manchmal macht sie nicht. Es ist keine Gesetzmäßigkeit auszumachen. Auf den Toilettenstuhl setzen lässt sie sich immer. Ich fahre ihn ihr von hinten in die Kniekehlen, dann knicken die Beine ein und schon sitzt sie.

Lieber Gott! Ich bin ein bisschen betrunken, sonst würde ich dir nicht schreiben. Heute ist unser dreißigster Hochzeitstag. Ich habe eine Flasche Kirschlikör geöffnet. Ein Foto von unserer Hochzeit hab ich auch gefunden. Wir haben es nicht so mit Fotos, selten welche gemacht, und wenn, dann haben wir sie nicht aufgehoben. Aber das eine, das war noch da, in Friedas Nachttischschublade, unter den Stofftaschentüchern. Auf dem Foto steht Frieda links neben mir. Mit ihren hohen Absätzen ist sie größer als ich, wir sind beide über eins achtzig. Frieda, die Sexbombe, mit Turmfrisur und weißem Minikleid. Das Kleid hat sie eine Woche vor der Hochzeit noch kürzer gemacht, ist nachts aufgestanden, ich hörte die alte Singer-Nähmaschine rattern, und dann hat sie den Saum gekürzt. Sie war immer sexy zurechtgemacht. Sie lächelt in die Kamera. Aber es ist kein fröhliches Lächeln. Ihr Blick ist seltsam. Einmal sieht man ihm den Kirschlikör an.

Frieda trank ziemlich viel Kirschlikör, als ich sie kennen lernte, sie ging fast täglich ins «Café Keese» und hatte viele Verhältnisse, ich war nur eines davon.

Ich stehe neben Frieda mit langen Haaren und Schlaghosen. Meinen Gesichtsausdruck auf dem Foto kann man als finster bezeichnen. Ich bin dazu gezwungen worden, drückt mein Gesicht aus. Obwohl das so nicht stimmte.

Das Foto hat einen Kirschlikörfleck. Ich zeige Frieda das Foto. «Allemeineentchen», sagt sie. Ganz schnell und leise. «Allemeineentchenallealleale.» Am Anfang habe ich versucht herauszufinden, was das heißt, *Alle meine Entchen*, ob das ein Code ist für irgendwas, ob das Lied ihr etwas bedeutet oder bedeutet hat. Aber es heißt nichts. Gar nichts. Manchmal möchte ich ihr eine runterhauen, wenn sie das sagt. Theoretisch könnte ich das tun. Müttern rutscht ja auch manchmal die Hand aus, wenn das Kind einen Bockanfall hat. Kinder können sich nicht wehren. Frieda kann sich auch nicht wehren. Nicht mehr. Der Neurologe hat gesagt, Alzheimerpatienten singen oft Kinderlieder. Das ist, weil sich der Kreis schließt. Diese Aussage hat mich erschreckt.

Früher wollte sich meine Frau immer mit mir unterhalten. Ich wollte mich nie mit ihr unterhalten. Ich war sehr egoistisch. Eine Unterhaltung mit Frieda, dachte ich, würde mir nichts bringen. Ich war nicht prinzipiell gegen Unterhaltungen, nur gegen welche mit Frieda. Ich hatte immer Besseres vor. Heute würde ich mich gerne mit ihr unterhalten. Ich habe so viele Fragen. Aber zu spät.

Manchmal frage ich mich, wie das ist, Gott zu sein. Jetzt, nach dem vierten Glas Kirschlikör, frage ich dich: Wie ist das?

Was ist das für ein Gefühl, Menschen nach dem eigenen Ebenbild zu schaffen? Erzähl mal. Was sind wir, mehr Körper oder mehr Geist? Ich kann zum Beispiel meine Frau denken sehen. Das heißt, ich kann sehen, wie sie versucht zu denken. Der Körper empfängt einen Befehl vom Geist, aber er kann ihn nicht verstehen. Er versucht, den Befehl auszuführen, aber wie, wenn er ihn nicht verstanden hat? Es schmerzt, das mit anzusehen. Warum solltest du so etwas wollen?

Man zweifelt schon ganz erheblich.

Der Neurologe meiner Frau hat gesagt, ich müsse bei null anfangen. Aber wo ist das, null? Null ist heute. Wir «nullen» heute. Dreißig Jahre verheiratet. Und nun, was ist nun? Meine Frau verschwindet, ihre Persönlichkeit verblasst von Tag zu Tag mehr, und ich stehe daneben. Ich betrachte das Foto, schwarzweiß, zerknickt. Nicht nur den Kirschlikör sehe ich auf dem Foto und in ihren Augen von damals. Ich kann auch die Panik sehen. Am Tag vor der Hochzeit wurde bei Frieda Krebs festgestellt. Sie hat es mir erst nach der Hochzeitsfeier gesagt, aus Angst, dass ich sie nicht heiraten würde. Eine Woche später hat man ihr die linke Brust amputiert. Eine fürchterliche Entstellung. Sagte meine Frau. Ich hab es ja nie gesehen. Ich habe sie nie wieder nackt gesehen. Wir haben dann und wann miteinander geschlafen, aber sie hat ihr Nachthemd angelassen, und das Licht war aus. Wenn sie im Bad war, hat sie sich eingeschlossen, umgezogen im anderen Zimmer, meine Frieda, meine schamlose, leichtlebige Frieda. Ich habe das akzeptiert, dass sie sich nicht mehr nackt zeigen wollte. Vielleicht dachte ich, das ist besser für sie. Vielleicht dachte ich auch, das ist besser für mich. Eine fürchterliche Entstellung, wer will die schon sehen? Frieda hatte davor wunderschöne Brüste, die schönsten

Brüste, die ich jemals gesehen habe. Pralle, volle, rosige Brüste mit großen braunen Brustwarzen. Sie zeigte sie auch gern, ihre Brüste, zu jeder passenden und unpassenden Gelegenheit. Du hast sie bestraft, als du ihr eine Brust genommen hast. Aber wofür? Dafür, dass sie nicht an dich glaubte?

Seit ich meine Frau wasche, kenne ich ihren Körper. So spät habe ich ihn kennen gelernt, da war sie achtundsechzig Jahre alt. Den großen Leberfleck auf dem Po. Ich wusste nicht, dass sie da einen hat. Den kleinen Zeh ohne Nagel. Hab ich auch nie vorher gesehen. Und die dicke wulstige Narbe über ihrem Herzen, keine Brustwarze links, keine Brust, nur Narbe, die Haut zusammengezurrt wie ein Kartoffelsack. Ungeliebt sieht sie aus, die Narbe. Ungestreichelt und ungeküsst. Frieda hat auch diese Haltung entwickelt, Rundrücken, schief, diese ungeliebte Haltung. Warum weiß ich erst jetzt, was ich hätte tun müssen? Warum kann ich die Zeit nicht zurückdrehen? Es ist eine Schande.

Sie war schon fünfunddreißig damals, hatte eine gescheiterte Ehe hinter sich, hat nichts mehr vom Leben erwartet. Und es kam auch nichts. Ich kam. Aber das war so gut wie nichts. Was war ich schon? Ein Hippie, ein Yogi, ich putzte mir die Zähne mit Eichenlaub. Ich war ein paar Jahre jünger als sie, so einer, den man Aussteiger nennt. Ich hatte die Promotion sausen lassen, meine Freundin verlassen und war ein Hippie geworden. Ich nahm Drogen, Haschisch und LSD. Mit dem Trinken hab ich erst nach Nietzsche angefangen. Und erst nach Nietzsche war mir klar, dass es dich nicht gibt. Nicht für mich und nicht für andere. Das fiel mir wie Schuppen von den Augen. Kein Gott, nix, gar nix.

Ich kann mich gar nicht erinnern, ob ich in Frieda verliebt war damals. Ich kann mich auch nicht erinnern, warum ich sie geheiratet habe. Ich weiß nicht, ob mich damals was anderes interessierte als ich selber. Sie hat mich ausgesucht. Sie hat mich haben wollen. Und dann hat sie mich auch gekriegt. Selber schuld, hab ich gedacht. Meine Idee war das nicht.

Frieda läuft jetzt raus, durch die offene Tür in den Garten. 1999, in der Nacht von Montag, den 2. April, auf Dienstag, den 3. April, hat sie ihr Erinnerungsvermögen verloren. Sprichwörtlich über Nacht. Sie war ein einziges zitterndes Bündel Angst. Ich war Beamter im Kultusministerium. Seitdem bin nicht mehr arbeiten gegangen. Krankschreibung. Sabbatjahr. Frühpensionierung. Ich sehe Frieda nach, wie sie rausläuft. Das heißt, sie läuft nicht, sie tippelt, mit ganz kleinen schnellen Schritten, vornübergebeugt, als würde nur das Tippeln sie daran hindern, nicht umzufallen. Schon dreimal musste ich sie suchen gehen, einmal sogar die Polizei. Sie haben sie erst am nächsten Abend gefunden, zwanzig Kilometer weit weg, völlig verängstigt saß sie unter einer Platane, sie war nackt, hat ihre sonst so sorgfältig versteckten Narben aller Welt gezeigt. Es war ein Bild des Jammers. Gut, dass sie es vergessen hat. Ich weiß nicht, was passiert ist. An dem Abend habe ich gebetet. Aber nicht zum ersten Mal: Gib mir, mach mir, hilf mir. So wie in dem Lied von Janis Joplin: Kauf mir einen Mercedes-Benz! Ich hab nur gesagt, danke, dass du sie mir wiedergegeben hast.

Ich habe sie untersuchen lassen. Der Arzt konnte keine Zeichen für Gewalt finden. Vielleicht hat sie sich selber ausgezogen. Ich habe sie gefragt. Das war natürlich sinnlos. Sie wusste gar nicht, wovon ich rede. Die Sachen waren jedenfalls weg, verschwunden. Wenn Frieda wenigstens weglaufen würde, weil sie mich satt hat, weil sie die Nase voll hat, weil sie mich nicht mehr ertragen kann. Aber sie läuft weg, weil die Tür offen ist, weil sie nicht weiß, wo sie hingehört, sie läuft einfach dorthin, wo ihre Füße sie hinführen.

Komisch, als Frieda vergessen hat, wo sie hingehört, habe ich es zum ersten Mal gewusst. Es klingt pervers, aber ich habe mich so gebraucht gefühlt. Offenbar war es das, was ich immer wollte: mich aufopfern. Wenn das stimmt, dann bin ich heute egoistischer als je zuvor.

Ich würde Frieda nicht weggeben. Man hat mir vor zwei Jahren den Gedanken an einen Heimaufenthalt nahe gelegt. Ich habe mich dagegen entschieden. Im Rückblick war es auch gut so. Im ersten halben Jahr hat Frieda mir das Stricken beigebracht, auch das Nähen, das Backen und das Kochen. Ich hab mich ja früher nie für so etwas interessiert. Ich bin froh, dass sie mir das alles gezeigt hat. Selber hat sie es inzwischen längst vergessen. Ich habe Pullover für sie und mich gestrickt, neue Übergardinen für die Stube genäht, und sonntags gibt es Hackröllchen mit Senfsoße und zum Nachtisch Himbeerkuchen mit Sahne, so wie Frieda das früher gemacht hat.

Damals mit dem Krebs, da hab ich sie körperlich verhungern lassen. Das ist mir jetzt erst klar. Traurig, dass mir das jetzt erst klar ist. Nachts hat sie oft geweint neben mir. Aber ich habe sie nicht in den Arm genommen. Ich bin aufgestanden und habe ihr einen Tee gemacht. Einen Tee!

Kalt draußen heute. Ich hab Frieda wieder reingeholt. Sie irrte im Garten umher, die Hosen durchnässt. Frieda ist inkontinent und teilweise auch stuhlinkontinent. Ich mache ihr jede Nacht eine Einlage in die Netzhose, dreh dich bitte, bau eine Brücke, leg die Hände auf den Bauch, macht sie alles, alles, widerstandslos, ich stecke ihr ein Stofftaschentuch in jede Hand, um den Tremor zu verhindern. Es ist anstrengend. Frieda ist wie ein Kind, aber viel, viel schwerer als ein Kind. Sie wiegt hundertsechzig Pfund, und ich gehe inzwischen auf die siebzig zu. Wie die Zeit vergeht.

Wenn Frieda fertig gemacht und zugedeckt ist, bleibe ich immer noch auf dem Bettrand sitzen und rauche eine Zigarette. Sie schläft gleich ein. Weil sie müde ist? Wenn ich nur wüsste, ob sie müde ist. Ich weiß nicht, wie das ist, wenn man alles vergisst. Frieda hat mal zu mir gesagt: Wenn du mir nicht sagst, dass es wehtut, dann tut es mir auch nicht weh. Manchmal sagt sie erstaunliche Sachen. Umso erstaunlicher, weil man ja nicht mehr damit rechnet. Sie hat es auf den Punkt gebracht.

Frieda sieht nie in den Spiegel, sie weiß nicht, ob sie kalte Füße hat. Sie merkt nicht, wenn ein dicker Popel ihr aus der Nase hängt oder wenn sie sich in die Hose gemacht hat. Sie weiß nicht mal, ob sie Durst hat oder Hunger. Ich könnte sie einfach verhungern lassen, sie würde sich nicht mal beklagen. Sie würde einfach sterben. Ich müsste das nur aushalten können. Könnte ich das aushalten? Manchmal mache ich mir selber Angst. Meine eigenen Gedanken machen mir Angst. Das kommt daher, dass ich mit niemandem reden kann. Kinder haben wir nicht. Auch keine anderen Verwandten. Unsere Freunde sind gestorben oder weggezogen. Daher weiß ich auch nicht, ob ich verrückt geworden bin. Möglich ist alles.

Früher habe ich immer gesagt, ich würde gerne vor Frieda sterben. Egoistisch eben. Es ist immer schlimmer für den, der übrig bleibt. Heute hoffe ich, dass ich bis zum Schluss für Frieda da sein kann. Bis zu ihrem Schluss.

Ich würde gern die Zeit zurückdrehen. Ich würde Frieda gern die Krankheit abnehmen. Ich würde gern alles ungeschehen machen, was ich ihr angetan habe. Ich habe sie immer und immer wieder betrogen. Ich habe mir nicht mal die Mühe gemacht, das zu verbergen. Sie hat es ertragen. Sie hat gedacht, es ist, weil sie so fürchterlich entstellt ist.

Ich schenke Frieda einen Kirschlikör ein. «Hier, trink, den magst du doch so gerne», sage ich. Frieda nickt. Frieda sagt «Jajajaja». «Heute ist unser Hochzeitstag», sage ich. Ich weiß gar nicht, ob es einen Namen für den dreißigsten gibt. Goldene Hochzeit ist, glaub ich, vierzig Jahre. Oder fünfundvierzig? Frieda trinkt alles aus. Sie hält das leere Glas in der Hand. Ich nehme es und stelle es zurück auf den Tisch. Man weiß nicht, ob ihr das geschmeckt hat. Es könnte Milch sein oder Tee, Wasser oder Bier oder auch was Ekliges. Das macht keinen Unterschied. Sie isst auch alles. Sie mampft alles weg. Wie schwer das ist, wenn man für den anderen kocht und der sagt gar nicht, ob es geschmeckt hat. Ich hab früher auch immer alles weggemampft. Hab nie gesagt: Das hat aber gut geschmeckt. Jetzt weiß ich, wie sich das anfühlt. Man hungert nach Lob.

Wenn nur die Hoffnung nicht wäre. Manchmal tritt eine Besserung ein. Vor einem halben Jahr kam ich von draußen rein. Es war ein kühler Abend im Herbst. Es regnete. Ich hab zu Frieda gesagt, streich mir mal über den Kopf und sag mir, wie das Wetter draußen ist. Sie strich mir über den Kopf und hat gesagt: nass. Das war so ein Moment. Da hab ich gedacht, jetzt wird alles gut. Aber zwei Stunden später wusste sie nicht, wer ich bin. Es gibt gute Zeiten und schlechte Zeiten. Nach einem guten Tag hab ich immer Angst vor dem nächsten Morgen. Wie eine Fremde wacht sie auf, und ich muss wieder von vorn anfangen.

Wenn da nur Hoffnung wäre. Eine Perspektive. Irgendwas. Manchmal denke ich, alles, was ich brauche, ist eine Perspektive. Ich bin ratlos. Ich darf nicht so viel nachdenken. Ich muss einfach funktionieren. Ich habe jetzt eine Decke auf dem Boden ausgebreitet, so kann ich Friedas voll gepinkelte Sachen am besten wechseln. Wenn sie auf dem Boden liegt. Ich sage, sie soll sich hinlegen, und sie legt sich hin. Hose auf, Frieda, Brücke machen, runterziehen den Kram, alles aus. Nasser Waschlappen mit Seife, nasser Waschlappen ohne Seife, abtrocknen, sie ist wund am Po, ich muss sie mit Penatencreme eincremen wie ein Baby. Dann neuen Schlüpfer an, neue Hose an. Steh auf, Frieda. Sie steht auf, ich helfe ihr hoch, dann steht sie da, gebeugt, schief, leicht schwankend, und guckt vor sich hin. Ihre Haare sind ganz platt hinten am Hinterkopf, weil sie so viel liegt. Ich muss sie mal wieder waschen. «Morgen waschen wir die Haare, Frieda, ja?» – «Jajaja», sagt sie.

Ich schenke uns noch einen Likör ein. Was wohl passiert, wenn sie betrunken ist? Ich nehme das Hochzeitsfoto wieder in die Hand. Ich sehe plötzlich, wie unheimlich gut Frieda auf dem Foto aussieht. Sie sieht aus wie Jane Fonda in «Barbarella», noch aus den Sechzigern übrig geblieben, mit dem Minikleid und dem Atom-BH darunter, mit der Hochfrisur und dem dicken Lidstrich. Alle waren scharf auf Frieda im «Café Keese». Sie war die «Café Keese»-Königin. Ihr Tischtelefon stand nie still. Sie hätte jeden haben können. Im Prinzip hatte sie auch jeden. Aber *mich* wollte sie heiraten. Aus ihrer großen Verehrerschar hat sie ausgerechnet *mich* herausgesucht. Das war natürlich schmeichelhaft. Bis zu unserer Hochzeit und ihrem Krebs haben wir auch jede Menge Spaß gehabt. Wir waren keine Kinder von Traurigkeit, nein, das waren wir nicht.

Frieda steht immer noch da, mitten im Wohnzimmer, wie eine Puppe im Wachsfigurenkabinett. Es ist schwer, den Zusammenhang herzustellen zwischen der Frau auf dem Foto und der Frau im Wohnzimmer. Frieda hält das leere Kirschlikörglas in der Hand. Ich nehme es ihr ab. Früher hat sie viel gemeckert. Sie hat über alles gemeckert, wenn ich zu spät kam, wenn ich die Schuhe nicht auszog, den Klodeckel nicht runtermachte. Ihre Meckerei ging mir auf die Nerven. Jetzt fehlt sie mir. «Mecker doch mal», sage ich, «warum meckerst du nicht mehr?» Ich schüttele sie. «Allemeineentchen», brabbelt sie. Bleibt ganz zahm stehen, lässt sich schütteln. Jetzt tut es mir Leid, dass ich sie geschüttelt habe. Ich umarme sie, aber ihre Arme hängen links und rechts runter. «Drück mich mal», sage ich. Sie drückt mich kraftlos. Ich mache ein paar Tanzschritte mit ihr, drehe sie im Kreis herum. Sie tritt auf meine Füße. Ich lasse sie stehen, bücke mich und krame in der alten Schallplattensammlung.

Da ist sie, George Harrisons Single «My Sweet Lord». Ich lege sie auf und führe den Tonarm auf Anfang. Die Platte dreht sich. Sie rauscht wie eine Schellackplatte, weil der Plattenspieler alt und staubig ist. Als die ersten Gitarrenakkorde ertönen, mache ich die Augen zu. Ich habe die Platte seit dreißig Jahren nicht gehört.

Sie handelt von dir. *My Sweet Lord. I really want to see you. I really want to be with you ...* Ich singe mit. Frieda ist nichts anzumerken. Sie erinnert sich nicht. Was habe ich erwartet? Natürlich erinnert sie sich nicht. Ich umfasse ihre Taille, ziehe sie an mich und tanze mit ihr, ich zwinge ihr diesen Tanz auf. Früher hat sie so gerne getanzt. «Erinnerst du dich nicht?», flüstere ich ihr ins Ohr. Ich schwenke sie wie eine große leblose Puppe. Sie lässt es über sich ergehen.

Ich lasse sie los und halte ihr wieder das Foto hin. «Erinnerst du dich? Du musst dich doch erinnern. Der Wirt im Dorfkrug? Auf dem Weg zum Klo hat er dich angebaggert.» Frieda guckt in die richtige Richtung, aber durch das Foto hindurch.

Wir waren uns einig, dass wir keine kirchliche Trauung haben wollten. «Das wüsst ich», hat Frieda immer gesagt, mit blitzenden blauen Augen, das ist auch so was, heute blitzen die Augen nicht mehr, das Blau ist wie ausgewaschen. «Das wüsst ich», hat sie gesagt, «wenn es Gott gäbe!» Ich war mir damals nicht so sicher, ob es dich nun gibt oder nicht. Einmal, auf einem LSD-Trip, in einer Vision, hatte sich der Himmel geöffnet. Wie mit einem riesigen Reißverschluss. Ich hatte ein Auge dahinter vorblinzeln sehen. Es hatte mich beruhigt, diese Vorstellung, dass da oben jemand auf mich aufpasste. Aber ich hab das Frieda nie erzählt. Solche Sachen hab ich nie mit ihr besprochen.

Seit Frieda die neuen Medikamente nimmt, ist es besser geworden. Wir sehen wieder fern. Wie fahren auch draußen mit dem Rollstuhl, ich kann sie sogar wieder mit zum Einkaufen nehmen. Man muss die Normalität bewahren. Und wenn das nicht geht, muss man sie neu definieren. Zusammen frühstücken ist normal. Frische Brötchen, die hängt uns der Nachbar an die Tür. Brötchen mit Pflaumenkonfitüre, noch von Frieda eingekocht, vor fünf Jahren, in dem Wahnsinns-Pflaumenjahr. Dazu Kaffee, die «Krönung» von Jacobs, die hat sie immer gekauft, wegen der Werbung.

Frieda steht immer noch. Sie würde morgen früh noch hier stehen. Wenn ich jetzt weggehen und sie vergessen würde, würde sie morgen früh noch hier stehen. Aber ich führe sie jetzt zum Sofa, ich führe sie ab, so kommt mir das immer vor, als ob ich sie abführen würde. Widerstandsloses Abführen. Manchmal lese ich Frieda etwas vor, ein paar Seiten aus einem Roman, aktuell aus «Der Idiot» von Dostojewski. Der Neurologe hat gesagt, das sei gefährlich. Man wisse nie, was so etwas auslöst. Wenn es nur etwas auslösen würde! Ich kann nicht feststellen, dass es etwas auslöst.

Ich weiß, da ist eine Stelle in Friedas Kopf, die funktioniert noch. Ich weiß nur nicht, wie ich die erreiche. Du weißt es. Du bist der Beschützer, aber du bist auch der Zerstörer. Ich hab ein altes Gebet von Franz von Assisi gefunden. Das bete ich jeden Abend mit Frieda. Ich nehme ihre Hände und spreche die Worte.

O Herr,
mach mich zum Werkzeug deines Friedens,
dass ich Liebe übe, wo man sich hasst,
dass ich verzeihe, wo man sich beleidigt,
dass ich verbinde, da, wo Streit ist,
dass ich die Wahrheit sage, wo der Irrtum herrscht,
dass ich den Glauben bringe, wo der Zweifel drückt,
dass ich die Hoffnung wecke, wo Verzweiflung quält,
dass ich ein Licht anzünde, wo die Finsternis regiert,
dass ich Freude mache, wo der Kummer wohnt.

Der Neurologe hat gesagt, es muss Rituale geben in unserem Alltag. Rituale sind wichtig. Frühstück ist ein Ritual, Beten ist eins, Fernsehen ist eins. Ich gieße mir noch einen Kirschlikör ein und stürze ihn runter. Er geht direkt in mein Blut. Er brennt richtig in meinem Blut. Ich mag keinen Kirschlikör, ich trinke ihn nur, weil Frieda ihn mag. Der Neurologe hat gesagt, trinken ist Gotthunger. Ich weiß, dass du stärker bist als ich. Ich will es ja gar nicht auf eine Kraftprobe ankommen lassen. Ich lege mein Schicksal in deine Hand. Mein Schicksal und Friedas Schicksal. Wenn das eine Strafe ist, dann nehme ich sie an. Wenn das eine Lektion ist, die ich lernen soll, dann werde ich sie lernen.

Frieda hat das Foto fallen lassen. Sie hat sich festgeguckt, irgendwo an unserer Tapete. Was sieht sie grade? Denkt sie grade was? Die hat sie ausgesucht, die Tapete. Denkt sie daran? Zwanzig Jahre ist das her, in den Achtzigern war das, da kamen plötzlich grelle geometrische Formen auf. Ich fand sie zu unruhig, aber sie hat sich natürlich durchgesetzt. Langweilig war es mit Frieda nie. Und jetzt? Warum macht meine Frau alles mit? Worauf vertraut sie? Auf wen? Auf dich? Auf mich? Oder ist alles schon so weit weg? Oder sind es wirklich nur die Tabletten? Und was wäre, wenn ich ihr die einfach nicht mehr gebe?

Ich hake Frieda unter und führe sie zum Sofa. Ich schalte den Fernseher ein, «Tagesthemen». Ich könnte Frieda auch ins Bett bringen, aber ich weiß nicht, ob sie schon ins Bett will, ob sie schon müde ist. Das alte Lied. Also sitzt sie neben mir auf dem Sofa. Wir sitzen auf dem Sofa wie Loriot und Evelyn Hamann. Wenn uns jetzt jemand sehen würde, der würde denken, wir sind ein ganz normales Ehepaar. Manchmal denke ich, ich halte das nicht mehr aus. Ich habe auch schon an Selbstmord gedacht. Aber was wird dann aus Frieda? Ich würde sie töten müssen. Ich würde erst Frieda töten und dann mich. Ich habe mal eine Geschichte gelesen von einem Mann, der erst seine kranke Frau getötet hat, aber als er dann sich töten wollte, Pistole in den Mund und abdrücken, da hat ihn der Mut verlassen. Er konnte einfach nicht abdrücken. *Ich* könnte abdrücken. Obwohl, das weiß man nie. Das ist wie mit Folter. Das kann keiner vorher von sich sagen.

Manchmal denke ich, du bist ein Sadist. Manchmal denke ich, es gibt dich doch nicht. Wenn es dich gäbe, dann würdest du mir bestimmt ein Zeichen geben, eine Richtung, einen Sinn.

Friedas Augen verfolgen das flimmernde Fernsehbild. Es werden gerade tote Menschen gezeigt, irgendwo auf der Welt ist ein Krieg. Ich schalte schnell weg. Weil ja der Neurologe gesagt hat, dass man nie weiß, was so etwas auslöst. Aber auf dem anderen Kanal sind auch Nachrichten, auf dem dritten eine Schießerei. Ich mache den Fernseher aus. «Lass uns ins Bett gehen», sage ich zu Frieda. Ich hake sie unter, wir rucken ein Stück nach vorn, dann stemmen wir uns gemeinsam hoch, Frieda steht dann schwankend da. Sie setzt sich in Bewegung, wenn ich mich in Bewegung setze, anders geht es nicht mehr, alles mit Regieanweisung.

Ich bringe sie ins Schlafzimmer, ziehe sie aus, ziehe ihr das Nachthemd an, mache eine frische Einlage in den Schlüpfer. Sonst bleibe ich immer noch auf, wenn ich Frieda ins Bett gebracht habe. Ich brauche das Gefühl, die letzte Stunde des Abends für mich allein zu haben. Aber heute lege ich mich auch gleich hin. Ich knipse das Licht aus. «Gute Nacht, Frieda», sage ich und starre in die Dunkelheit. Da plötzlich höre ich ein Flüstern. Frieda sagt etwas. Ich kann es nicht verstehen. Ich rücke näher an sie heran, das Ohr über ihrem Mund. «My Sweet Lord», sagt sie. «Was?», rufe ich. «My Sweet Lord», wispert Frieda. »My Sweet Lord.» Kein Zweifel möglich. Jemand gießt etwas Heißes in mein Herz. Der Dampf steigt innen hoch. Tränen schießen mir in die Augen. Ich streichle ihr Gesicht. «Jajajaja», sagt Frieda. Ist das Glück? Danke! Ich heule. Es ist Glück. Ich heule vor Glück. «Ich bin's, Frieda», flüstere ich. «Ich bin's, Wilhelm, dein Mann.» – «Allemeineentchen», sagt Frieda und lächelt.

Anna Kalman

Lieber Robbie Williams ... – Briefe einer Schlaflosen

15. Dezember 2001
00.21 Uhr

Lieber Robbie Williams,
kann wieder mal nicht schlafen. Fläze auf der Couch, ein Glas Rotwein vor mir. Habe lange überlegt, ob du das wissen solltest: Gestern Nacht träumte ich zum ersten Mal von dir. Das war, nachdem ich dich beim Zahnarzt in einer dieser Frauenzeitschriften entdeckt hatte. Entdeckt, fragst du erstaunt, wo dir die Teenies doch seit deinen frühen «Take That»-Tagen kreischend zu Füßen liegen?
Ich bin kein Teenie, eher Kind der Disco- und Hitparaden-Ära. MTV und VIVA? Nichts als tumbe Durchgangsstationen auf dem Weg zu «Ally McBeal» und «Sex and the City», manchmal auch zu ARTE. Wegen der Opern. Die liebe ich.
Doch dann unsere Begegnung im kahlen Wartezimmer. Ein Blick in deine Husky-Augen – pure Magie. Und das mir, die nicht einmal als dickbebrillte Fünfzehnjährige Stars wie John Travolta angehimmelt hat. Eigentlich ist das bis heute so geblieben – gemeinhin gelte ich als der spröde Typ, und deshalb – und das musst du mir glauben – waren die weichen Knie und der kurze Asthmaanfall, die dein Anblick mir bescherten, ein Schock für mich. Denn ich, so souverän und doch so desillusioniert, begann wieder zu hoffen. Zu hoffen, dass das Leben, das im letzten Jahr freudlos wie eine Platten-

bausiedlung an mir vorübergeglitten war, noch Wunderbares für mich bereithalten könnte.

Deine Husky-Augen mit diesen Wimpern, die einen glauben machen, man könne mühelos einen Regenschirm daran aufhängen, bestärken mich im Nachhinein in dem Gefühl, dass es kein fundamentaler Fehler gewesen ist, Jens den Laufpass zu geben. Von Husky-Augen war bei ihm ohnehin nie die Rede. Seine waren grau und glanzlos wie sein Job als Zweigstellenleiter einer Sparkasse. Wie sollte man auch sinnliche Abende oder romantische Urlaube mit einem Mann verbringen, dessen tägliches Brot unter anderem darin bestand, frostige Briefe an Kunden zu formulieren, die ihr Konto gnadenlos mit neun Mark achtundzwanzig überzogen hatten? Ging ich einmal im Monat mit ihm essen, galt sein erstes Interesse nicht etwa den Speisen auf der Karte. Nein, was ihn wirklich aufwühlte, war das Preis-Leistungs-Verhältnis. Fanden Restaurant, Rechnung und Rigatoni in seinen Banker-Augen Gnade, konnte *ich* damit rechnen, dass er beim anschließenden Sex länger als achteinhalb Minuten durchhielt. Also fast nie.

01.46 Uhr

Jens und ich, wir haben nicht wirklich zusammengepasst. Im Nachhinein wird das immer deutlicher. Wenn ich es recht bedenke, war meine Beziehung mit Jens, dem Zweigstellenleiter, ein zaghaftes Aufbegehren gegen das Künstlermilieu, in dem ich vorher verkehrte. Ich bin Regieassistentin am Theater, und da ist es logisch, dass das männliche Potenzial hauptsächlich aus Künstlern besteht. Wer glaubt, das Leben an der Seite eines Bühnenstars sei schillernd und faszinierend, wird schnell enttäuscht: Nach den ersten wildromantischen Nächten, philosophischen Gesprächen bei Rotwein und nach glamourösen Premieren dreht sich der Alltag eines Schauspielers genau genommen um drei Themen: «Me», «Myself» and «I».

Nach Jahren der Selbstverleugnung kroch mein Ego schließlich durch einen Berg von neurotischem Kehricht, den so mancher Mime bei mir abgeladen hatte, und meldete schüchtern «SMS» – Save My Soul. Ich strebte plötzlich nach Selbstverwirklichung, sah mich mit einem Kind auf dem Arm, einem zweiten an der Hand, eine vornehme Stadtvilla einrichten, an der Seite eines Mannes, der mich seinem Chef mit stolzem Lächeln als «meine Frau» vorstellte. Ich wollte ein Zuhause, kein Wolkenkuckucksheim. All das hätte mir Jens sicherlich beschert. Bausparverträge, vermögenswirksame Leistungen und Rentenfonds inklusive. Er kümmerte sich um die Details – doch ich hörte auf zu leben. Den gesellschaftlichen Tod vor Augen, beendete ich meinen Ausflug in die Welt der geordneten Verhältnisse schon nach einem halben Jahr.

03.17 Uhr

Was danach folgte, war nicht viel besser. Das Leben eines Single ist anstrengend, will er es fruchtbar gestalten. Und auf keinen Fall wollte ich in mein altes Verhaltensmuster zurückfallen. Es musste doch einen Mann dazwischen geben. Zwischen spießbürgerlicher Enge und haltlosem Egoismus. Um ihn endlich zu treffen, war ich vollauf damit beschäftigt, Verabredungen zu treffen, die meinen Terminkalender zwei Monate im Voraus füllten. Ich war Gast bei Vernissagen, besuchte Vorlesungen berühmter Autoren, spielte Badminton und Squash, belegte Kurse in Spanisch und Origami – ich fand ihn nicht. Ich besuchte jede Party, zu der man mich einlud, häufig mit dem Resultat, dass kalte Ehefrauen-Augen argwöhnisch auf mir ruhten. Diese Exkurse endeten jäh. So geschah es, dass man mich gar nicht mehr einlud. Grundgütiger! Was bildeten sich diese Frauen eigentlich ein? Ja, glaubten die etwa, unsereiner habe nichts Besseres zu tun, als den gemeinen «ran»-Gucker gleich neben dem Büfett mit der seltenen Freude eines Blow-Jobs zu beglücken?

Lieber Robbie, mit Schrecken fällt mir auf, dass ich genau das getan habe, was ich meinen Schauspielern immer vorgeworfen habe. Ich habe mich ausschließlich mit einem Thema beschäftigt: Me, Myself and I. Na ja, Schwamm drüber. Während ich dir schreibe, läuft dein Konzert aus der Royal Albert Hall im Fernsehen. Hinreißend. Ein Mann, dessen Clownslächeln jede Frau verzaubert. Ein Mann, der seine Mutter offenkundig liebt: «Mum, this is' your son singin'. I love you.» Welches Herz zwischen zwanzig und fünfzig bliebe davon unberührt? Meine Mutter sagte schon immer: «Kind, merk dir eins. So wie ein Mann seine Mutter behandelt, so behandelt er auch später seine Frau.» Lieber Gott, wie gern würde ich mich von dir «behandeln» lassen. Werde mich jetzt schlafen legen und davon träumen, du Stranger in the Night.

04.35 Uhr
Gute Nacht, wo immer du bist
Undine

22. Dezember 2001
00.37 Uhr

Lieber Robbie Williams,
in zwei Tagen ist Weihnachten. Zeit des Jammers. Single Bells. Zumindest für den, der dem Jahreshoroskop zum Trotz solo geblieben ist. Meine Güte, wenn's danach ginge, wäre ich schon seit Jahren glücklich mit einem Exoten verheiratet. Keine Angst, ich flenn schon nicht. Plätzchen backende Mütter, Christbaum schmückende Paare, Kerzenlicht und Tannenduft hinter goldenen Fensterlichtern, wen juckt's? Um ehrlich zu sein: mich. Werde die Feiertage bei meiner Familie sein, eine fette Gans essen und den Rest der Zeit damit verbringen, Fragen nach einem zukünftigen Ehemann abzuschmettern wie Boris Becker einst den harten Aufschlag von Andre Agassi. Schon letztes Jahr fragte mein Vater nach einem Schwiegersohn in spe. Hochmütig an meiner Zigarette ziehend, habe ich geantwortet: «Ich warte eben noch auf den Richtigen.» «Aber er kummt net, kummt net, kummt net», feixte mein Vater, dem die Wahrheitsliebe schon immer über die Elternliebe ging. Same Procedure as Every Year? Diesmal nicht. Diesmal werde ich geheimnisvoll lächelnd an einem güldenen Ringlein an meinem Finger zupfen. Verlobung ist dann Ostern.

01.25 Uhr

Lieber Robbie, war kurz weg, Zigaretten holen. In den letzten drei Tagen habe ich mir dein Konzert aus der Royal Albert Hall ungefähr zwölfmal auf Video angesehen. Dein melancholisches «It was a Very Good Year» und immer wieder dein Teufelsblick aus Husky-Augen ließen mich die Schmach vom vergangenen Donnerstag fast vergessen. Seit langem hatte ich wieder einmal eine Verabredung. Bernhard, Journalist bei einer Tageszeitung. Bodenständig und gebildet. Dachte ich. Wir aßen beim Italiener, großzügig zahlte er meine Penne Arrabiata mit der Kreditkarte, *ohne* sich eine Rechnung geben zu lassen. Der Mann wollte mich später wenigstens nicht als Werbungskosten von der Steuer absetzen. Sehr sympathisch, urteilte ich vorschnell. Und weil er obendrein selbst recht appetitlich war, nahm ich ihn auf einen Kaffee mit nach Hause. Der Abend entwickelte sich weiterhin erfreulich. Wir kuschelten auf der Couch, hörten deine neue CD und küssten uns schließlich bei «Somethin' Stupid». Das Desaster kam abrupt. Nach einem gehauchten «Warte hier auf mich, Schätzlein» war er im Badezimmer verschwunden. Nach zehn Minuten wunderte ich mich, warum er nicht wiederkam. Großer Gott, der Mann holte sich doch nicht etwa einen runter? Ich überlegte gerade, ob ich ihm zur Hand gehen sollte, da öffnete sich die Tür und mir der Mund. Da stand er, Brille und Dreitagebart im Gesicht, am Körper nichts als ein Hauch von Chiffon. Mein Lieblingssommerkleid. Rote Tupfen auf weißem Grund. «Willst du mit mir spielen?», fragte er mädchenhaft-verschämt und lupfte den Rock. Hilfe!

«Komm, meine Kleine, geh nach Hause», habe ich geantwortet und ihn mütterlich-verständnisvoll aus der Tür geschoben. Erst später fiel mir ein, dass ich mein Kleid wahrscheinlich nie wiedersehen werde. Stattdessen bin ich jetzt traurige Besitzerin einer braunen Cordhose in XL.

03.05 Uhr

Es war der Abend völliger Desillusionierung. Da träumt man, jede Trockenperiode überstehend, von wildromantischem Sex, von geflüsterten Liebesworten, von totaler Verschmelzung und gerät sozusagen vom Regen in die Traufe. Warum wohl finden Frauen Männer wie dich so unwiderstehlich, Robbie? Weil du all das verkörperst. Du bist jene sexy Mischung aus Männlich- und Verletzbarkeit. Du und deine Husky-Augen, in denen nichts als brennende Verlockung funkelt. Dein Mund verrät die Tragik deines Lebens, dein Lächeln den Übermut eines Jungen. Bei dir wäre man gerne Frau, du würdest uns nicht nach vier Wochen als Selbstverständlichkeit betrachten und selbstsüchtig dein Essen fordern. Nein, du würdest uns doch jeden Tag immer wieder neu erobern, ja, mit dir wäre selbst die jährliche Steuererklärung ein erotisches Abenteuer.

Ganz anderes erlebte hingegen meine Freundin Alex. Während eines Studienjahres in London traf sie Charles Davenport III. Er war Paläontologe, lebte in Hamstead Heath, kochte Tee auf einem Bunsenbrenner und liebte sie auf einem Futon. Für mich hätte allein der Anblick dieses Asketenlagers das Aus bedeutet, aber Alex wollte ja nicht hören, daher musste sie fühlen. Charles verstand sich vielleicht auf Saurierforschung – von Frauen wusste er nichts. Sein weißer Körper erinnerte fatal an ein holziges Spargel und war ebenso ungenießbar. Zitternd drängte er sich an sie – Alex fragte sich stets, ob vor Kälte oder Erregung – und dann war es auch schon um ihn geschehen: Charles legte großen Wert auf Pünktlichkeit, und selbst im Bett kam er mit eiserner Präzision zu früh. Alex wechselte daraufhin an die Sorbonne. –

Und dann war da noch Eva. Während eines Krankenhausaufenthaltes glaubte sie, ihren Adam gefunden zu haben. Er war ihr in Gestalt eines Anästhesisten erschienen, und ihr eingefrorenes Herz erwärmte sich, als er sie narkotisierte. Als sie erwachte und er an ihrem Bett saß, glaubte sie, in das Antlitz ihres Erlösers zu blicken. In den Wochen danach beschäftigte sich Eva nicht etwa mit ihrer Genesung. Nein, all ihre Gedanken schlängelten sich um Dr. Braunüle und wie sie es anstellen könnte, ihn wieder zu sehen. Schließlich fasste sie sich ein Herz und begab sich, eine Einladung zu einer Party in der Tasche und Brüste angezogen (will sagen, sie trug den schärfsten Push-up, den sie besaß), zur Nachuntersuchung in die Klinik. In den weiten kahlen Gängen des Krankenhauses fand sie ihren Retter vertieft in ein Gespräch mit einer Krankenschwester. Schüchtern überreichte sie ihm die Einladung, über die er sich zwar herzlich freute, aber im selben Moment auch schon ausschlug. Ein Fest bei seiner Erbtante habe nun mal Priorität. Mist. Doch dann geschah etwas, womit Eva nicht mehr gerechnet hätte. Der Anästhesist rief sie an und bat sie auf einen Kaffee. Eva jubelte und triumphierte innerlich. Von wegen, der Mann müsse den ersten Schritt tun. Nein, dieser Mann gehörte wohl zur emanzipierten Gattung. Eva zog sich also abermals Brüste an und stolzierte in ihren Highheels, die Manolo Blahnik inzwischen wieder aus seiner Kollektion genommen hat, weil man dafür einen Waffenschein brauchte, ins Café. Dr. Braunüle lehnte lässig, eine Zigarette im unrasierten Mundwinkel, im Stuhl. Graziös nahm Eva neben ihm Platz, wobei sie nicht vergaß, ihre Beine so übereinander zu schlagen, dass die Schuhe gut zur Geltung kamen. Noch bevor sie den Mund öffnen und einen Café latte bestellen konnte, gab ihr der Anästhesist schon den

Stich ins Herz: Er habe keine Zeit für Beziehungen irgendwelcher Art. Alles, worum sich sein Leben drehe, sei die Karriere. Eine Frau würde dabei nur stören, und Gott bewahre, Kinder. Warum nur hatte der Mann sie überhaupt sehen wollen? Um sich an ihrer Schmach zu weiden? Eva beschloss, den Café latte zu streichen. Sie rüstete ab, verwarf den kurz aufkeimenden Selbstverstümmelungsgedanken und fuhr nach Hause. Die Highheels warf sie unterwegs aus dem Autofenster und traf einen anderen Mann mitten ins Auge.

Wochen später erkannte sie Dr. Braunüle in der angesagtesten Schwulenbar der Stadt ...

Lieber Robbie, auch wenn du gerne damit kokettierst, dem gleichen Geschlecht zugetan zu sein: Es stimmt nicht wirklich, gell?! Habe vorhin im Internet gelesen, du hast dein Tigerhöschen aus dem «Rock DJ»-Video für eine Hilfsorganisation versteigern lassen. Welche Hilfsorganisation? Frauen in Not? Frauen in sexueller Not? Egal! Jetzt werde ich erst recht nicht schlafen können.

03.48 Uhr
Dann schlaf wenigstens du gut, in welchem Bett auch immer
Gute Nacht
Undine

16. Januar 2002
23.01 Uhr

Lieber Robbie Williams,

sorry, habe lange nichts von mir hören lassen. War viel beschäftigt und in letzter Zeit abends sterbensmüde. Zuerst mal Frohes Neues Jahr. Habe im Horoskop gelesen, für Wassermänner – du bist doch Wassermann, oder? – soll 2002 noch erfolgreicher werden als 2001. Ich bin Steinbock, Aszendent Wassermann. Für mich wird es leider ein Scheißjahr: keine Liebe, keine Karriere und kein Geld. Apropos Weihnachten – wie war deines? Meines war wie immer: fette Gans, das Übliche. Nur mit dem Unterschied, dass die ganze Familie jetzt an Ostern meine Verlobung feiern will. Habe schon daran gedacht, für dieses Ereignis einen Mann zu mieten. Bin verzweifelt und werde jetzt an meine Workouts gehen: hundert Sit-ups, danach Hantel-Training, fünf Kilo auf jeder Seite. Ist auch angebracht, welcher Mann sehnt sich schon nach Gänsebrust? Eine letzte Frage noch: Was hast du eigentlich unternommen, um so abzunehmen? Weight Watchers, PCM, FdH, Fettabsaugen, Bodybuilding? Oder waren's am Ende nur Luft und Triebe?

23.32 Uhr
Gute Nacht, Robbie, wo immer du trainierst
Undine

13. Februar 2002
01.03 Uhr

Lieber Robbie Williams,

trinke gerade Prosecco auf deinen Geburtstag. Du selber darfst ja nicht mehr ... Finde ich übrigens gut, dass du in deiner Abstinenz so standhaft bist. Besuchst du eigentlich auch die AAs? Wenn ja, wie schaffst du es, bei denen anonym zu bleiben? Habe im Moment beinahe selber ein Alkoholproblem. Damit will ich nicht sagen, dass ich übermäßig viel trinke, aber so ein kleiner Night-Cup muss fast jeden Abend sein. Schlafe sonst gar nicht ein. Der Grund heißt Lizzy Landauer. Nein, nein, ich bin nicht etwa in sie verliebt. Eher das Gegenteil ist der Fall. Sie ist meine Chefin, und ich hasse sie abgrundtief. Sie selbst nennt sich ja gern Prinzipalin. Manchmal glaube ich, Lizzy Landauer lebt in der Vergangenheit. Jedenfalls hat sie bis heute nicht geschnallt, dass Abraham Lincoln die Sklaverei längst abgeschafft hat. Aber wie eine Sklavin behandelt sie mich, die Missus. Bin ja selber schuld. Hätte ihr schon bei unserer ersten Begegnung die Peitsche aus der Hand nehmen müssen. Gleich bei der Vorstellung, als sie mich fragte: «Frau Busch, wie heißen Sie denn mit Vornamen?» – «Undine», sagte ich ahnungslos, worauf sie meinte: «Na, dann nenne ich Sie jetzt Undinchen. Frau Busch klingt so gewichtig.» Ich hätte natürlich antworten sollen: «Geht klar, Lizzy.» Stattdessen nenne ich sie immer noch ehrfürchtig Frau Landauer. Das geht mir immer so, schlagfertig bin ich erst einen Tag später. Und so folge ich seit zwei Jahren – treu wie Engelbert Lainer seiner Hera Lind – Frau Landauers «Undinchen, tun Sie dies», «Undinchen tun Sie das». Es ist entwürdigend.

02.01 Uhr

Da ist zum Beispiel die Geschichte mit dem täglichen Eibrot. Von Anfang an war «Undinchen» dazu auserkoren, Frau Landauer jenes Eibrot allmorgendlich herbeizudienern. Das wäre ja noch nicht schlimm, komme unterwegs ohnehin an einer Bäckerei vorbei. Aber Frau Landauer glaubt wohl obendrein, dass es der gemeinen Regieassistentin eine Ehre sein müsste, sie auch noch aus eigener Tasche zu verköstigen. Kein einziges Mal, noch nie, ist Madame Prinzipalin auf die Idee gekommen, die gelben Dinger mit den Kaviarkrümeln selbst zu bezahlen. Nicht einmal dann, wenn ich ihr die wöchentliche Abrechnung unter die Hakennase gehalten habe. Inzwischen habe ich es aufgegeben und rechne den Verzehr heimlich über die Portokasse ab. So ein Brot kostet drei Euro pro Stück, macht bei fünf Arbeitstagen die Woche fünfzehn Euro, also sechzig Euro monatlich, und damit siebenhundertzwanzig Euro jährlich. Lizzys Kosten für Abführmittel müssen bei dem Eierverzehr horrend sein.

02.59 Uhr

Leider gehört das Theater nun mal Madame L. Ohne ihre verkniffene Visage wäre es dort reizend. Nicht nur, dass sie gewaltigen Appetit auf Eibrote hat, sie ist auch eine Menschenfresserin. Schau mich an! Was ist übrig geblieben von der kreativen, selbstbewussten, forschen Undine? Ein Ja-sagendes, devotes Undinchen, das seine Nächte damit verbringt, Briefe an einen Mann zu schreiben, den es noch nicht einmal kennt. Nur wer sich selbst liebt, der wird auch von anderen geliebt. Das hat Lizzy Landauer mir allerdings schnell ausgetrieben. Oder woher soll die Eigenliebe kommen, wenn man den ganzen Tag damit verbringt, für Fehler gerade zu stehen, die sie begangen hat? Nicht, dass Lizzy das mit allen so macht. Den Männern, besonders unserem Regisseur Sergius Bauer, geht sie den ganzen Tag um den Bart wie eine läufige Hündin. Dabei hat er nicht einmal einen. Der Mann braucht nur «Muh» zu sagen, und schon lacht Lizzy Tonleitern. Ich jedenfalls habe wenig zu lachen, und es ist mir vollends vergangen, als ich feststellen musste, dass Lizzy, der Raubvogel, nicht nur Beute auf mein Selbstwertgefühl macht, nein, sie stiehlt obendrein meine Ideen und gibt sie als ihre eigenen aus.

Um von der Stadt subventioniert zu werden, müssen die Theater mindestens einmal jährlich ein besonderes Konzept für eine besondere Inszenierung beim Kulturausschuss einreichen. Dieses Jahr soll's der «Sommernachtstraum» sein. Und weil dieses Stück von jeher eines meiner liebsten ist, habe ich an einer Idee gearbeitet, legte sie, naiv, wie ich war, dem alten Habicht vor und wurde mit einem «Ganz nett, Undinchen, aber Sie müssen noch Erfahrung sammeln» abgeschmettert. Fast hätte ich ihr auch noch geglaubt, wäre da nicht eines Morgens dieser Brief von der Post wegen unzureichender Frankierung an uns zurückgeschickt worden. Ich wurde gleich misstrauisch, vor allem, als ich die Adresse las. Ich hatte nämlich keinen Brief an den Kulturausschuss geschickt. Das wusste ich ganz genau, denn normalerweise bin ich, die Regieassistentin mit Magister in Theaterwissenschaft, für Post, Müll und Eibrote zuständig. Um es kurz zu machen: Lizzy Landauer, Intendantin mit Hang zu Höherem, war sich nicht zu schäbig gewesen, mit meiner «netten

Idee» Eindruck zu schinden. Den Spieß werde ich jetzt umdrehen. Das Konzept werde ich mit meiner Unterschrift – und selbstverständlich richtig frankiert – an den Kulturausschuss schicken. Und danach kündigen. Du wärst ja auch nicht *der* Robbie Williams geworden, hättest du dich nicht von Take That getrennt!

04.20 Uhr

Apropos Trennung: Ich glaube, ich werde meine Briefe an dich einstellen. Bitte gräme dich nicht, das hat nichts mit dir zu tun. Vielmehr mit mir. Es gibt da außer dir nämlich noch einen Mann. Kristian Becker. Schauspieler. Aber *ganz* anders als die anderen. Wirklich! Er ist der Hauptdarsteller unseres letzten Stückes. «Tartuffe». Und so verlogen, wie er in der Rolle ist, so ehrlich und aufrichtig ist er außerhalb der Bühne. Außerdem ist er verdammt attraktiv. Ich wollte bisher nichts von ihm sagen, weil ich erst einmal sehen wollte, wie sich das Ganze mit ihm entwickelt. Bislang entwickelt es sich guuut. Hurra! Vielleicht *ist* er ja derjenige, welcher ... Zumindest scheint er an eine gemeinsame Zukunft zu denken, was unser beider Karrieren angeht. Ja, *unser*! Kristian interessiert sich wirklich nicht nur für sich, nein, nein, er denkt in jeder Beziehung an mich. Wir träumen davon, ein eigenes kleines Theater aufzumachen, er als Star, ich als Regisseurin. Und Intendantin. Er ist so fürsorglich, gestern fuhr er mein Auto durch den TÜV. Und als Liebhaber, du meine Güte, was soll ich sagen ... Weder will er meine Kleider tragen, noch redet er beim Sex von Geldanlagen, und achteinhalb Minuten – ich bitte dich, so lange kocht er schon sein Frühstücksei. Mit ihm ist jede Nacht immer wiederkehrende Erfüllung. Seine Hände auf meiner Haut wie Samt. Sein Mund wie für meinen gemacht. Seine Küsse unbeschreiblich. Durch ihn weiß ich endlich, wo Gott wohnt. Bin wirklich ich die, die das hier schreibt? Undine, die Frustrierte? Nein, Undine, die Mutierte. Voller Optimismus, voller Leidenschaft, voller Liebe. Verlobung ist dann Ostern.

Lieber Robbie, ich hoffe, du verstehst, dass ich dir jetzt auf Wiedersehen sage. Vielen Dank fürs Zuhören, die Nächte mit dir waren schön. Doch jetzt wird es Zeit für mich, wieder ins richtige Leben zu gehen. Dir viel Glück, vielleicht diesmal mit einer schönen und intelligenten Frau, und endlich den lang ersehnten Erfolg in Amerika. Möglicherweise als neuer James Bond. Ich bin ganz sicher: «You will talk and Hollywood will listen.»

04.41 Uhr
Gute Nacht, wovon immer du träumst
Undine

Ostern 2002
15.31 Uhr

Lieber Robbie Williams ...

Autorenverzeichnis

Françoise Cactus begann ihre literarische Karriere mit zwölf Jahren, als sie beim Schreibwettbewerb der Sektion Burgund den ersten Platz belegte. Später siedelte sie nach Berlin um und fand in der fremden Sprache zu ihrem frischfrechen Mädchenstil zurück. Das hat sie mit ihren Romanen «Autobigophonie» (1997), «Abenteuer einer Provinzblume» (1999, rororo rotfuchs 20950) und «Zitterparties» (2000, rororo rotfuchs 20994) bewiesen. Françoise Cactus singt und trommelt in der Gruppe Stereo Total.

Rebecca Casati, geboren in Hamburg, lebt und arbeitet in München. Neben Erzählungen erschienen bisher die Kolumnensammlung «Wie sehen Sie denn aus?» (1999, zusammen mit Moritz von Uslar) sowie ihr Debütroman «Hey Hey Hey» (2001). Rebecca Casati ist Redakteurin der «Süddeutschen Zeitung» in München.

Doris Dörrie wurde 1955 in Hannover geboren. Sie studierte Theaterwissenschaften und Schauspiel in den USA und schloss die Hochschule für Film und Fernsehen in München ab, an der sie inzwischen auch lehrt. Zu ihren Buchveröffentlichungen zählen «Was machen wir jetzt?» (1999), «Happy. Ein Drama» (2001) und «Das blaue Kleid» (2002).

Alexa Hennig von Lange, geboren 1973 in Hannover, hatte ihren ersten Romanerfolg 1997 mit «Relax» (rororo 22494). Des Weiteren schrieb sie die Theaterstücke «Flashback» (Volksbühne Berlin), «Faster Pussycat! Kill! Kill!» (Junges Theater Göttingen) und «Erinnerungen» (Autorentage Hannover) sowie die Romane «Ich bin's» und «Ich habe einfach Glück» (rororo rotfuchs 21249), der den Deutschen Jugendliteraturpreis 2002 erhielt. 2002 erschien die Erzählung «Lelle». Die Autorin lebt mit ihrer Familie in Berlin.

Anna Kalman hat zwei Gesichter: Christiane Mühlfeld, geboren 1968 im unterfränkischen Mellrichstadt, und Jutta Siekmann, geboren 1958 in Bad Oeynhausen. Beide leben in München und sind im Journalismus tätig. Neben anderen Kurzgeschichten erschien zuletzt ihr Debütroman «Dornröschenmord» (2002).

Sarah Khan, deutsch-pakistanische Schriftstellerin, 1971 in Hamburg geboren, studierte Volkskunde und Germanistik, lebt in Berlin. 1999 erschien ihr viel beachteter Debütroman «Gogo-Girl» (rororo 23246), 2001 folgte der Roman «Dein Film» (Rowohlt · Berlin). Weitere Arbeiten für Theater und Film.

Judith Kuckart, geboren 1959, arbeitet als Schriftstellerin und Regisseurin. Sie schrieb u. a. die Romane «Lenas Liebe» (2002), «Die schöne Frau» (1999), «Der Bibliothekar» (1998) und «Wahl der Waffen» (1990). Ihre letzte Regiearbeit war «Blaubart wartet» im Rahmen der Berliner Festspiele 2002.

Petra Oelker, geboren 1947, arbeitete als freie Journalistin und veröffentlichte Jugend- und Sachbücher. Dem großen Erfolg ihres ersten historischen Kriminalromans «Tod am Zollhaus» (rororo 22116) folgten fünf weitere Romane, in deren Mittelpunkt Hamburg und die Komödiantin Rosina stehen (alle erschienen im Rowohlt Taschenbuch Verlag, zuletzt «Die englische Episode», rororo 23289). Ihr Roman «Der Klosterwald» erschien im Wunderlich Verlag.

Mithu Melanie Sanyal, geboren 1971 im schönen Düsseldorfer Stadtteil Oberbilk. Die Familie ihrer Mutter stammt aus Polen, ihr Vater aus Indien. Mithu Sanyal arbeitet als Autorin für den Hörfunk und schreibt an ihrem ersten Roman.

Margit Schreiner, geboren 1953 in Linz, studierte Germanistik und Psychologie und lebt nach langen Auslandsaufenthalten wieder in Österreich. Ihr Roman «Haus, Frauen, Sex» (2001) ist mit Konstantin Wecker als Hörbuch erschienen. «Mein erster Neger» und «Die Rosen des Heiligen Benedikt» sind als Doppelband neu aufgelegt (2002).

Silvia Szymanski, geboren 1958, lebt bei Aachen und ist Sängerin der Band «Tortuga Jazz». 1998 erschien ihr Debütroman «Chemische Reinigung», es folgten der Erzählband «Kein Sex mit Mike» (1999) und die Romane «Agnes Sobierajski» (2000) und «652 km nach Berlin» (2002).

Moritz von Uslar, geboren 1970, lebt als Autor des Magazins der «Süddeutschen Zeitung» in München und Berlin. Er hat die Theaterstücke «Freunde» und «Freunde II» und einige Erzählungen geschrieben.

Maike Wetzel, geboren 1974, studierte an der Filmhochschule in München, neben literarischen Veröffentlichungen auch journalistische Texte, ihr erster Erzählungsband «Hochzeiten» erschien 2000, die Geschichten wurden mehrfach ausgezeichnet.

Juli Zeh, geboren 1974, Studium der Rechtswissenschaft in Passau, Krakau, New York und Leipzig, Diplom des Deutschen Literaturinstituts Leipzig, Magister des Rechts der Europäischen Integration, lebt in Leipzig. Bisher erschienen: «Adler und Engel» (2001), «Die Stille ist ein Geräusch. Eine Fahrt durch Bosnien» (2002).

Quellennachweis

Doris Dörrie, Der Vater der Braut. Copyright © 1996 by Diogenes Verlag, Zürich.

Foto: Gabo

Wunderlich

**Ildikó von Kürthy
Freizeichen**

«Einblicke in die verwirrte moderne Frauenseele ...»
Der Spiegel

«Gestern stand ich noch mit Übergepäck und Übergewicht am Hamburger Flughafen. Vor mir sieben Tage, die ich zum intensiven Bräunen und Nachdenken über die wesentlichen Störfaktoren meines Lebens nutzen wollte: meine Frisur, meine Figur, meine Beziehung.»

Und so startet die Übersetzerin Annabel Leonhard in den Kurzurlaub auf Mallorca. Aber Ruhe findet Annabel auch auf der Sonneninsel nicht – dafür lernt sie einen jugendlichen Yachtbesitzer kennen – und die Frau, die ihr den Lebensgefährten im fernen Hamburg ausspannen will.

Das fulminante Debüt «Mondscheintarif» (rororo 22637) der Stern-Redakteurin Ildikó von Kürthy wurde von Ralf Huettner mit Gruschenka Stevens und Jasmin Tabatabai verfilmt, das Buch hat über eine Million begeisterte Leser gefunden, die Auflage des Nachfolgers «Herzsprung» (rororo 23287) beträgt schon mehr als 350 000 Exemplare. «Freizeichen» schreibt diese beispiellose Erfolgsserie fort.

3-8052-0750-6